Hijos del universo Terra y los Reptilianos

Primera edición: 2019

Portada: Dimidesign's Gigs
Corrección Editorial: Iván Araneda & Fresia Aravena

ISBN: 978–956–398–949–6

Hecho el depósito de ley

Agradecimientos

En primer a lugar a mi Padre Celestial a quien reconozco como la fuente de todas mis bendiciones y es quien está detrás de todo lo bueno que yo pueda hacer.

A Cynthia, Vicente y María José por ser mi inspiración, motivación y razón de todos mis sueños. Sin ustedes esta sería otra de las tantas historias inconclusas que abundan en mi computador.

A mi padres y hermanos que siempre me han apoyado en todo. Kimberley, este libro también es tuyo.

A mi cuñada Fresia y su esposo Iván, porque su apoyo, dedicación y consejos fueron vitales para poder terminar esta obra. ¡Vamos por más!

Por último, y no menos importante, a un grupo de amigos que me apoyaron con las primeras lecturas, consejos y revisiones: Pamela Pulgar, Piara Gómez, Marcelo Pinochet, Karen Pinochet, Kevin Pinochet, Ana Lidia Acuña, Edmundo Morales y Andrea Araya, para todos ustedes… ¡GRACIAS TOTALES!

Prólogo

Se calcula que la Tierra tiene aproximadamente cuatro mil quinientos millones de años, y que la primera civilización surgió en Mesopotamia alrededor de cinco mil quinientos años atrás. La pregunta natural es: ¿qué pasó durante ese periodo? La respuesta a esa pregunta no es fácil de encontrar. Solo los elegidos y aquellos a quienes, por derecho, les corresponde tener la verdad de todas las cosas, podrán obtenerla.

Escondido en una cueva existe un libro con la respuesta. Pero no es un libro cualquiera. Los antiguos lo llamaban: "El Libro del tiempo”. Se dice que los dioses de la creación lo escondieron allí y que en él se registra no solo la historia de esta Tierra, sino la del universo mismo. Es un manuscrito especial que está destinado a prestar ayuda a los elegidos para que estos cumplan sus propósitos. No se necesita que nadie escriba en él, pues tiene la capacidad de registrar por sí mismo todos los hechos que bien le parezcan.

En una de sus páginas el libro advierte:

“Los primeros en llegar no están contentos. Escondidos bajo la superficie juntan rabia y rumian venganza. No están derrotados, solo esperan la justicia que creen por derecho les corresponde. La señal del cielo los despertará y saldrán de sus cuevas a retomar lo que sus ancestros les prometieron. Sangre, lágrimas y sufrimiento están en sus planes. Los elegidos tendrán una difícil batalla que solo la unidad les permitirá ganar”.

Phoenix, Arizona
Lunes 11:11 A.M.

La seguridad del lugar era increíble. Yo tenía una credencial especial por participar en el acto de inauguración, así que me separaron de mi familia. Ellos se dirigieron donde estaba el resto del público. Me sorprendió que justo antes de ingresar al salón, por el costado derecho, hubiera un grupo de manifestantes que, según entendí, reclamaban por el calentamiento global. Lo deduje por una pancarta grande que decía: "Paremos esto", con una imagen del mundo derritiéndose sobre un cono de helado, lo que encontré bastante ingenioso.

Después de pasar por una gran cantidad de revisiones policiales, por fin pude entrar al salón principal. Había muchísimas banderas y gente de apariencia muy importante. Todos los hombres llevaban corbata, y las mujeres estaban finamente vestidas. Me sentaron en la última silla de la primera fila. De más está decir que todo mi cuerpo temblaba producto de los nervios. De pronto se me acercó una mujer muy amable que era de la organización. Me pidió que me pusiera de pie y me dijo, mientras señalaba con el dedo una pantalla que estaba en la pared: «Sé que conoces el himno de memoria, pero de todas formas la letra aparecerá ahí por si lo necesitas.» Asentí con la cabeza en señal de agradecimiento, pero mi reacción fue poco entusiasta a pesar de que quería abrazarla y decirle «¡Adivinaste mis pensamientos!» He cantado el himno de mi país un millón de veces, pero ella tenía razón, los nervios son traicioneros y los ojos del mundo estarían sobre mí este día, lo mejor era no arriesgarse.

Me senté y casi involuntariamente comencé a apretar los puños. «El cuerpo no puede estar nervioso y cansado al mismo tiempo», me dijo una vez mi profesor de ciencias antes de exponer sobre un experimento químico. Me distraje con una rara ave de color verde que se posó sobre una pequeña ventana ubicada en el techo del salón. Ella, obviamente, estaba por fuera de la sala, pero me extrañó que se quedase quieta, como si estuviese observándolo todo.

Después de un rato, por fin comenzaron a entrar los presidentes. Todos nos pusimos de pie inmediatamente. Mi corazón no latía, corría a mil kilómetros por hora.

«Tranquila, has hecho esto un millón de veces», me repetía.

Después de que todos se sentaran y de que el gobernador diera unas palabras de bienvenida, llegó el momento.

—Kathy Jones, de la preparatoria de Parker, nos cantará el himno nacional –dijo nuestro gobernador que hacía de animador del evento.

Me puse de pie, evité mirar hacia la parte del público donde estaba mi familia, pues estaba segura de que mis hermanos harían alguna estupidez que me hiciera reír. Caminé hacia el micrófono mirando directamente la pantalla donde aparecía la letra del himno. A estas alturas no quería correr ningún riesgo. Pude ver a todos los presidentes sentados frente a mí. Me sorprendió que detrás del presidente de Italia hubiera un hombre vestido completamente de negro con la cabeza gacha.

Reconocí al presidente por su bandera, pues mi abuelo materno era italiano. Respiré hondo, cerré los ojos un momento y comencé a cantar. Para mi sorpresa, no necesité leer la pantalla, apenas abrí la boca los nervios desaparecieron. Después de un momento, hasta comencé a disfrutar la experiencia. Podía sentir la mirada de todos, pero ya no me intimidaban. Me sentí como pez en el agua.

Cuando estaba a punto de terminar el himno y esperando mi merecido aplauso, la tierra comenzó a moverse. Miré de inmediato a la mujer que me instruyó sobre la pantalla y esta me señaló que prosiguiera. Todo ocurría muy rápido, sin embargo, y al cabo de solo unos segundos, no pude continuar cantando. El temblor comenzó a ser cada vez más fuerte y todos se pusieron de pie. Dejé de cantar y se escuchó al gobernador llamar a la calma por otro micrófono. Poco a poco el movimiento de la tierra disminuyó hasta que todos retomaron sus asientos y la paz volvió al lugar. Cuando pensé que todo había vuelto a la normalidad y me preguntaba si me pedirían que cantara el himno nuevamente, se me estremeció hasta el alma misma al escuchar un fuerte grito femenino, era un grito de muerte...

—Kathy, Kathy... ¡Despierta! ¡Despierta! ¡Es una pesadilla! –grita papá.

Abro los ojos e intento entender qué está ocurriendo.

—Hija, tranquila. Todo está bien –susurra mi madre.

No puedo creerlo. ¿Todo fue un sueño? Aún seguíamos en el auto.

—¿Quieres que me detenga? –pregunta papá.
—No, no. Continúa. Ya estoy bien –respondo contrariada.

Por fin podía recordar uno de mis sueños, aunque hubiese preferido no hacerlo. Anteriormente, no solía recordarlos y gracias a ello me quedaba tranquila. Ahora no podía dejar de pensar en todo lo que había soñado. ¡Fue tan real! De seguro el estrés por cantar en tan importante reunión era el causante de todo esto. Así que me decido a cerrar los ojos una vez más, no para dormir, sino tan solo para escuchar música y relajarme. Después de un par de canciones por fin llegamos al destino.

Mamá me besó en la frente y repitió una vez más que lo haría fantástico. Para ser sincera, ella es mi fan número uno.

Un elegante hombre de la organización me estaba esperando y nos entregó credenciales a todos, pero la mía era distinta a la de mis padres y hermanos. «La tuya tiene acceso a más lugares», me dijo. Me despedí de mi familia y seguí al hombre a través de la multitud en dirección al salón principal, sin embargo, no pude avanzar mucho, pues me quedé congelada de pronto.

—¿Estás bien? –me preguntó el hombre–. Te pusiste pálida.

¡Y cómo no iba a estarlo! Si para mi asombro, al costado derecho de la entrada del salón, había unos protestantes con pancartas. Uno de ellos mantenía un lienzo por encima de los demás: "Paremos esto", con una imagen del mundo derritiéndose sobre un cono de helado. Era exactamente igual al que había visto solo unos momentos antes en mi pesadilla.

«Me estoy volviendo loca», pensé. De seguro es el estrés.

Decidí olvidar lo ocurrido rápidamente. Elegí no pensar en ello, no quería agregar más miedo a mi ya asustado corazón, sin embargo, mis buenas intenciones no duraron mucho.

¡No podía creer lo que estaba pasando! Me pidieron que me sentara en la última silla de la primera fila. Fue ahí cuando pensé: «Ahora es cuando llega la mujer de la organización y me dice que tendré escrito el himno en una gran pantalla dctrás de la multitud.» Efectivamente, y tal como lo pensé, apareció la mujer y muy animosamente me enseñó la pantalla donde aparecería la letra del himno. Asentí con la cabeza fríamente, no por ser mal agradecida, sino porque el pánico se apoderaba de mí.

—¿Dónde está mi familia? –le pregunto a la mujer.

—Deben estar ahí arriba, junto al resto de los invitados.

Miré al segundo piso del salón, pero con el nerviosismo no pude ver a nadie familiar, pero lo que sí pude ver con toda claridad en el ventanal fue a esa rara ave verde. Me extrañó que un pájaro estuviera tan quieto, parecía estar atento a todo lo que ocurría en el interior del salón. Era un ave de aspecto siniestro y solo logró que mi cuerpo completo temblara aún más.

Todo lo que vino después pasó muy rápido. Los presidentes entraron, el gobernador dio la bienvenida y después de unos momentos escuché mi nombre. Respiré hondo y ordené a mi cerebro dejar los nervios sobre la silla. Caminé hacia el micrófono, pero el miedo saltó nuevamente sobre mí cuando vi a ese misterioso hombre vestido de negro detrás del presidente italiano. Traía una túnica negra y esta, a su vez, tenía una capucha que cubría por completo su cabeza, como si fuera un monje antiguo. Era muy alto, y aunque todo su cuerpo estaba cubierto, daba la impresión de ser alguien muy fuerte. «No sucederá nada, no sucederá nada», me repetía mentalmente.

Después de lo que pareció ser una caminata eterna, por fin llegué al micrófono, abrí mi boca y comencé a entonar el himno patrio. Tal cual en mi sueño, el cantar me relajó, logrando que olvidara todo por un instante, sin embargo, el miedo volvió a mí cuando se acercaba el final de la canción. Sabía lo que pasaría.

Lo que primero escuché fue un ruido similar al de un tren acercándose, y esto fue algo nuevo, ya que no recuerdo haber sentido eso en el sueño, pero ahora era muy claro. Luego, y casi al final del himno, la tierra comenzó a estremecerse. El temblor fue de menos a más y continuó agitando la tierra hasta que todos los presentes se pusieron de pie. Todos se miraban unos a otros asustados. Detuve mi presentación y, por alguna razón, mi vista se dirigió hacia los presidentes que estaban frente a mí. Entonces vi algo que no recuerdo haber presenciado en el sueño. El hombre que estaba detrás del presidente italiano levantó su cabeza y se quedó mirándome fijamente. Un escalofrío me recorrió desde el pelo hasta la punta de los pies. La capucha que llevaba sobre su cabeza no me dejaba ver bien su cara, pero alcancé a ver cómo sus ojos parecían brillar, y noté perfectamente que eran de color verde amarillento, con unas extrañas pupilas verticales de color negro. Tenía una presencia completamente amenazante.

No tuve tiempo de sorprenderme cuando el hombre sacó de entre sus ropas un gran cuchillo semicurvo, y lo clavó en la espalda del presidente. Mi reacción fue la de cualquier persona que acababa de presenciar un asesinato. ¡Grité con todas mis fuerzas! El micrófono seguía encendido y mi alarido se escuchó con fuerza en todo el salón. Enseguida, todo el mundo se quedó mirándome. No podía entender por qué me miraban a mí y no al presidente italiano que acababa de ser asesinado.

Ahora entendía que el grito de muerte que había escuchado en mi sueño no era de alguien extraño, era el mío. Seguramente al oírlo en los parlantes no lo identifiqué, pero ahora me daba cuenta, claramente, de que era yo quien había dado la alarma.

Tan solo segundos después, se escucha otro grito, esta vez de la primer ministro de Alemania que se encontraba al lado del presidente italiano y que lo ve caer al piso.

Se activaron todos los protocolos de emergencia. El fuerte temblor fue ignorado por completo y en solo un instante un ejército de hombres de seguridad sacó a todos los presidentes del salón. El representante italiano estaba tendido en el suelo y fue rodeado de inmediato por, me imagino, gente de su gobierno.
Mientras que yo seguía inmóvil, parada frente al micrófono siendo testigo pasivo de una noticia que, de seguro, sería mundial.

—¡Kathy, Kathy! –me gritaron.

Era mi padre que me hacía señas como loco desde donde estaban sentados. Había una verdadera muralla humana que nos separaba. Era imposible acudir a su llamado.
Miré a mi alrededor y noté que pasaba completamente inadvertida. Todos corrían de un lado para otro, y cada cierto momento se oían gritos pidiendo ayuda. Sin embargo, en medio de todo el caos, podía sentir sobre mí la mirada fija de alguien. No lo sé, es esa sensación extraña en la que sientes que te están observando. Miré nuevamente en derredor, aún permanecía como una estatua frente al micrófono, pero nadie me miraba. De pronto levanté mi cabeza y pude ver cómo esa extraña ave verde seguía mirándome fijamente a través de la ventana. La miré, y al hacerlo, sentí como si todo mi ser se oscureciera por dentro. Fue una sensación muy extraña, aunque lo más raro fue que ahora pude observar, claramente, que el ave tenía los mismos ojos verdes amarillentos con pupilas negras que el hombre que acababa de asesinar al presidente de Italia...

«¡El asesino!», grité en mi mente. Por un instante se me había olvidado el asesino. «¿Cómo logró huir tan rápido?», pensé. «¿Por qué nadie lo busca?»

No sé cómo, pero papá logró esquivar la muralla humana que nos separaba y casi sin darme cuenta me sacó del salón tomándome del brazo.

—¡Rápido! Volvamos a la camioneta –ordenó papá.

Con mi familia le seguimos como una manada sigue a su líder. Subimos al auto, todos teníamos la respiración agitada. Se escucharon unas sirenas y unos helicópteros comenzaron a sobrevolar el lugar. En el auto hubo un silencio sepulcral, nadie se atrevió a decir algo.

En un afán por volver a la normalidad, mamá encendió la radio del auto. Obviamente, todas las emisoras que estaban transmitiendo sobre la cumbre de presidentes, ahora relataban, lo mejor que podían, lo ocurrido. Digo "lo mejor que podían", pues en ese momento faltaba mucha información, y la que había, no era clara. De hecho, nos sorprendió que algunas emisoras hablaran de un ataque terrorista, otras incluso decían que antes de que comenzara la reunión ya se habían escuchado algunas explosiones de bombas.

—¿Y el asesino? –pregunté en voz alta.

Un silencio se produjo en el auto.

Papá me miró un poco desconcertado.

—¿Cuál asesino? –preguntó.

—¡El hombre que mató al presidente! ¡Estaba detrás de él, todo vestido de negro! ¿Acaso no lo vieron?

Todos me miraron como si estuviera loca.

Mamá me pidió que me tranquilizara y les explicara bien a qué me refería.

Les dije todo lo que había visto, aunque pensándolo bien, no debí haberles mencionado el ave, pues creo que eso los terminó de convencer de mi diagnóstico psiquiátrico. Les conté cómo vi, en primera fila, la manera en la que el hombre vestido de negro sacaba un gran cuchillo y lo enterraba en la espalda del presidente italiano. «¡Por eso grité!», reclamé.

Silencio nuevamente.

—Pensamos que habías gritado porque le temes a los temblores –me dijo Sam.

Papá no hacía nada, prácticamente, ni siquiera me escuchaba, solo estaba con su celular en la mano, imagino que buscando noticias relacionadas con el incidente.

Me sentía extraña, creí entender un poco a las personas locas. Un loco sinceramente cree que algo es verdad y cuando lo dice a las otras personas, todos lo escuchan y hacen como si le creyeran, pero en verdad todos piensan lo mismo: "Está loco". El hecho era que yo sabía perfectamente lo que había visto, y sabía, claramente, que no estaba perturbada, aunque los locos tampoco piensen que lo estén.

Estaba en pleno proceso de cuestionamiento propio cuando papá me interrumpió.

—Hija, tengo un video de tu actuación. Por favor, muéstrame a cuál hombre de negro te refieres.

Mi padre me mostró el video sin soltar por un momento su celular.

El video mostraba cuando me presentaron y caminé desde mi silla hasta el micrófono. Desde donde estaban mis padres se podía ver perfectamente a cada uno de los presidentes. Busqué la bandera de Italia y pude ver a un hombre sentado frente a ella, no me quedó duda de que era el mismo hombre que yo vi desde el frente, pues a su lado había una mujer, y toda la comitiva del G20 tenía solo una representante mujer: Alemania. Sin duda, detrás del presidente, no pude ver a ningún hombre de pie vestido de negro. Según lo que yo recordaba, cuando salí a cantar, el extraño hombre ya estaba parado a las espaldas del presidente.

Continué mirando el video, lamentablemente el ángulo de la cámara no abarcaba el ventanal para ver si estaba el extraño pájaro verde. Pude apreciar, claramente, cómo en la parte final del himno se comienzan a oír murmullos y luego empieza el fuerte temblor. Entonces viene mi grito, el presidente italiano cae sobre la mesa y luego al piso. El hombre de negro no apareció en ninguna parte del video.

Quedé completamente impactada. No podía creer lo que estaba pasando. ¿En verdad me estaba volviendo loca?

Parker City
Tres horas antes...

En Parker, Arizona, nos despertamos temprano, no por voluntad propia. En lo personal, me encantaría quedarme durmiendo hasta el mediodía, pero el calor te saca de la cama temprano. Mi abuela paterna, que falleció hace dos años, solía decir que el último gallo valiente que intentó hacer su trabajo de despertador durante el verano, apareció como "pollo frito" sobre la cerca, apenas en su segundo día de trabajo. Es que con cuarenta grados centígrados promedio cualquier escéptico le creía a la abuela.

Parker es un pueblo maravilloso y no lo cambiaría por nada, a pesar de que cada vez me cuesta más lidiar con las altas temperaturas. Muestra de ello es que todos los veranos me cuesta mucho quedarme dormida. Siempre me levanto agotada, como si no hubiera descansado lo suficiente. Sin embargo, este año ha sido terrible. Por lejos ha sido el peor de todos y ya no sé qué hacer. He probado de todo, desde meditar antes de dormir hasta las pastillas tranquilizantes. Incluso mi amigo Charles me hipnotizó hace unos días, dándome claras instrucciones de que "durmiera toda la noche". Nada ha funcionado. Lo peor ha ocurrido estas últimas dos semanas, pues, a la mala calidad del sueño, se han sumado las pesadillas. Sí, ¡pesadillas! Despierto gritando en las noches y, como si tuviera un reloj interno, siempre despierto a las 03:28 de la mañana, asustada y empapada en sudor. Lo peor de todo es que ni siquiera recuerdo qué era lo que me asustaba. Al principio, mis padres venían corriendo para ver qué me sucedía, pero bueno, las personas somos animales de costumbre, y hoy, luego de gritar durante mis pesadillas, nadie viene.

Mi padre siempre se ha creído una persona muy graciosa. El problema es que confunde el bullying familiar y su particular humor negro con ser simpático y divertido. Es una persona muy directa y, a veces, siento que no logra filtrar lo que nos dice de lo que piensa. Hace unos días fue a mi cama justo antes de dormir, y con un lápiz escribió algo en mi frente. Luego, salió sin decir una palabra.

—¿Estás loco? –grité, mientras saltaba de la cama para ver en el espejo lo que había escrito.

¡Y yo, la muy inocente, pensé que venía a darme un beso de buenas noches! ¡No podía creerlo!

—“05:30 A.M.”. ¿Qué estupidez es esa? –le grité a papá.

—¡Mañana tengo que levantarme a las 05:30 A.M.! Solo estaba programando la alarma –dijo en tono burlesco–. Así que, por favor, no grites antes de esa hora.

No tenía que ver a mis padres para saber lo que estaba ocurriendo: mi padre se sentía muy orgulloso de su chiste, y mi madre estaba dándole una de sus clásicas miradas recriminatorias, pero solo una mirada, pues en su interior también se estaba riendo. Es que, ¿cómo no hacerlo? Papá tiene cuarenta y dos años, pero honestamente, nunca ha madurado lo suficiente. Es un niño con pelo en pecho. Él solo da rienda suelta a sus niñerías en la intimidad del hogar, pero con el resto de las personas, actúa como un hombre muy serio. Mientras que en casa, pasa a ser un hijo más de nuestra madre.

—05:30 A.M. ¡No podía creerlo!

Generalmente, no ocurren cosas emocionantes en mi pueblo, pero esta semana, literalmente, se alinearon los astros para traer la atención del mundo entero sobre nosotros con dos hechos extraordinarios.

El primer acontecimiento sucedió anoche. Los científicos lo llamaron: “El eclipse del millón de años”. Lo nombraron así porque no fue un eclipse normal, fue uno de los más largos en toda la historia. Por poco más de dos horas la tierra cubrió por completo a la luna y la vistió de un hermoso color rojo. Parecía una reina que gobernaba el firmamento de principio a fin. ¿Y qué tenía de especial Arizona? Bueno, era el mejor lugar del mundo para apreciar el eclipse por sus despejados cielos en el Gran Cañón. Así que como nunca antes, vimos pasar periodistas, científicos y muchísimos turistas. Un diario local publicó en su portada: “La señal del cielo más esperada del siglo”, junto con una imponente fotografía de la luna rojiza.

El otro hecho importante ocurre hoy: La Cumbre de Presidentes de la República llamada G20. Se realizará en Phoenix. De forma insólita, los presidentes de veinte grandes países del mundo vendrán a nuestra amada Arizona. El gobernador dijo en televisión: “Este acto es una muestra de la importancia de nuestro estado para el país, y dudo que se repita, por lo menos, en muchos años más, así que debemos hacer que todo el pueblo americano se sienta orgulloso de nosotros”.

Cuando pienso en esta contingencia política sobre Arizona y la Cumbre, en donde además la televisión tendrá puestos sus ojos, incluyendo sus sectores aledaños, me siento completamente minúscula. Nuestro estado nunca antes había sido parte de algo tan grande y así es como me percibo a mí misma. Siempre pasando inadvertida.

Soy una adolescente normal de dieciséis años, tengo un nombre común, y la cosa más emocionante que me ha pasado en la vida fue acompañar el año pasado a mi mejor amiga, Sara, al recital de su cantante favorita; Ariana Grande. ¡Fue increíble!. Según mis padres soy bonita, pero no logro creerles. ¿Puede una joven ser guapa y haber tenido un solo novio en toda su vida? ¡Vamos! Hasta mi vecina Samantha, que usa frenos en sus dientes desde hace tres años, ha salido con más chicos que yo. Y, para ser sincera, ni siquiera debería referirme a Peter como novio ¡pues estábamos en kínder! Lo considero como novio solo porque es el único chico que me ha besado.

En realidad, solo mi mamá dice que soy bonita. Papá prefiere decir que soy "simpática y muy inteligente", a buen entendedor pocas palabras, diría mi abuela.

Tengo dos mejores amigos: Charles y Sarah. Cada uno de ellos tiene una teoría con respecto a mi poca suerte en el amor. Charles una vez me dijo: "El problema es que heredaste el sentido del humor de tu padre. La ironía y el humor negro son más fáciles de aceptar entre hombres, pero en las mujeres... asusta un poco".

—¡Eres un machista! –le grité en esa oportunidad.

—¡No, no! En serio. Tienes un sentido del humor muy negro, y siempre tienes la respuesta a flor de boca. ¡Eso a un hombre lo asusta! Uno no sabe cómo vas a reaccionar, o si tu respuesta rápida nos va a dejar en ridículo.

—¿Ahora eres psicólogo frustrado? –pregunté.

—¡Ves! Es exactamente a eso a lo que me refiero. Además, eres muy mandona.

—¡Pff! ¿Mandona, yo?

Sarah, mi mejor amiga, tiene una teoría distinta. Ella es una chica muy extrovertida, suele ser mi ángel malo en mis momentos de titubeo, y aunque no es muy linda, personalmente creo que los lentes que usa matan mucho su potencial, le gusta arreglarse cuidadosamente, cosa que nunca hago, mide un metro sesenta, tiene el cabello castaño, ojos café claros y está un poco, pero solo un poco pasada de peso. A ella esto nunca le ha incomodado, pues lo que no consigue con un 90–60–90, lo hace con una simpatía desbordante que a los hombres les encanta.

Una vez me dijo: "Cuando las mujeres decimos: 'Me puse lo primero que encontré' ¡Todo el mundo sabe que no es así! Antes de eso hubo innumerables posturas frente al espejo, una cama llena de ropa que desechamos para la ocasión y un buen tiempo de maquillaje. En tu caso, sí parece que te pusiste lo primero que encontraste. De hecho, parece que tu clóset necesita una buena renovación, pues repites muchas veces tus looks. ¡El make–up es la clave! ¿Acaso no has visto las fotos de las famosas con maquillaje y sin maquillaje? Amiga, no existen mujeres feas, solo las que no se saben maquillar y además no usan filtros para sus fotos".

En fin, al parecer, mi metro con setenta de estatura, cabello rubio y ojos verdes no son suficientes para los muchachos de este pueblo.

Parker es un pueblo de unos tres mil quinientos habitantes, no obstante, a pesar de nuestro tamaño, nos las hemos arreglado para ser importantes en varios aspectos dentro del estado. Mi padre, Mark Jones, es el entrenador de basquetbol de la secundaria. Con mucho esfuerzo ha logrado vencer por segunda vez consecutiva a Phoenix en la final del campeonato estatal. No podríamos estar más orgullosos de él. Papá es un hombre fuerte físicamente. Estuvo en el ejército hasta los veinticuatro años, pero debido a una lesión en su espalda tuvo que dejar las armas. Como era un amante del deporte, regresó a su ciudad natal y se convirtió en el entrenador de baloncesto de la secundaria. Toda la ciudad lo recibió con los brazos abiertos, pues había sido una estrella del deporte durante su juventud. Capitán del equipo de basquetbol y récord estatal en los 400 metros de atletismo. Era una leyenda del deporte local.

La tradición muestra que la estrella deportiva siempre se queda con la chica más bonita de la escuela, y la historia de mis padres no fue la excepción. Mi madre es el ángel que tengo en la vida y físicamente también parece uno. Es un poco más alta quc yo, mide un metro setenta y dos, es rubia y también tiene los ojos verdes, parece modelo de revista. Sé que su descripción física es muy parecida a la mía, pero definitivamente ella es una versión mejorada de mí. Es como cuando uno iba a la juguetería y veía una hermosa muñeca, con muchos accesorios y minuciosamente maquillada. ¡Todos querían esa muñeca! Y al lado, había otra, muy parecida físicamente, pero sin una sonrisa en su boca, sin accesorios, sin maquillaje y con el pelo desaliñado. ¡Ni gratis las niñas querrían ese tipo de muñecas!

Mamá parece florecer cada mañana. Hace ejercicio, sale a correr, y aunque trabaja en casa como escritora, realmente es psicóloga, pero dejó de ejercer para escribir libros de autoayuda juvenil y así estar más tiempo con la familia, siempre está impecablemente vestida y maquillada. Mientras que yo no. Para mí, cada mañana es como una sentencia de que algo malo ocurrirá y, aunque nunca me han diagnosticado, estoy segura de que tengo, o voy directo a tener, algún tipo de depresión. Sin embargo, como toda adolescente que lucha contra las hormonas, me las arreglo para disfrazar mis estados de ánimo y cubrir con una sonrisa mi pesimismo y falta de confianza. No necesito leer los libros de mi madre, pues sé sus palabras de memoria, y es que, sinceramente, mis estados de ánimo poco tienen que ver con lo que mis padres me han enseñado. Como dice mamá: "Mientras el cambio no comience en el interior, los esfuerzos de otros por ayudar no servirán de mucho".

Quizás, lo único bueno que hago es cantar, y parece que al resto de las personas también les gusta, pues he ganado varios festivales, incluso ahora me pidieron que cantara el himno nacional en el acto de inauguración de la Cumbre de los Presidentes. El don de cantar, pese a que mi madre lo niegue, lo obtuve de ella. Ya no le gusta cantar como lo hacía antes, prefirió dedicarse completamente a la escritura, aunque la he escuchado en más de una oportunidad al pasar por fuera de su baño. Canta fantástico en la ducha.

Tengo dos hermanos menores: Sam de doce y Tom de ocho. En verdad no sé si son hermanos de sangre, muchas veces he pensado que mis padres los adoptaron, ¡es que no pueden ser más distintos a mí y, además, odiarme tanto! Parece que su felicidad estuviera directamente relacionada con mi sufrimiento. El caso es que, aunque no estaba de acuerdo con la situación, mis hermanitos también asistirán al acto de inauguración en Phoenix. ¡Apuesto que el equipo de seguridad de la cumbre pensará que son terroristas potenciales! Y es que si contara la cantidad de vergüenzas que nos han hecho pasar, me faltaría tiempo. En fin, yo cantaré y el equipo de basquetbol de mi padre jugará un partido amistoso con algunos de los presidentes y, obviamente, la instrucción del gobernador a papá fue clara: "Debes perder".

Al acercarnos a la hora de salida, me preparo mentalmente para el viaje. Son dos horas y media, pero sé que las sentiré como diez al estar sentada al lado de mis hermanos. Es en estos viajes cuando pienso que los audífonos son el mejor invento de la historia. Antes de que mi padre siquiera prenda el motor de la camioneta, ya estoy en las nubes escuchando mi música favorita.

No sé si fue por la mala noche que pasé o el relajo natural que produce el viaje, pero apenas arrancamos, sentí una profunda sensación de sueño.

«Por fin podré descansar un poco», pensé.

Llegamos en un suspiro. Mi padre es fanático de la película La Guerra de las Galaxias, y cree que su camioneta es el Halcón Milenario, así que no me extraña que, literalmente, hayamos volado sobre la carretera.

Phoenix, Arizona
Lunes 11:45 A.M.

¡Toc–toc! Se escucha cómo golpean la ventana de la camioneta.

—¿Kathy Jones? –Miro a mis padres asustada y asiento con la cabeza.

—Necesito que nos acompañe –Era la policía.

Los oficiales me dijeron que necesitaban hablar conmigo, me explicaron que era algo de rutina, que estaban hablando con todas las personas presentes en el salón y que solo querían hacerme un par de preguntas.

—Supongo que puedo acompañarla. Es mi hija –dijo papá.

—Por supuesto, pero solo uno de los padres puede estar en el interrogatorio.

"Interrogatorio" se escuchó como una frase de las películas que le gustan a mamá, de esas de crímenes y misterio. Me sorprendió la actitud de papá, iba muy relajado y hasta les contó del partido de basquetbol que tenía más tarde con algunos de los presidentes. Partido que, a estas alturas, yo dudaba mucho que se realizara. Cuando entramos al recinto y comenzamos a avanzar por los pasillos papá se detuvo.

—Yo sé que esto es algo breve, pero Kathy nos había comentado en la camioneta que quería ir al baño. ¿Les molesta si va ahora? Así podrá estar tranquila y concentrada para responder sus preguntas.

Los policías se miraron como pidiéndose autorización el uno al otro. Miré a papá como queriendo decir «¿qué estás tramando?» y él me respondió con un gesto tratando de decir «solo sígueme el juego.» Después de un momento de dudas y miradas, la policía me autorizó ir al baño.

«¿Qué es lo que piensa? ¿Acaso quiere darme una sierra en el papel higiénico?», pienso. No entendía qué era lo que papá estaba pensando, pero había aprendido a confiar en él, así que le seguí el juego. De hecho, parece que hasta mi inconsciente lo hizo, ya que, efectivamente, me dieron ganas de orinar.

No alcancé a sentarme en el inodoro cuando me llega un mensaje de papá a mi celular:

"¡No digas NADA del asesino que viste! ¡Nada!".

Su orden llegó en el momento exacto, pues mientras caminaba pensaba si debía decirles a los policías lo que vi. «Quizás ellos tienen mejores cámaras y podrán ver al hombre de negro», pensaba. Pero la instrucción de papá fue caída del cielo.

—¿Todo bien, Kathy? –pregunta el policía.

—Sí, sí. Ahora salgo –respondí.

Me comenzaba a sentir como una de las protagonistas de las películas de mamá. Hasta imaginé en decir: «No diré nada si mi abogado no está presente.» De tan solo pensar eso me dieron ganas de reír, pero me contuve. Era esa típica risa nacida del nerviosismo.

Nos hicieron pasar a un salón donde había unos hombres de corbata. No tenían traje de policía. Nos saludaron muy amablemente. Volvieron a decir que esto era solo algo de rutina y que estaban hablando con todas las personas que estaban en el salón.

—Kathy, cuéntanos lo que recuerdas. Con la mayor cantidad de detalles posibles.

Una grabadora en la mesa y ser el centro de atención me provocó mucha ansiedad. Papá me tomó de la mano.

—Bueno, no sé si les pueda dar muchos detalles, pues estaba muy nerviosa por tener que cantar... –les comento, casi entrecortadamente.

—Cantaste maravilloso –me interrumpió el hombre que estaba frente a mí. Era el más joven de los tres que nos estaban escuchando.

—Gracias. Recuerdo estar sentada en primera fila cuando entraron los presidentes. Después de un rato, anunciaron mi nombre y salí a cantar. Estaba muy nerviosa, pero después de unos momentos me sentí muy cómoda y canté con total normalidad. Cuando estaba por terminar el himno, comenzó un fuerte temblor y dejé de cantar. Después nos pidieron que estuviéramos tranquilos y yo me quedé frente al micrófono hasta que mi papá me vino a buscar y salimos rumbo al estacionamiento.

Me dio un poco de rabia conmigo misma. Estaba tan

nerviosa que, por momentos, mi voz se quebraba. «¡No puedo ser tan infantil!», me dije mentalmente. Luego me animé: «Si no son de la policía local, deben ser de alguna agencia del Gobierno. Quizás hasta del FBI. Es imposible que no me ponga nerviosa.»

—Está bien, Kathy, pero creo que puedes recordar un poco más. ¿Por qué razón gritaste?

—Porque le tengo pánico a los temblores –Dudé un microsegundo.

—¿Segura? –me refutó el joven.

—Sí. Papá puede corroborarlo –Él asintió con la cabeza.

—Está bien, está bien. Pero tu grito fue al final del temblor. Usualmente la gente que le tiene miedo a los temblores comienza a gritar al principio, ¿no es así?

De acuerdo, oficialmente deben ser del FBI. O no se explicaría tal agudeza en el análisis. Pero lo que ellos no sabían es que yo había visto muchas series policiales acompañando a mamá y tenía algunos trucos bajo la manga.

—No soy experta en temblores y, para ser sincera, nunca he analizado si corro al principio del temblor, durante o al final. Lo que sé es lo que le digo. Quizás grité al final porque estaba concentrada en terminar de cantar bien el himno.

Silencio en la pequeña sala. Pero aun en el silencio pude percibir cómo se inflaba el pecho orgulloso de papá. Los oficiales se miraron, y luego uno que estaba sentado en una esquina se puso de pie y se acercó a la silla del más joven, justo frente a mí. Su presencia era intimidante.

—Kathy, esta pregunta es muy importante y la haré solo una vez.

El tono de este último detective me dio miedo, parecía ser el jefe.

—¿Viste algo antes de que el presidente cayera al piso?

Toda mi vida pareció pasar frente a mí. Especialmente la escena del asesinato. Podía ver, claramente, al hombre de negro y su cuchillo. En el mismo tiempo que toma un pestañeo me pregunté cien veces: «¿Qué hago?, ¿qué hago?» Finalmente, decidí continuar con el consejo de papá.

Estaba sentada en una de las sillas de la sala y el hombre justo en frente de mí. Entonces me acerqué por encima de la mesa para estar más cerca de mi interlocutor y mirándolo justo a los ojos le dije:

—Estoy segura que no vi nada más. Pero si recuerdo algo, tenga la seguridad de que lo llamaré de inmediato.

EL MENSAJERO

—¡La hubieran visto! –gritaba mi padre–. Dejó callados a esos federales.

Mi padre repetía extasiado: «Pero si recuerdo algo, tenga la seguridad de que lo llamaré de inmediato.»

Mis hermanos se reían y celebraban, pero mi madre, la única adulta del grupo, permanecía en silencio. No negaré que, por momentos, me sentía orgullosa de tanto halago de papá, pero para ser sincera, me sentía mucho más como mamá: preocupada.

Había tantas cosas que no entendía. En primer lugar, el sueño que tuve. Ya era extraño que pudiera recordarlo y mucho más que me mostrara todo lo que iba a pasar. ¿Era una visión? En segundo lugar, está ese extraño hombre de negro que mató al presidente italiano. Bueno, a estas alturas comienzo a cuestionarme si en verdad lo mató o no, pues el video que me mostró mi padre era bastante convincente. Además, no podía sacar de mi mente esa extraña ave verde que observó todo desde la ventana.

Papá echó a andar la camioneta y partimos de regreso a Parker City. El partido de baloncesto que papá disputaría en la tarde se suspendió indefinidamente. Cerré los ojos e intenté descansar. Quién sabe, quizás tenga otro de esos sueños raros y obtenga las respuestas que necesito. Después de una media hora, el vaivén del camino, sumado a lo poco que había descansado la noche anterior, hace que me den ganas de dormir.

«Terra, Terra.» Escucho. Abro los ojos lentamente, no quiero despertar. Miro a mis hermanos que duermen profundamente a mi lado, por lo que veo en el espejo del copiloto, mi madre también hace lo mismo. El único despierto es papá, que maneja más lento que de costumbre. Decido dormir nuevamente. Cierro los ojos y comienzo a desear poder descansar, cuando nuevamente escucho una voz: «Terra, Terra.»

Abro los ojos violentamente.

—¿Me hablaste, papá?

Mi padre me mira extrañado, no tiene que contestarme, no había sido él. Además la voz que oí era de alguien más joven. Un sentimiento de rabia me llenó por completo. ¿Acaso no sabían los molestosos de mis hermanos que estaba pasando por un mal momento?

—Si me molestan una vez más, se las verán conmigo –amenacé a mis enemigos familiares, pues estaba segura de que ellos me estaban jugando una broma y ahora se hacían los dormidos.

Me dormí por tercera vez. Aunque en verdad estaba más preocupada de mis hermanos chicos y de sorprenderlos en su broma que de cualquier otra cosa. Así que cada cierto tiempo abría un ojo y los miraba para sorprenderlos. ¡Estaba lista para atacarlos! Pero después de un rato me cansé de esperarlos, así que cerré los ojos ya vencidos por el sueño.

«Terra, Terra.», escuché una vez más.

De un salto levanté mi brazo derecho y le dejé caer un golpe en las costillas a Sam. Tom se salvó porque estaba en la ventana contraria. No me sentí mal, pues ya les había advertido.

—¿Qué te pasa? ¿Estás loca? –gritó Sam.

—¡Se los advertí! Dejen de molestarme.

—Pero si no te hemos hecho nada.

—¡Silencio todos! –sentenció mamá–. Un grito más y estarán todos castigados.

Sam me pegó un codazo que se metió bajo mi pecho, pero no me dolió tanto, así que lo soporté heroicamente. Decidí que ya no intentaría dormir más.

Cuando llegamos con mi familia a casa, nos sentamos a comer algo. Tom encendió el televisor. La noticia de la reunión del G20 estaba en todos los canales. Me senté casi encima de la pantalla y vi todo lo que había ocurrido. Necesitaba ver todos los detalles.

Me veía bien en pantalla, de hecho, me sorprendí, claramente las lecciones de maquillaje de mi amiga habían funcionado. Al parecer la teoría de Sarah era correcta. Tomé mi celular y comencé a grabar la televisión. El noticiero mostraba diferentes tomas desde distintos ángulos y yo quería tener la mayor cantidad de detalles posibles.

Partí grabando desde que los presidentes entraron. Luego vi cuando salí a cantar. Vino el temblor y la muerte del presidente. «Repitan, repitan esa parte», grité. Como si me hubiesen escuchado desde la televisora, la parte donde se registra la muerte del presidente es la que más se repetía. Pero lamentablemente para mí, nunca se vio un hombre vestido de negro. Solo se apreciaba, claramente, cómo el presidente se llevaba la mano derecha al pecho y caía sobre la mesa.

«Lo confirmamos: El presidente italiano falleció de un ataque fulminante al corazón en plena reunión del G20», dijeron en televisión.

Hubo silencio en toda la casa.

—¡Papá, mamá! De verdad, ¡yo sé lo que vi! –grité.

Intenté defenderme de forma gratuita, pues nadie me había preguntado nada. Mamá hizo lo que imagino que toda buena madre haría. Se acercó y me abrazó fuerte, luego susurró: «Tranquila, amor. Yo te creo.» La miré, tenía sus ojos llorosos, así que no tenía cómo dudar de su comentario.

A los dieciséis años las respuestas vienen principalmente de dos lados: Google y amigos. Como no se me ocurrió qué pregunta hacer en internet, opté por mis amigos. Aunque, para ser sincera, me dio un poco de miedo buscar en Google acerca de mi estado mental, porque lo más lógico sería preguntar algo como: ¿Cómo saber si estoy loca? A lo que una probable respuesta hubiera sido: Síntoma número uno: ver y escuchar cosas que no existen.

Así que preferí llamar a mis amigos. Sarah y Charles estaban siempre ahí para ayudarme. Les dije todo. ¡Necesitaba desahogarme! Les conté de mi sueño premonitorio, del ave extraña y este hombre de negro que, según yo, había asesinado al presidente italiano. Mis amigos escucharon atentamente. Sin embargo, tuve esa extraña sensación de alguien que te oye, y aunque tiene toda la intención de creerte, no lo hace.

Mi amigo Charles propuso una solución que me pareció interesante: hipnosis. Quiere hacer una regresión y ver exactamente lo que pasó en el asesinato del presidente italiano. «Hagámoslo», dije resuelta.

Nos instalamos en mi habitación, me recuesto lo más cómodamente posible. Sarah se sienta a mi derecha y Charles a mi izquierda. Siempre hemos jugado a la hipnosis, pero ahora necesitaba que fuera en serio.

—Sarah, necesito que te quedes a mi lado, pues no quiero que este degenerado haga nada raro conmigo –le digo a mi amiga tratando de hacer una broma que distienda el ambiente.

Uno se da cuenta cuando un chiste es malo porque nadie se ríe, y este fue el caso. Ninguno de mis amigos se rió. Mi intento de distender un poco la situación fracasó rotundamente.

Charles saca su celular y pone música relajante.

—Kathy, necesito que te concentres solo en escuchar mi voz –me dice.

Me da una tentación de risa. Siempre que me pongo nerviosa me da una extraña sensación de risa, pero como fui yo quien pidió esto, me esfuerzo por ponerme seria. Debo concentrarme.

Charles no era muy sociable y, siendo un asiduo usuario de internet, por alguna razón, seguramente por ocio, hace unos dos años comenzó a buscar toda la información que había sobre la hipnosis. Con Sarah solíamos burlarnos de él diciéndole que su plan era sencillo: "Como ninguna chica se fija en ti, hipnotizarás a alguna para que sea tu novia". Le dijimos en esa oportunidad.

Me esfuerzo por concentrarme. Escucho como Charles me habla y pide que solo lo escuche a él. Mantengo los ojos cerrados y, al igual que en las películas, comienzo a sentir los párpados cada vez más pesados. Después de un rato me siento profundamente dormida.

En lo que imagino es un sueño, me encuentro sola caminando por un valle casi desierto, solo pasto seco y flores marchitas lo adornan. Sigo un pequeño camino a través de un césped en mal estado, el final del camino muestra a la distancia una montaña de roca lisa. Después de caminar un poco, comienzo a ver algunas chozas a mi izquierda, son como las tiendas indias que veía en mis libros de historia, unos firmes palos enterrados en la tierra que tienen un punto de unión en lo alto, formando una especie de cono invertido. Todo cubierto por telas y pieles. Al acercarme a esas tiendas veo que hay hombres y mujeres indios también. Algunos están trabajando con herramientas muy rústicas y otros solo están descansando afuera de la chozas. Se ven muy amables, pero tristes. Sin embargo, cuando paso por el lado de ellos, todos, sin excepción, hacen una especie de reverencia hacia mí. Me detuve sorprendida, me pareció muy extraño, no entiendo por qué hacen eso.

Sigo caminando, mas me detengo cuando alguien tira suavemente de mi vestido. Entonces comprendo que es un sueño, porque nunca uso vestidos. Es una niña de unos ocho años de edad. Me mira, inclina su rodilla a tierra en señal de reverencia y levanta ambas manos hacia mí. En ellas tiene un pequeño ramo de flores marchitas. Yo no entendía qué quería que hiciera. Le pido que se levante, pero ella insiste en entregarme las flores. Las tomo, ¡y no puedo creer lo que sucede! Las flores, una a una, se levantan hasta quedar hermosamente erguidas. Reviven. Pero no solo eso, se transforman en el más bello ramillete de flores que hubiese visto jamás. La niña se pone feliz, toma las flores y sale corriendo de regreso a las chozas.

Ya estaba muy sorprendida porque los nativos me reverenciaran, pero lo que ocurrió con el ramillete de flores me dejó atónita. Sin embargo, presentía que esa no era la única sorpresa que me deparaba el extraño sendero.

Continúo mi camino hacia la montaña. No entiendo por qué me dirijo hacia allá, pero sé muy claramente que ese es mi destino. Cuán grande es mi sorpresa al ver que todas las flores que estaban junto al camino, al igual que el ramillete de la niña, reviven cuando paso por su lado. Es un espectáculo maravilloso que está lcjos de mi comprensión. Yo no hago absolutamente nada. Solo camino y, de la nada, las flores vuelven a la vida.

Cuando estoy a unos cien metros de llegar a la montaña, me vuelvo hacia atrás para ver cuánto he avanzado, pues me parece haber caminado una larga distancia. La escena que contemplo es maravillosa. A lo lejos puedo divisar las chozas indias, y lo que había sido un valle desierto, ahora estaba convertido en un hermoso lugar. No solo las flores habían revivido, sino que todo el lugar había vuelto a la vida. Se alzaban grandes cantidades de árboles frutales: perales, manzanos, duraznos y cerezos fueron algunos de los árboles que logré distinguir.

El camino tras de mí ahora es un fértil valle. Los cien metros que me quedan por recorrer continúan siendo tierra muerta. Un sentimiento de amor profundo por donde había caminado inunda mi pecho. Deseo avanzar rápido para poder ayudar a vivificar ese otro poco de tierra que aún permanece estéril.

Camino y, con cada flor que revive, se alegra más mi corazón. Por fin, después de un rato llego a los pies de la montaña, y al volver la vista atrás puedo contemplar una tierra llena de creaciones vivas. Como si fuera una señal de agradecimiento, un suave viento se levanta y deja en mis narices un exquisito aroma a flores. Ese perfume parece penetrar todo mi ser.

—Terra, Terra –oigo claramente.

Acelero el paso y llego a los pies de la montaña. Es grande, aunque no imponente como las que suelen aparecer en televisión. Después de revisar un poco el lugar con la vista, me percato de que a mi derecha hay una estrecha entrada a lo que parece ser una cueva.

—Terra, Terra –escucho de nuevo.

Aunque es un lugar completamente desconocido para mí, es evidente que el llamado viene desde el interior de la cueva, así que decido entrar. Por alguna razón no percibo ningún peligro, todo me resulta muy familiar.

La cueva lo recibe a uno con un pasillo de unos

veinte metros de largo, y aunque es piedra lisa, se nota que está hermosamente trabajada. El túnel está perfectamente iluminado. No se ven lámparas ni nada por el estilo, pero se distingue claramente que toda la bóveda del túnel es de color dorado y que este refleja una hermosa luz por todo el camino.

Al finalizar el túnel, la cueva se abre hacia una especie de salón redondo. A diferencia del pasillo, las paredes de esta sala sí están recubiertas con un material parecido a la plata, pues me veo reflejada en gran parte de él. El techo es dorado y, al igual que el túnel, irradia una luz muy cálida que permite ver todas las cosas en su interior.

Al centro del salón, una gran tela cubre un objeto cuadrado que tiene el tamaño de una persona. Me acerco para ver de qué se trata, deseosa de sacar el lienzo. Luego escucho una voz.

—Detente –me dice.

Me quedo inmóvil en el acto. Es la misma voz del hombre joven que he estado escuchando. Me encuentro de espaldas. Percibo que él está detrás de mí, pero me sobreviene un ligero temor y no me atrevo a voltear.

—Terra, no temas. He sido enviado para ayudarte y debo entregarte un mensaje muy importante.

Me giro lentamente. Algo en su voz me resulta cautivante. Realmente no quiero albergar demasiadas expectativas, pues las estadísticas dicen que los hombres con linda voz no suelen ser tan apuestos.

¡Qué equivocada estaba! Lo que estaba frente a mí era un monumento a la belleza.

Es un joven de unos veinte años, de aproximadamente un metro ochenta y cinco, tez blanca, cabello rubio ligeramente largo y unos ojos tan azules como el cielo. Está vestido todo de azul oscuro, con una especie de buzo cuerpo completo que se ajusta ligeramente a su cuerpo.

«No he besado mucho, pero a ti podría besarte toda mi vida», pensé. En ese momento supe que era un sueño, pues los hombres así no existen en esta tierra.

—Me llamo Morian.

—Yo soy...

—Kathy Jones. Sé quién eres. Te he acompañado desde que naciste. –me interrumpe y aclara de inmediato.

—¿Desde que nací? ¿De qué estás hablando? –pregunto sorprendida.

La respuesta viene de la forma menos esperada. No sé qué ocurre, pero inmediatamente en mi mente aparecen muchas situaciones en las que, ahora comprendo, debo haber recibido "ayuda externa". Los recuerdos aparecen en mi mente como si fueran una película. De algunos de ellos ni siquiera estaba consciente. Mi mente los había olvidado por completo.

Veo claramente cuando tenía unos tres años de edad, tomé de la mesa una pequeña frutilla que puse en mi boca sin que mamá se diera cuenta y que se me quedó a la mitad de la garganta. Mi madre se desesperó en extremo e intentó meter sus dedos en mi boca, pero no alcanzaba la fruta. De pronto, sentí un fuerte golpe en la boca de mi estómago y la frutilla salió expulsada de inmediato. Ahora puedo ver claramente que había sido Morian el que me había ayudado para que la fruta saliera.

Recuerdo también que como a los nueve años iba patinando por la calle cerca de mi casa cuando, de pronto, me pareció chocar contra una muralla invisible. Inmediatamente caí al piso. Me contrarié mucho, pues había aprendido a patinar desde los cinco años y ya no me caía fácilmente, así que esta caída había sido completamente inesperada. Sin embargo, cuál fue mi sorpresa, cuando a los dos segundos de mi caída, pasó un vehículo a toda velocidad por mi lado y se estrelló contra la pared de una vecina. El conductor dijo que se le habían cortado los frenos.

Ahora puedo ver la escena completa. Fue Morian quien me detuvo violentamente justo antes de que pasara el automóvil.

Así como estos dos incidentes, logro vislumbrar al menos otros tres. En todos puedo ver cómo este extraño hombre me ha estado protegiendo. Es cierto lo que me decía: me conoce desde niña. Me pareció extraño que pudiera ver claramente lo que había pasado hace diez años o más, sin embargo, él se ve completamente igual, aunque no he podido ver muy nítidamente su rostro en estos recuerdos.

—¿Convencida ahora? –dijo Morian con gran serenidad.

Tras esa pregunta noto algo de lo que hasta ahora no me había percatado. Él me hablaba, pero no abría su boca en lo más mínimo.

—¿Eres...?
—No, no lo soy.

Esboza una sonrisa y cuando lo hizo me pareció ver el cielo abrirse. «¡Ya está! Estoy oficialmente enamorada», pensé.

—¿No eres qué? –interrogué haciendo un esfuerzo por ponerme seria.
—Un ventrílocuo.
—¿Ventrílocuo?
—Sí, eso es lo que ibas a preguntarme. Si es que soy un ventrílocuo, pues te asombra mucho que pueda hablar sin abrir mi boca.

OK, ahora estoy enamorada y asustada. ¿Acaso lee mis pensamientos? Se veía tan perfecto.
Morian da un paso hacia mí. Yo retrocedo dos.

—No tengas miedo –me dijo.

Tomo aire y me planto en el piso. «De aquí no me muevo», pensé.
El apuesto extraño retoma su camino y se adelanta hasta quedar justo frente a mí. Tengo que mirarlo un poco hacia arriba, pero no me incomoda.

—Kathy, yo me comunico a través de la telepatía. No necesito usar la boca para expresarme. Puedo entender tu mente, y cuando necesito decirte algo, lo hago directamente a tu cerebro.

—¿Telepatía?
—Así es.
—¿Y también puedes leer mis pensamientos?

Él asiente con la cabeza, como sintiéndose culpable.

—¡Oh, no! ¿Has leído todos mis pensamientos desde que entraste a esta montaña? –pregunto.
—He leído todos tus pensamientos desde que naciste.

¡Me siento como una idiota!

—De seguro te debo haber dado una mala impresión cuando al verte pensé que podía besarte todo el día, ¿verdad?

Él, muy respetuosamente, no hizo caso de mi comentario.

—Necesito mostrarte algo –me dice–.

Entonces saca de entre sus ropas una pequeña caja de madera y me la entrega. «Ábrela», me dice. La caja es hermosa, simple, pero muy bien terminada. En su cubierta tiene un círculo dibujado con negro, con una especie de cruz en el medio. Con mucho cuidado muevo la tapa de la caja y puedo ver un hermoso cristal alargado del tamaño de un lápiz. Es precioso y completamente transparente.
Contemplo el cristal como estúpida mientras me repito: «No pienses nada, no pienses nada.» Aunque si lo considero bien, él también puede notar ese tonto

intento para no evidenciar mis sentimientos.

Morian pone el cristal sobre su mano y luego me pide que yo ponga la mía sobre el cristal, de manera que nuestras manos cubren por completo la singular joya. Cierro los ojos por instinto, y apenas mi mano toca el cristal siento que damos un gran salto hacia lo alto.

En lo que me pareció ser un segundo, nos encontramos suspendidos en una parte del universo. No estamos dentro de una nave ni volando, solo estamos suspendidos en el espacio, libremente. Frente a nosotros, cual si fuera una película, desfilan lunas, soles y estrellas. ¡El espectáculo es maravilloso!

De pronto, entre los todos astros que puedo ver, mi mente se fija en un pequeño grupo de estrellas brillantes que están a lo lejos.

—¿Qué miras? –pregunta Morian.

—Ese grupo de estrellas. Son muy brillantes y hermosas.

—Hay muchas otras estrellas frente a ti, y todas también brillan hermosamente. ¿Por qué miras a ese grupo en particular?

Me quedé pensando un momento. Mis ojos no pueden dejar de mirar ese pequeño grupo de seis estrellas de un fuerte color azul, es como si todo mi ser quisiera ir hacia ellas.

No es necesario responder, él sabe lo que estoy pensando.

—Esas seis estrellas que observas, ustedes las llaman Pléyades, y son mi hogar.

—¿Tu hogar?
—Así es.
—Es extraño, siento una gran conexión con tu estrella.
—¿En cuál de las seis vives?
—En todas.

Pienso que me debe estar bromeando, no obstante, su rostro serio, pero amable, echa la teoría a la basura.

—¿Cómo que en todas? ¿Acaso tienes problemas con tus vecinos?

Sonríe.

—No es eso, en las Pléyades nos llevamos muy bien todos, y no es que yo sea el único que viva en todas las estrellas. Todos lo hacemos.
—¿Todos viven en todas las estrellas?
—Lo que sucede es que se puede vivir en cualquiera. Cada estrella es un centro de entrenamiento, así que puedes ir cambiando según lo desees.
—¿Centro de entrenamiento?
—Sí. Nos entrenamos para hacer frente a nuestros enemigos. Cada estrella es un módulo que nos ayuda a ser mejores en un aspecto importante: conocimiento, telequinesia, telepatía, tecnología, tiempo y fraternidad. También teníamos una estrella donde preparábamos nuestros ejércitos, pero esa estrella fue destruida por nuestros enemigos hace muchísimo tiempo. Esa séptima estrella hoy está apagada y no puedes verla desde aquí, pero si nos acercáramos lo

suficiente, podrías verla claramente.

Mi cabeza, casi a punto de estallar, por momentos parece abstenerme de toda lógica y no cuestiona nada de lo que Morian dice, pero ahora la razón me daba un mazazo en la cabeza y comenzaba a cuestionar todo lo que me ha estado pasando, peor aún, de verdad comienzo a creer que me estoy volviendo loca.

Morian quita su mano del cristal e inmediatamente regresamos al interior de la cueva. Me mira dulcemente, como un padre a una hija triste.

—Basta de estrellas por ahora, necesito entregarte un mensaje –dice.

MAMÁ

—Uno, dos y tres. Despierta ya –es la voz de Charles.

Abro los ojos. Me siento como si hubiera dormido tres días.

—Amiga, ¿estás bien? –me interroga Sarah con una tremenda cara de preocupación.
—Sí –respondo sorprendida–. Aunque en realidad me siento muy cansada, exhausta, como si hubiera corrido una maratón de 21 kilómetros. ¿Funcionó? ¿Dije algo?

Ambos se quedan en silencio.

—Vamos, chicos, no me asusten, díganme de una vez si pudieron averiguar qué es lo que me está pasando. ¡No recuerdo nada!
—Llevas dormida cerca de treinta minutos y comenzaste a hablar apenas te dormiste –dijo Charles con expresión de preocupación.
—¡Pero eso es fantástico! No entiendo. ¿De qué se preocupan? Cuéntenme, ¿qué fue lo que dije?

Nuevamente silencio.
Ahora bien, nunca he sido muy conocida por ser una persona paciente. Eso, sumado a mi creciente nivel de estrés, me hizo gritarles: «¡O me dicen en este minuto

qué fue lo que pasó o se largan de mi casa ahora!»
Sarah me miró, se sentó en la cama junto a mí, y sacó el celular del bolsillo de su chaqueta.

—Kathy, necesito que mires esto en silencio. No importa lo que veas, tienes que verlo hasta el final. ¿OK?

Asentí con la cabeza. Ahora estaba profundamente preocupada. La idea de la hipnosis era encontrar respuestas y quitarme un poco de presión de los hombros, pero veo que no estaba resultando.
Sarah me toma de la mano y comienza a mostrarme el video en su celular.
Mi amiga comenzó a grabar apenas cerré los ojos. Se podía escuchar cómo Charles me daba instrucciones de permanecer tranquila y relajada. Al cabo de unos momentos, el hipnotizador amateur hizo una seña a la camarógrafa aficionada: «Está lista», dijo.

—Kathy, ¿puedes escuchar mi voz?

Yo asentí con mi cabeza mientras permanecía recostada en la cama.

—¿Qué edad tienes?
—Dieciséis –respondí.

Yo no me acordaba para nada de eso.
Charles vuelve a hacer una seña de aprobación hacia la cámara. Mi amigo me hizo otras preguntas para asegurarse de que estaba dormida y que tenía cierto control sobre mí.

—Ahora quiero que regreses hasta hoy en la mañana, y me cuentes con lujo de detalles qué fue lo que viste en la reunión de presidentes.

El video muestra que me quedé un rato en silencio y luego comencé a hablar, ¡pero en un lenguaje totalmente distinto! Se escuchaba como un idioma antiguo, idioma que claramente yo no hablo.

Mi corazón comenzó a correr a mil kilómetros por hora. ¿Qué era esto que me estaba pasando? ¡Solté el celular y lo dejé caer en la cama!

—Kathy, tienes que continuar mirando, lo peor aún no ocurre –me dijo Sarah mientras recogía el celular. Yo la miré aterrorizada.

Seguí mirando el video por más de quince minutos. Todo el rato hablaba en este extraño idioma. Había algunos momentos en que me reía ligeramente y otros en que me notaba preocupada, incluso triste.

Charles ya se había rendido intentando hacer preguntas que eran respondidas en otro idioma, así que se había sentado a mi lado.

—Creo que será mejor despertarla –dijo Charles.

Sin embargo, en el momento en que se puso de pie con la intención de ordenarme abrir los ojos, mi cuerpo se levantó de la cama.

Di un grito de susto, ¡mejor dicho de terror!

No es que me haya levantado unos centímetros, me elevé por lo menos un metro por sobre mi cama. Mi espalda estaba completamente recta en el aire y mi cuerpo parecía reposar sobre una superficie dura e invisible.

El video mostraba que Charles se asustó muchísimo y corrió hacia la puerta, según él, para avisar a mis padres. Yo creo que lo único que quería era irse a su casa, pero Sarah le ordenó que se quedara. Mi amigo se detuvo, pero permaneció de pie todo el rato al lado de la puerta, por si tenía que correr rápidamente, me imagino.

Después de estar un rato suspendida en el aire, pude ver cómo yo apuntaba con mi mano izquierda hacia distintas direcciones. Todas se dirigían a distintos puntos del techo de mi dormitorio.

Después de unos diez minutos bajé hasta mi cama. Fue ahí cuando Charles se armó de valor y me pidió que despertara.

—¿Recuerdas qué es lo que viste? –me preguntó Sarah.

—Para nada. ¡No puedo creer lo que pasó! Si no hubieras grabado el video no les hubiera creído –contesté.

—El asunto es ¿qué haremos ahora? –interrumpió Charles, que aún se veía profundamente asustado.

Decidimos que no haríamos nada hasta que tuviéramos alguna idea de lo que estaba pasando. El plan era simple: “Paciencia activa”. Charles tenía un tío que era profesor de historia en la Universidad de Phoenix y le enviaría por correo, solo el audio de la grabación, para ver si podía reconocer el lenguaje que utilicé y, mejor aún, decirnos qué dije durante ese arranque políglota. La idea de no llevar las imágenes era obvia, no quería que me trataran de loca o, peor aún, que me visitara un sacerdote exorcista.

Sarah buscaría en internet toda la información con respecto a hipnosis con levitación, visiones y cosas por el estilo. Mi trabajo sería, dentro de lo posible, tratar de controlar estas extrañas experiencias. Si tan solo pudiera recordar lo que vi en mi hipnosis o entender mis sueños, sería un grandísimo avance.

Mis amigos se fueron y yo me quedé sola con mis dudas y temores. Admito que existe cierta complacencia cuando uno no es la única persona que se siente mal, pues sé que Charles y Sarah estaban igual que yo: con miedo y sin saber qué hacer. Pero en estos casos, ¿quién es la persona que siempre se viste de superhéroe? ¡Exacto! ¡La madre!

Alguien golpeó mi puerta. No era necesario preguntar.

—¡Pasa, mamá!

—¿Cómo estás, hija?

—Si te digo que bien, ¿me creerás?

—Sí. Yo siempre te creeré todo lo que me dices –contesta con tono irónico.

Respiro hondo. No soy una persona muy sentimental, pero después de todo lo que he pasado, especialmente hoy, me siento cansada. Es como si llevara una mochila de cincuenta kilos en la espalda y lo único que quiero es, aunque sea por un rato, dejarla en el piso.

Mi madre, que es sabia como la naturaleza, se recuesta en mi cama y con su mano da unos suaves golpes al colchón. Era una invitación a acostarme a su lado. Me saco los zapatos y me tiendo a su lado. Ella apaga la luz y me abraza. ¡Oh, cómo necesitaba ese abrazo! Mi cara reposa en su pecho y ella, como si retrocediera el tiempo hasta cuando yo era un bebé, comienza a acariciar mi cabello. Ella no dice nada, puede reconocer perfectamente que hay momentos en que las palabras estorban. Y ahora no quería hablar, solo necesitaba eso, un abrazo. Sentir que no estaba sola, sentirme amada.

Los minutos pasan, el silencio aumenta y las manos de mi madre se hacen infinitas sobre mi cabello. De pronto sucede lo que no quería. Una angustia terrible parece llenarme el pecho y mis ojos se esfuerzan inútilmente por resistir las lágrimas en una batalla que saben está perdida, solo es cuestión de tiempo.

Mamá no apura el desenlace, solo permanece a mi lado, hasta que mis conductos lagrimales se abren cual grifo. Intento frenar el llanto, pero un sollozo me traiciona. Ella me aprieta un poco más fuerte contra su pecho, como queriendo decirme: Tranquila, ahora más que nunca estoy aquí, contigo.

Comienzo a llorar y parece que se hubiera roto una represa hidroeléctrica. Lloro, sollozo y sigo llorando. Debo haber hecho esto por cerca de veinte minutos. Por fin, después de ese largo período de tiempo, las lágrimas cambian a sollozos nuevamente.

—¿Mejor? –pregunta mamá dulcemente.

Yo asiento con la cabeza, la voz no me sale.

—¿Se fueron las piedras? –pregunta.
—¿Cuáles piedras? –pregunto con dificultad.

—Las que sentías sobre tu espalda –me dice con ternura–. Las lágrimas debieron haber botado varias de las más grandes –agrega.

Bueno, a estas alturas no hace mucha falta decir que mi madre es perfecta. Eso salta a la vista, pero la verdad es que es así. Simplemente maravillosa y perfecta.
Sonrío, siempre me viene bien una sonrisa después de tanto llanto.

—¿Cómo sabes de las piedras en la espalda? –pregunto sin moverme de su pecho. Es como un nido en el que me acurruco cada vez mejor.

—Porque tengo cuarenta y un años y me he sentido muchas veces como te sientes ahora. Y créeme, Kathy, en momentos así uno siente como si llevara una mochila llena de piedras. Tranquila, llorar es siempre un buen comienzo.
—¿Cómo llorar hace que el peso se vaya, mamá?

Guarda silencio un momento, puedo sentir que no quiere darme una respuesta rápida.

—No se trata solo de llorar. El tema es liberar presión. Cuando pasas por muchas emociones fuertes, problemas que no puedes resolver y preocupaciones que parecen ser más largas de lo que esperas, la presión dentro de ti comienza a acumularse como lava en un volcán. Uno suele sentir esa presión de forma física, a veces con dolores de estómago y otras veces como una mochila con piedras sobre los hombros.

Después de un rato, la presión es tanta que necesita liberarse.

—Y el llanto sirve para liberar esa presión, ¿verdad? –la interrumpo.

—Así es, pero no es lo único. El deporte también ayuda mucho. También sirve el aumentar el contacto con la naturaleza, hablar con tus amigos, etc.

—Creo que entendí por qué lloré, entonces.

—¿Por qué, hija?

—Porque hablar con mis amigos no me ayudó mucho y hace más de un año que no practico deporte, solo me quedaba el llanto.

Ella ríe un momento y luego continúa.

—Las cosas que te dije no son excluyentes. No se trata de "hago deportes, entonces no puedo llorar". Ojalá hagas todas las cosas que puedas para bajar esa presión, pero debo confesarte que de todas las cosas que te dije, yo creo que llorar es lo mejor que puedes hacer.

—¿Por qué?

—Porque llorar no solo te quita presión, llorar también te sana por dentro, te desahoga, te hace ser humilde y entender que no eres un superhéroe.

La abrazo y la aprieto fuerte.

—Te faltó una cosa en tu análisis, mamá –le digo con la voz un poco más repuesta.

—¿Qué cosa?

—Que el deporte o el contacto con la naturaleza puedes realizarlo sola, pero llorar... si puedes hacerlo con una persona que amas, es doblemente mejor.

Ella vuelve a sonreír y me susurra al oído:

—Siempre habrá momentos en la vida en que lo único que deseas es que alguien te abrace y te diga: “No te preocupes. Todo saldrá bien”. Preocúpate de rodearte de ese tipo de personas. No suelen ser muchas, pero esas dos o tres serán como ángeles en tu vida.

Permanecemos en silencio un momento, yo sigo pegada a su pecho y me siento tan feliz y cómoda como cuando estaba en su vientre. De pronto se enciende la luz.

—¿Terminó el duelo? –me pregunta.
—¿El duelo? ¿A qué te refieres, mamá?
—Me refiero a que, aun cuando llorar es bueno, solo tiene que ser por el tiempo necesario. No puedes pasarte el día entero llorando. Hay que buscar la solución a los problemas.

Mamá se levantó con cuidado y me sugirió que fuera al baño a lavarme la cara, cosa que hice de inmediato. Cuando regresé, mamá tenía sobre la cama un cuaderno y un lápiz.

—¿Vamos a escribir una carta o algo parecido? –pregunto.
—Ni carta ni nada, te voy a enseñar algo que aprendí hace tiempo y que me ha servido muchísimo. Verás, hija, muchas veces en la vida sentirás que no tienes

las respuestas que necesitas y, como decía mi madre, "A veces los árboles no te dejan ver el bosque". Entonces la clave es alejarte un poco de los árboles para ver todo con mayor claridad.

—Me gusta el concepto. ¿Qué haremos?

—No es lo que haremos, es lo que tú harás. Yo solo te lo enseñaré.

—Está bien –respondo.

Mi madre toma el cuaderno y en una hoja en blanco traza tres líneas verticales.

—Muy bien. Yo llamo a este ejercicio "Separando los árboles del bosque".

—¿Separando los árboles del bosque? En honor a la abuela, ¿verdad?

—¡Por supuesto! Te explico. Lo primero que haremos será formar tres grupos: "cosas que no me dejan dormir", "cosas que más preocupan" y "cosas que puedo hacer".

Es muy simple, en el primer grupo escribirás todas las cosas que te preocupan. Por eso no puedo ayudarte, pues debes ser muy sincera contigo misma, escribe todo.

—Pero ¿cómo identifico cuáles son esas cosas?

—Fácil. Como su nombre lo dice, son aquellos asuntos que impiden que cierres los ojos tranquila por las noches. Son aquellas que, sin darte cuenta, te quitan el sueño o desvían tu atención durante el día. Algunas de ellas pueden hacerte sentir algo de miedo o incluso ansiedad. ¿Se entiende la idea?

—Sí. ¿Hay un máximo de cosas? –pregunto sonriendo.

—No. No hay un máximo, pero sí un mínimo, cinco.

—Perfecto. ¿Qué hago después?

—Después, en la segunda columna dibujas tres círculos. Luego revisas toda la lista de problemas que escribiste en la primera columna y eliges los tres que más te preocupan. Luego, escribes cada una de esas preocupaciones en cada uno de esos tres círculos. ¿Me sigues?

—Hago la lista de todas mis preocupaciones y luego elijo las tres más grandes y las pongo dentro de los círculos de la segunda columna.

—¡Perfecto! Luego, por cada problema de la segunda columna, debes escribir, a lo menos, dos cosas que puedes hacer para solucionar ese problema. Esas "acciones de poder" las escribes en la tercera columna. Aquí escribirás las "cosas que puedas hacer" para solucionar esos problemas. No importa si son ideas grandes o pequeñas, escríbelas.

Yo la miro y dudo un poco antes de hacerle una pregunta, no quiero desanimarla con su análisis, pero ella se da cuenta y me anima a que le pregunte sin problemas.

—¿Y si hay problemas en los que la solución no dependa de mí y no pueda hacer nada al respecto?

—¡Muy bien! Era la pregunta que esperaba que hicieras. Si te das cuenta de que elegiste como uno de tus tres problemas principales uno por el que tú no puedes hacer absolutamente nada para solucionarlo, entonces lo dejas en tu lista, pero lo sacas de los principales. Preocúpate de las cosas que puedes cambiar.

La miro y sonrío, en verdad es experta en el tema.

—¿Has hecho esto muchas veces?
—Ahora no tanto, pero cuando conocí a tu padre lo hacía cada tres meses.

Ambas nos reímos. Me pide que me levante y me da otro abrazo. «Te amo más de lo que puedas imaginar, hija. Y no importa lo que pase, siempre estaremos con tu padre para ayudarte. Que él no esté aquí no significa que no esté preocupado», me dice.

—Yo también te amo, mamá.
—Ahora solo necesito pedirte una cosa.

Yo abro los ojos y en mi interior pienso, ¡que no haga una "Jugada de papi"!

[Jugada de papi = No importa lo bueno que haga, siempre lo echa a perder al final, ¡no puede ser todo cien por ciento bueno! Bautizamos así a ese hecho, porque papá suele hacer o decir cosas buenas, y al final siempre lanza un chiste o comentario completamente fuera de lugar echando a perder todo lo bueno que había hecho].

—¿Pedirme una cosa?
—Así es, hija.
—OK. Que quieres pedirme.
—Que vayas y le des un abrazo fuerte a tu padre, en

verdad está muy preocupado por ti.

—¿Es necesario? –Pregunto con una sonrisa.

—Absolutamente.

Ella se ríe, sabe que no soy de dar muchos abrazos a papá.

Abro la puerta y salgo casi corriendo hacia donde está papá. Mi ánimo y energía se encuentran totalmente renovados, es que hablar con mamá me llena de energía.

Papá estaba en la cocina calentando un trozo de pizza. Salté sobre él y con suerte alcanzó a sostenerme. Lo abracé, le dije que lo amaba mucho y que agradecía su preocupación, pero que ya estaba mucho mejor. Él me miró y sus ojos se le llenaron de lágrimas. Luego me abrazó nuevamente y me dijo que me amaba.

Salí de la cocina y mientras caminaba pensaba: «No lo hagas, no lo hagas. Va todo perfecto hasta aquí.»"

Entonces lo escucho decir: «Hey, Kathy.» «¡Ahí está, la "Jugada de papi"!», pienso.

—¿Sí, papá? –pregunto casi con miedo.

Intento adivinar el comentario que viene, pero es imposible, la mente de papá es única.

—¿Suspendo la hora con la psiquiatra entonces? –pregunta.

Respiro hondo. Pensé en responder algo, pero no se me viene nada a la mente. Y como me siento tan bien, opto por hacer algo que hasta a mí me sorprende.

Vuelvo y le doy otro beso.

—Igual te amo –le digo.

Él me mira y sonríe, no dice nada. «¡Y, por favor, que no diga nada más!», pienso mientras regreso a mi habitación.

—¿Hola? ¿Con el hospital psiquiátrico? Que mi hija de dieciséis años me bese dos veces en menos de cinco minutos es raro, ¿verdad?

Escucho las risas de mamá a lo lejos. Yo me río y sigo caminando. ¡Es imposible enojarse con papá!

«OK, Kathy, lo primero es una lista de todas las cosas que te preocupan», me digo a mí misma.

"Cosas que me preocupan":

- No recordar mis sueños.
- El asesinato del presidente italiano.
- Mi levitación en la hipnosis.
- Dormir mal y amanecer cansada.
- No tener novio.
- Matemáticas –Soy horrible con los números.

Creo que eso es todo. Por lo menos, según lo que dijo mi madre, son las cosas en las que pienso mucho últimamente. Ahora, ¿cuáles son las tres más importantes? ¿Cuáles son las que más me preocupan?

Creo que "dormir mal y amanecer cansada" puede estar relacionada con "no recordar mis sueños". Quizá si duermo mejor no estaré cansada al día siguiente y de paso recordaré mis sueños. ¡Perfecto, tengo una! Me pareció escuchar a mamá: *“Ves, ahora que te alejas de los árboles comienzas a ver el bosque”.*

Lo otro que me preocupa mucho es el tema de la levitación. ¿Puedo hacer algo con eso? Sé que Sarah se encargaría de buscar información, pero creo que prefiero hacer una investigación propia, al fin y al cabo, “no hay nadie a quien debieran importarle más los remedios que al enfermo”. Tengo otro punto.

Ahora a buscar el último.

El asesinato del presidente italiano me preocupa mucho también. Principalmente por lo que vi, pero no creo que pueda hacer algo al respecto. Además, si comienzo a investigar o a preguntar a la policía seguramente levantaría sospechas. Creo que este punto deberé dejarlo a un lado. Me preocupa, pero no puedo ocuparme de él.

No tener novio creo que es lo que menos me preocupa en estos momentos. Me gustaría tener a alguien para salir y compartir momentos, pero creo que no es una prioridad ahora.

Creo que las matemáticas deberían ser el tercer punto. Mis padres no me presionan mucho con los estudios, pero lo haré por mi reputación. ¡No puedo ser la más mala de la clase! Es que simplemente cuando veo números, todo se me revuelve y me termina doliendo la cabeza.

Entonces, el ejercicio de mamá queda así:

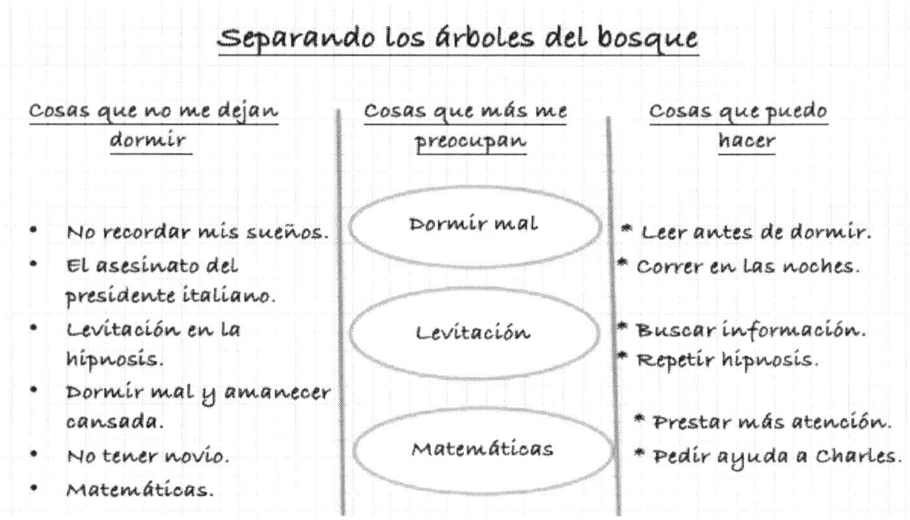

Mi madre es genial. El solo hacer este cuadro me ayudó a ver que hay cosas por las que no vale la pena preocuparse, aunque sean importantes. Debo enfocarme en las cosas donde puedo cambiar la situación. El resto de los problemas tendrá solución a su tiempo, por ahora, solo son estrés gratuito.

Ahora bien, que no sea buena para las matemáticas no quiere decir que sea una mujer tonta, así que tomé la hoja y la pegué con mucho cuidado en el techo de mi dormitorio, justo sobre mi cama. Así la podré ver cada día y recordar las cosas que cosas que debo hacer.

CRISTALES

Me acosté con el sentido del deber cumplido. Estoy segura de que mañana, cuando mamá vea que seguí al pie de la letra sus instrucciones, se sentirá muy orgullosa.

Tengo sueño, fue un día demasiado agotador y lo único que deseo es dormir. No quiero sueños extraños, levitaciones ni nada por el estilo. No alcanzo ni siquiera a terminar mis pensamientos cuando una vez más oigo: «Terra, Terra.»

¿Qué fue eso? Miro para todos lados. Esta vez no puedo culpar a mis hermanos. ¿Qué es esa voz? Dice algo extraño, como "Tierra". Es solo un susurro, no puedo distinguirlo bien. ¡No me asustó tanto! Creo que comienzo a acostumbrarme a estas cosas.

—¿Quién eres? ¿Qué quieres de mí? –grito al espacio vacío de mi habitación.

Estoy llena de coraje por no entender qué pasa.

Silencio y más silencio. Estoy enojada, cansada de todo esto. Comienzo a quitarme la ropa decidida a dormir sin importar lo que escuche. El celular me indica que son las 22:22 horas y estoy absolutamente rendida. Me pondré mis audífonos y que pase lo que tenga que pasar. Sin embargo, algo extraño sucede. Al sacarme el pantalón siento que algo me clava la pierna. Reviso mi bolsillo y encuentro un extraño cristal alargado. ¡Me quedo atónita!

Es un cristal hermoso, nunca había visto algo así, completamente transparente y de unos quince centímetros. Sus extremos son un tanto raros. En una punta tiene una pequeña esfera, pero se nota que no es una pieza externa que se ha incorporado al cristal, sino que fue hecho así, pues no hay cortes de ningún tipo alrededor de ella. Era una sola pieza. En el otro extremo el cristal terminaba en punta semiredonda. Esa parte se parece mucho a la de un lápiz.

Pensé en llamar a mamá para mostrarle el cristal, pero me armé de valor y no lo hice, quería ver adónde me llevaría esto. Tomo el cristal y este no hace nada. Lo meto debajo del agua del lavamanos y tampoco hace nada.

¡Rayos! Debe hacer algo. ¿Cómo apareció en mi pantalón en primer lugar? Estuve más de una hora intentando hacer que el cristal hiciera algo. Todo fue inútil.

Decido que lo mejor es acostarme. Dejo el cristal en el velador y me meto bajo la cama. No tengo que hacer mucho para que el sueño llegue a mis ojos. Estoy cansadísima.

—Terra, Terra –nuevamente alguien susurra.

Bueno, ¡no estoy tan cansada como para no escuchar eso! Instintivamente me giro hacia el cristal y este había comenzado a irradiar un hermoso brillo de color azul. No iluminaba casi nada a su alrededor, pero entregaba una vista paradisiaca.

Me siento al borde de la cama. Ahora que brilla me da un poco de miedo tomarlo.

—Terra, Terra.

Ahora lo oigo claramente, el llamado viene del cristal. ¿Qué significa Terra?

Respiro hondo y tomo el cristal entre mis manos.

¡Bum! Al instante mi cabeza se llena de imágenes y recuerdos. Es como si un rayo hubiera aclarado todas mis dudas y pensamientos. En fracción de segundos veo estrellas, a un hombre rubio y alto con cara de actor de cine, planetas, revivo el asesinato del presidente italiano y muchas cosas más. Es como si fuera avanzando por un túnel a gran velocidad y a ambos lados del túnel aparecieran imágenes, recuerdos, personas y situaciones. A pesar de lo rápido que voy, curiosamente soy capaz de entender todo lo que se me muestra. Al final de este viaje, un escenario familiar: las cataratas de Havasu.

El túnel se cierra, la luz del cristal se apaga. Todo vuelve a la normalidad. Me echo hacia atrás y mi cuerpo reposa en la cama. Mis manos no dejan de sostener el cristal. Es curioso, me siento como si fuera otra persona, como si algo hubiera nacido en mi interior.

Ahora todo está más claro en mi cabeza, no tengo todas las respuestas, pero sí muchísimas más que antes. Pude recordar con lujo de detalles todo lo que pasó en la hipnosis. El campo que atravesé y cómo las flores muertas revivían mientras avanzaba entre ellas. Recordé también a este ser llamado Morian y las cosas que me enseñó con respecto a su planeta y de cómo me había cuidado desde pequeña. ¡Rayos, quiero verlo de nuevo ahora! Siento un extraño sentimiento hacia él.

Entendí también, no sé cómo, pero sé que es así, que mi levitación en la cama se debió a esta especie de viaje astral con Morian a Pléyades. Todas las cosas toman un poco más de sentido ahora, sin embargo, había dos cosas que no entendía: ¿qué rayos significaba Terra? ¿Y qué tienen que ver las cataratas de Havasu en todo esto?

No podía dejar pasar el tiempo. Las cataratas estaban a poco más de una hora de Parker y debía ir al día siguiente. El único problema era: ¿qué hacía con la escuela? Lo primero que se me vino a la mente fue una "mentira piadosa". Podría no decir nada a mis padres y salir a la escuela como si nada pasara, luego ir con mis amigos a las cataratas, sin embargo, un extraño sentimiento de intranquilidad me invade por completo. Era como si me hubiera dado un ataque de conciencia y todo mi ser interior me hiciera saber que no podía mentirles a mis padres.

No soy una chica rebelde, pero en mis dieciséis años he mentido en cosas mucho más graves que un viaje a las cataratas. ¿Cuál era el problema ahora? Intenté negociar con mi conciencia, pero fue inútil, así que decidí decirles a mis padres la verdad.

Tomé el celular para poner la alarma. Todo mi cuerpo reclamaba sus merecidas ocho horas de sueño, pero de nuevo ¡bum! ¡Eran las cinco de la mañana! Me senté nuevamente en la cama, cerré los ojos y traté de respirar tranquilamente. Necesitaba ordenar mis ideas. Estaba cien por ciento segura de que había tomado el cristal siendo poco más de las diez de la noche, y también estoy segura de que lo que vi en esa especie de túnel duró solo unos segundos. ¿Cómo es posible que sean las cinco de la mañana?

La única opción posible me dejó congelada: el viaje por el túnel no duró unos segundos como creía, ¡duró siete horas!

Adiós a las ocho horas de sueño. Decidí no dormir. Tenía que levantarme a las seis y estaba segura de que si ponía mi cabeza en la almohada, Morfeo me reclamaría las ocho horas que le prometí. Así que decido ducharme y procuro estar despierta. De seguro necesito estarlo para averiguar qué es lo que pasa en esas cataratas.

Grupo de Mensaje: *"Los de Siempre"*.

06:00 hrs:
—Yo: Chicos, necesito ir a las cataratas hoy, creo que tengo algunas respuestas a lo que me está pasando. ¿Me acompañan?
—Sarah: ¡Obvio! Cuenta conmigo. Además, no quería entrar a matemáticas.

«¡Matemáticas! Faltando a clases no mejoraré nunca», pienso.

—Yo: ¿Charles? ¿Estás?
—Sarah: De seguro está durmiendo aún.

06:10 hrs:
—Charles: ¿Qué pasó? Me estaba duchando.
—Sarah: Jajajaja, esa excusa ya no te la creemos.
—Yo: Necesito ir a las cascadas, ¿nos acompañas?
—Charles: Depende.

«¡Idiota!», pienso.

—Yo: ¿Depende de qué, amigo?
—Charles: ¿Te vas a poner a volar sobre las cascadas?

«¡Doblemente idiota!», pienso de nuevo.

—Yo: ¿Vas o no vas? No tenemos tiempo para estupideces.
—Charles: OK, OK. Voy.
—Sarah: ¿En qué vamos?
—Yo: Le pediré la camioneta a papá, les confirmo.
—Charles: ¡Ese favor a tu padre no te saldrá gratis!
—Yo: Lo sé, lo sé, pero no tenemos otra alternativa.

Llego a la cocina y mamá ya estaba preparando el desayuno.
Saludo a todos y al darle un beso a mamá dejo la hoja con el trabajo que me sugirió en su bolsillo. «Después me cuentas», le digo en voz baja. Ella sonríe orgullosa.
Nos sentamos a tomar desayuno. Mis hermanos, o mejor dicho, "los embajadores del fastidio" están frente a mí, como unas hienas que acechan a su presa, esperando que cometa el más mínimo error para atacarme. Mientras tanto, papá enciende el televisor para que veamos el noticiero matutino.
¡Bum! Casi morí cuando el noticiero anunciaba que otro presidente había muerto.

—Aún no nos recuperábamos de la lamentable muerte del presidente italiano, cuando hoy en la madrugada, también de un ataque al corazón, falleció el presidente de Argentina en su hotel –anunciaba la presentadora en la televisión.

Un frío me recorrió el cuerpo por completo. Nadie dijo nada. Hasta las hienas guardaron silencio. Me quedé callada. Me pareció ver algo en la televisión, pero no estoy segura.

—Voy al baño y regreso –digo en un tono desanimado.

Mamá me mira en silencio.

Entro al baño y busco la noticia por internet, estaba por todos lados. Nadie podía creer que hubiera dos presidentes muertos en dos días seguidos, y ambos por la misma razón: un ataque cardiaco. Se rumoreaba que el resto de las reuniones de la cumbre serían suspendidas. Se hablaba de un posible ataque terrorista y varias teorías conspirativas. Pero no son las noticias que yo quiero. Yo deseo ver el video que salió en el noticiero, donde se ve que sacan el cuerpo cubierto del presidente hacia la ambulancia. Después de un rato tengo éxito. El mismo noticiero lo había subido a su canal de YouTube. Avanzo lentamente la imagen, de pronto ahí estaba lo que necesitaba. ¡Estaba segura de que era eso!

El cuerpo del presidente argentino fue sacado por la entrada del hotel. Por lo menos, eso es lo que se ve. Tres hombres con batas blancas llevan en una camilla un cuerpo cubierto con una especie de sábana azul. Sin embargo, noté que la estatua del hotel, que era la de un gran hombre y un niño tomándose de la mano y señalando al cielo, tenía algo extraño. Sobre la cabeza del hombre había un ave que me pareció muy singular. ¡Estoy segura de que es el ave verde que vi en la ventana del salón cuando murió el presidente italiano!

Detengo el video y aumento la imagen. La resolución del celular es muy buena y puedo ver lo que me temía. No sé si me alegra tener razón, pero era la misma ave verde que había visto ayer en el salón justo antes de cantar. ¿Qué rayos está pasando?

—Hija, ¿todo bien? –pregunta mamá desde afuera del baño.

«Sí, sí. Solo me duele un poco el estómago», pienso.

Pero nuevamente se asoma el ataque de consciencia, pareciera que no pudiera decir la más mínima mentira.

—Me entretuve con un video. Salgo en dos minutos –respondí.

Salí del baño y me armé de valor, debía pedir la camioneta y decir exactamente hacia dónde iba. Esperé un momento y seguí la voz de mi consciencia.

—Papá, hoy necesito ir a las cataratas. ¿Me puedo llevar la camioneta? –dije sin titubear.

A mamá casi se le cayó su tazón con leche al piso. Su reacción fue la de haber visto un fantasma.

—¿Estás bien, amor? –preguntó papá.

—Sí, sí. Todo bien. Solo me mareé un poco.

Silencio de tres segundos que me pareció como de

tres horas.

—¿Y qué vas a hacer en las cataratas? ¿Qué harás con las clases de la escuela?

—Papá, necesito ir. Charles y Sarah me acompañarán. Te prometo que te cuento todo cuando regrese. Por las clases no te preocupes, ya me pondré al día.

—No lo sé…

—Déjala ir –dijo mamá con tono serio.

—¿Cómo? –preguntó sorprendido mi papá al escuchar hablar así a mamá.

—Kathy, ve con tus amigos. Ayer tuviste un día muy estresante y necesitas relajarte. ¿Le puedes pasar las llaves de la camioneta? –le pregunta a papá que estaba asombrado por la situación.

Papá asintió con la cabeza, pero claramente estaba en desacuerdo.

—Una última cosa. Papá, ¿puedes coordinar los caballos? No creo poder hacer la caminata a pie.

Con una cara de tres metros papá responde: «Está bien, llamaré a Kobe.»

Amo a mamá. Sabía que esto le significaría una aburrida ronda de preguntas de papá estilo: "¿Tú sabes en qué anda metida? ¿Acaso eres su cómplice?", pero igual intercedió a mi favor.

Salí a toda prisa en busca de mis amigos. Sarah estaba lista y no tuvo problemas, pero Charles no respondía.

—¡Este idiota parece que aún está dormido! –reclamo

enojada.

—Eso es seguro –me responde Sarah.

Toco la bocina otra vez, ahora la presiono por más tiempo.

Después de un rato, por fin sale Charles, con la sábana marcada en la cara y un evidente nido de pájaros en la parte de atrás de la cabeza, definitivamente había salido recién de la cama.

Charles mide lo mismo que yo, es delgado, tiene el cabello negro y más largo de lo normal. Casi siempre está despeinado. No va a ningún lado sin sus audífonos. Suele tener unos cuantos pelos de barba en su cara, le gustaría tener más, pero no le salen. Le gusta vestirse con jeans, no importa el calor que haga. Ahora que lo pienso, jamás lo he visto con pantalón corto o traje de baño. Mi amigo tiene un estilo desarreglado y un poco distante, pero no puedo criticarle nada, en ese sentido creo que yo transmito lo mismo.

—Disculpen, me estaba bañando –dice mientras sube a la camioneta.

—Sí, claro –comenta Sarah mientras me mira y levanta las cejas.

Comenzamos el viaje en compañía de "No Tears Left To Cry", mi amiga Sarah es una "Ariana Army" hasta morir. Yo voy totalmente ausente de las conversaciones y risas que llevan mis amigos. Pienso en todo lo que recordé al tocar el cristal, que por cierto, llevo muy resguardado en mi mochila. «¿Cómo puedo hacer para ver nuevamente a Morian?», pienso.

No solo porque es guapo, sino porque estoy segura de que él puede darme más respuestas.

—¡Kathy! –me grita Charles.
—¿Qué pasa? –respondo enojada.
—Responde la pregunta que te hizo Sarah.
—¿Cuál pregunta?

Entiendo que mi ausencia en el auto ha sido mayor a la que pensaba:

—Disculpen, chicos, casi no dormí anoche y estoy muy cansada –dije.
—¿Quieres que maneje? –pregunta Charles.

Mi mente piensa rápidamente en los tres accidentes que ha tenido mi amigo por exceso de velocidad. «Mmm, no creo que sea buena idea», pienso. Miro a Sarah como diciendo "si maneja Charles nos morimos todos". Ella entiende en el acto. Al parecer estoy desarrollando mi sentido de telepatía. Sonrío.

—Mejor manejo yo. Si nos detiene la policía por cualquier cosa, podríamos llamar a mi padre.

Charles no está de acuerdo, pero entiende, el padre de Sarah es Steve Hamilton, el jefe de la policía de Parker.

—Tienes razón, Sarah. Para la próxima, Charles –digo haciéndole un guiño.

Inclino el asiento del copiloto hacia atrás. Cierro los

ojos. «Con Charles no hubiera podido dormir, estaría todo el tiempo preocupada por mi muerte», pienso.

Me duermo pensando en Morian, casi suplicando que aparezca en mis sueños y me diga algo, o que no me diga nada. Me conformo con mirarlo. ¿Podría una chica desaliñada como yo tener alguna oportunidad con alguien como él? Ya sé que es una estupidez, pero ¿cómo evitarlo? Además, a los dieciséis años mis hormonas quieren enamorarse de cualquier hombre que sea amable conmigo. Ahora, si además de amable, le agregamos que Shawn Mendes parece un zombi a su lado...

De pronto, un pensamiento que me hubiera gustado no tener recorre mi mente. Si él es así de hermoso, porque viene de una estrella... ¿Habrá mujeres también allá? ¡Qué miedo! Porque si las hay, de seguro son guapísimas. Mejor no pienso idioteces. Además, está comprobado que a los hombres les gustan las mujeres que los hagan reír, y de seguro ninguna de esas bellezas extraterrestres tienen mi adorable sentido del humor. Punto a mi favor.

Decido que es mejor dormir, casi puedo oír a mis neuronas gritar: "Morimos por pensar una idiotez".

—¡Despierta, ya casi llegamos!

—¿Cómo? ¿Tan rápido? –pregunto.

—¡Comenzaste a roncar apenas echaste hacia atrás el asiento! –dice Sarah.

—Los ronquidos no fueron el problema. Debes agradecerme que te puse el cinturón de seguridad, porque apenas cerraste los ojos te comenzaste a elevar hacia el techo del auto. El cinturón te sujetó al asiento –dice Charles.

Miro a Sarah pálida como diciendo: "¿es verdad?".

—¡No seas idiota, Charles! Tranquila, amiga, no pasó nada.

Le di cinco patadas y tres golpes en la cara con solo una mirada a mi "amigo".

—¡Tranquila! Tomo cursos de humor negro en la "academia Jones" –replica Charles.
—Sigue en la academia y lo único que conseguirás es no tener novia. Esa es la verdadera especialidad de la familia.
—Punto a tu favor –responde Charles.

Antes de llegar a las cataratas hay que pasar por Supai, un antiguo pueblo indio. El problema es que no se puede llegar a Supai en automóvil, por lo que debemos dejar la camioneta en Hualapai Hilltop, que es un gran estacionamiento. Cruzamos los dedos para que papá haya coordinado los caballos con Kobe.
Kobe es un joven indio que es fanático del basquetbol. Su nombre real es Yahto, pero a él le gusta que lo llamen "Kobe" por el famoso jugador de la NBA "Kobe Bryant". Papá dice que juega muy bien, tan bien que solicitó autorización para incluirlo en su equipo como refuerzo. La federación de basquetbol estudiantil rechazó la solicitud de papá argumentando que Kobe no estaba inscrito en ninguna escuela secundaria regular. Fue entonces que papá amenazó con hacer público el caso e indicar que se estaba violando la inclusión de los pueblos originarios en el

deporte. Resumen: Kobe juega por el equipo desde hace tres años a modo de "excepción especial".

Kobe ha ido a cenar un par de veces a nuestra casa, pero ya hace bastante tiempo que no lo veo. No me entusiasma mucho ir a ver los partidos de papá, y Kobe solo va a Parker para eso: entrenamientos y partidos oficiales. Luego desaparece. Es que tiene muchas cosas que hacer en Supai. Su padre es uno de los principales indios del pueblo y, además, posee el único hotel del lugar, así que el pobre Kobe está todo el día en excursiones con turistas.

Por fin llegamos a Hualapai Hilltop, el lugar donde hay que dejar estacionado el vehículo.

—¿Y Kobe? –pregunta Charles.

Encojo los hombros. No se ve por ningún lado.

El estacionamiento de Hualapai Hilltop es un horno, así que preferimos esperar en la camioneta con el aire acondicionado al máximo.

De pronto se ve lo que parece ser un milagro. Un helicóptero aterriza no muy lejos de donde nosotros estamos. «¡No puede ser! Te amo, papá», pienso.

—Esto nos ahorrará mucho tiempo –dice Sarah.

Pero el milagro no duró mucho. Unos turistas salieron detrás de uno de los pocos árboles del lugar y se subieron a la aeronave.

—Era demasiado bueno para ser verdad –dijo Charles.

—Quizás no es tan malo como pensamos –replicó

Sarah con tono pícaro.

No bien se elevó el helicóptero apareció detrás de una pequeña colina un muchacho de torso desnudo montando un caballo, tenía los abdominales totalmente marcados y, sudoroso por el calor del sol, su piel parecía brillar a la distancia. Traía un sombrero vaquero y un collar negro alrededor de su cuello.

—¡Por fin! –gritó Charles, haciendo señas con la mano al muchacho.

Sarah y yo nos miramos, no dijimos nada, pero ambas teníamos la misma pregunta: ¿era Kobe?

¡No podía creerlo! Efectivamente era Kobe.

—Definitivamente tenemos que comenzar a ir a ver los partidos de basquetbol del equipo –susurra Sarah en voz baja.

—Definitivamente –respondo.

—¿Cuándo le salieron esos abdominales? ¿Y cuándo se volvió tan increíblemente sexi? –me pregunta Sarah.

Trato de recordar hace cuánto no lo veía, y creo que la última vez fue en la final del torneo estatal, pero eso fue hace ya un año. Siempre ha sido un muchacho grande ¡pero ahora parecía un modelo de Calvin Klein! Nada que envidiarle al cuerpo de Cristiano Ronaldo.

—¿Todavía se quieren ir en helicóptero? –nos pregunta Charles.

–Ahora me iría hasta caminando –responde Sarah

mientras se arregla el cabello.

Ambas nos reímos.

—¡Hola, chicas! Papá pidió que viniera a buscarlas. Pero lo siento, Charles, él no me dijo que tú vendrías. Por eso solo traigo dos caballos aparte del mío.

—Hola, Kobe. No te preocupes. Nos arreglaremos –respondo, mientras grito a mis hormonas: "¡Tranquilícense!".

—¿Quién sabe andar a caballo? –pregunta Kobe bajándose del suyo.

Charles y yo levantamos la mano. He venido tantas veces a estas cataratas que papá me enseñó a montar a caballo desde pequeña. Miro a Sarah extrañada, ella sabe andar mejor que yo, pero decide no levantar la mano.

—Muy bien –responde Kobe, mientras me pasa la cuerda de un caballo y la otra se la da a Charles–. Bien, señorita, usted elige al chofer –dice mirando a Sarah.

Ella sonríe y se hace la dudosa.

—¡Se irá conmigo! –intervengo.

Sarah se queda mirándome con una cara de tres metros.

—Te voy a matar –me dice mientras saca su mochila de la camioneta.

—Dignidad, amiga. ¡Dignidad! –respondo.

Comenzamos el viaje hacia el pueblo. Primero va Kobe, luego Charles y al final nosotras, pero no por mucho. A la primera anchura del camino adelantamos a Charles y nos fuimos tras Kobe. «¿Cómo podía alguien tener músculos en la espalda?», pensábamos.

Kobe era alto, fácilmente pasaba el metro con ochenta centímetros. Sus ojos negros y su piel cuidadosamente bronceada por el sol lo hacían un chico muy atractivo. Su imagen era la de un hombre rudo, un macho de tomo y lomo. La vida india no era fácil, y había tenido que trabajar desde muy niño. Aunque le gustaba tener su cabello largo, lo usaba muy corto, pues era recomendable para jugar basquetbol.

Kobe no solo estaba cambiado físicamente, también se notaba mucho más sociable, era otra persona. «¿Cómo puede alguien cambiar tanto en tan solo año?», me volví a preguntar.

Después de unos 90 minutos llegamos a Supai. Kobe se sabía todos los atajos. Tan pronto como entramos al pueblo fuimos a saludar a su padre.

—¿Cómo está, Yuman? –pregunté estrechando la mano del anciano.

—Muy bien, Kathy. ¡Qué sorpresa tu visita!

—Sí, fue algo rápido.

—¿Y a qué vienen esta vez?

—Solo queremos descansar un poco. Deseamos ir a la catarata principal.

Esa era la catarata que yo había visto cuando toqué

el cristal.

—Excelente. Cuando llamó tu padre solo me pidió una cosa.

—¿Qué cosa? –pregunté casi con miedo.

—Que alguien de la tribu les acompañe. Él sabe que es fácil tener un accidente y no quiere arriesgarse. Así que elijan, ¿Yahto o yo?

Sarah me mira como diciendo: “Si eliges al anciano, te mato”.

—Está bien, Yuman. Si Kobe puede acompañarnos estaremos muy agradecidos. Kobe aceptó de inmediato.

Miro mi reloj y eran las 11:11 horas. «Otra vez ese horario», pienso. Nos apresuramos en preparar nuestras mochilas para ir a la cascada, cuando tengo un extraño presentimiento de no ir, pero habíamos hecho tanto por llegar hasta aquí que ya no podíamos volver. Después de todo, ¿qué nos podría pasar? Llevábamos al mejor guía de todo el lugar.

Espero poder encontrar más respuestas en las azules aguas de la cascada.

TERRA

Comenzamos la caminata hacia la cascada. Yo llevaba el cristal envuelto en un paño blanco dentro de la mochila. Cada cierto tiempo fingía que tomaba agua y revisaba que estuviera bien. Después de un rato lo saqué y lo puse en el bolsillo trasero de mi pantalón. Pensé que si quería decirme algo sería más fácil sentirlo en mi bolsillo que escondido dentro de la mochila.

—Kobe, ¿no te gusta tu nombre indio? –pregunta Sarah mientras subimos por la montaña.

—¿Yahto? –responde él.

—Sí. ¿No te gusta?

—Me gusta, pero prefiero Kobe. Cada vez que digo mi nombre indio en la ciudad todos me quedan mirando un poco raro. En cambio, Kobe es genial, todos me dicen: "¿como Kobe Bryant?" Me gusta eso.

—¿Y qué significa Yahto? Me imagino que tiene algún significado –interrumpe Charles.

—Así es –responde Kobe–, significa "azul".

—¿Azul? –interrumpe Sarah.

—Sí. Por las aguas.

Las aguas de la cascada son muy conocidas por ser de un color azul turquesa que parece hipnotizar a todos quienes la visitan.

—Kobe, hace mucho tiempo papá me contó la historia de tu pueblo. Considerando que tenemos un rato de camino, ¿podrías recordárnosla? –sugerí.
—¡Por supuesto! –responde Kobe–. Pensé que con ustedes me libraría de las típicas preguntas de los turistas, pero no hay problema, les contaré todo. –dice con una sonrisa. Una linda sonrisa, debo agregar.

Sarah se acerca y me susurra: «Si nos trata como turistas, ¿nos cobrará? Yo ando sin un centavo.»

—No digas idioteces, solo está siendo sarcástico –le respondo.
—¿Pueden callarse y dejar que Kobe cuente la historia de una vez? –reclama Charles.

Kobe se prepara para narrar la historia.

—Se conoce a nuestro pueblo por ser los custodios del Gran Cañón. Pero no es un título que nos asignamos nosotros mismos, es un llamado que nos hizo el mismo dios creador hace mucho mucho tiempo.

Kobe se detiene y se sienta sobre una roca al lado del camino. Se ve que para él es muy importante lo que tiene que decirnos. Nosotros hacemos lo mismo en otras piedras cercanas y nos proponemos a escuchar atentos lo que tiene que decir.

—Esta historia comienza en los primeros tiempos, cuando todo esto era un hermoso valle –dice apuntando de Este a Oeste–. En ese tiempo existían montañas y una gran variedad de árboles y flores. Ni el

Gran Cañón ni las cascadas existían.

Un día, los enemigos de los dioses llegaron a este lugar y, como no les gustó ver tanta hermosura, se propusieron destruirlo. Esperaron a que un día el sol se escondiera de la luna y enviaron un demonio que destruyó por completo el valle. Los árboles quedaron en el piso y los que sobrevivieron nunca más dieron fruto. Los animales no volvieron jamás y todas las flores se marchitaron. El valle pasó a ser un lugar oscuro y sin vida. Muchas lunas después, la hija de los dioses creadores miró el valle y dijo: "¿Qué pasó en este valle? Solía ser un lugar hermoso y rico, ahora está desierto y descuidado. Iré a sanarlo". La hija del dios principal era la diosa de todo lo viviente. Se dice que su padre le dijo: "Ya perdí una hija, no quiero perder otra. Por favor, no vayas". Pero aquella escena había detonado tal tristeza en la diosa de todo lo viviente que no podía dejar de sufrir por el valle, así que decidió hacer algo al respecto.

Un día, cuando los dioses andaban en el otro extremo del universo, ella bajó al valle y comenzó a caminar descalza en todas direcciones. Con cada paso que daba, se originaba vida. A izquierda y derecha las flores revivían, los árboles crecían y las frutas maduraban al instante.

—¡Espera un momento! –interrumpí con el corazón en la boca. Era exactamente lo que experimenté cuando Charles me hipnotizó–. ¿Me estás diciendo que esta diosa podía revivir las flores mientras caminaba? –pregunté con cara de terror.

Sarah y Charles me quedaron mirando como diciendo: "¿qué le ocurre a esta loca?".

—Efectivamente –contesta Kobe–. Ella era la diosa de todo lo viviente, así que su sola presencia transmitía vida por doquier. ¿Todo bien? –pregunta mirándome intrigado por mi repentina reacción.

—Sí, sí. Es que encuentro que la historia es fascinante. –Nadie me cree, todos saben que algo me pasa.

—Bueno, prosigo entonces –agrega Kobe acomodándose el sombrero vaquero que lleva–. La diosa de todo lo viviente caminó por el valle hasta que la vida brotó por todos lados. Tan concentrada y feliz estaba la diosa al ver los frutos de su trabajo que no vio venir el ataque del demonio. Tan rápido como llegó el enemigo se fue. La tarea estaba hecha y la tragedia consumada. El cuerpo de la joven diosa yacía sobre las mismas flores que había ayudado recientemente.

En cuestión de segundos el valle volvió a ser el mismo. Las flores murieron y los frutos cayeron podridos desde los árboles.

Momentos más tarde, un gran trueno se escuchó en los cielos, era el grito de dolor del dios principal: el padre de la joven diosa.

La historia cuenta que el dios principal dijo: "Porque has dado tu vida por este valle, de ahora en adelante será sagrado". Tomó en su mano un rayo y lo lanzó a la tierra matando al instante al demonio asesino. Luego, desde el cielo, dibujó con su dedo una gran línea en la tierra. Las rocas se despedazaron y la tierra se abrió de par en par para marcar la línea que él deseaba. Así se formó lo que hoy conocemos como el

Gran Cañón. “Siete mil años lloraré a mi hija. Que sepan mis enemigos que no tienen permitido atravesar esta línea y pisar nuevamente este valle, pues si alguno se atreve, será muerto al instante como este demonio”.

Entonces el dios creador sopló sobre un montón de piedras que estaban cerca del cadáver de su hija, y al instante estas piedras se transformaron en hombres y mujeres. “Ustedes serán los responsables de cuidar este valle y de resguardar la frontera que he fijado a mis enemigos”, les dijo. Es así como se crearon los primeros guardianes de esta tierra. Nuestros ancestros.

La leyenda dice que una nube descendió del cielo y se llevó el cuerpo de la joven diosa y mientras esta ascendía su padre lloró amargamente. Tanto lloró el dios principal por la pérdida de su segunda hija que se formó una gran cascada con sus lágrimas. “Siete mil años lloraré a mi hija, porque mi corazón no quiere ser consolado”, dijo, “pero mi dolor no será infinito, y llegará el día en que este valle se convertirá en lo que mi hija quería. Las flores revivirán y los árboles traerán consigo su fruto. Ese día mi corazón se alegrará nuevamente y mi hija será honrada”.

Todos quedamos en silencio. ¡Yo no podía decir una palabra! Para mí todo esto era como un extraño sueño, un sueño que escapaba de toda lógica.

—Entonces, desde ese día ustedes son los protectores del valle, y la cascada es azul por las lágrimas del dios principal, ¿verdad? –preguntó Sarah casi con reverencia.

—Así es. Por eso para nosotros este es un valle sagrado y cuidamos tanto esta cascada.

—Bien. ¡Hora de continuar! –dijo Kobe poniéndose ágilmente de pie.

Sarah y Charles le siguieron de inmediato. Yo también me puse de pie, pero muy lentamente. Mis amigos no tenían idea de lo que significaba para mí esa historia. De pronto, un pensamiento revelador entró en mi cabeza como un misil: «¡No puede ser!», pensé. Aceleré el paso hasta que di caza a Kobe. Mi estómago estaba totalmente revuelto con una mezcla de nervios y miedo por no querer recibir la respuesta que suponía recibiría.

Con el tono más normal que pude, hablé con Kobe.

—Excelente historia, Kobe. De verdad me dejaste sin palabras. No se parecía en nada a la que me contó mi padre cuando niña.

Kobe sonrío.

—No me extraña. Siempre se cuentan muchas historias, pero créeme, esta es la original –dijo sonriendo.

—Estoy segura de que sí. Solo tengo una pregunta.

—¿Cuál?

Respiré profundo.

—¿Cuál era el nombre de la diosa que fue asesinada?

Mi estómago se apretó aún más y todo mi cuerpo parecía decir: “no, no lo digas, por favor”. Kobe me miró. Parecía que le extrañaba mi pregunta. Guardó silencio por un momento.

—¿Sabes, Kathy? He contado esta historia a los turistas, por lo menos, dos veces al día desde hace años, y es primera vez que alguien me pregunta cuál era el nombre de la diosa.

Yo encogí los hombros. Es solo por curiosidad –le comenté.

—Terra. Su nombre era Terra me contestó.

MENTIS CLAUSA, APERTA CORDE

—¡Despierta, Kathy, despierta! –escucho a lo lejos.
—Ahí viene, ahí viene. Está abriendo los ojos –se oye, me es imposible distinguir quién habla.

Abro los ojos lentamente. Poco a poco mi cuerpo vuelve a recobrar sus sentidos. «¿Qué me pasó?», pregunto.

—¡Te desmayaste! –grita Charles.
—¡Sí! Nos diste un gran susto. Ibas conversando con Kobe cuando de pronto te desmayaste. Si no es por Kobe que reaccionó rápido y te tomó del brazo, te hubieras golpeado la cabeza contra las rocas.

Miro a Kobe con la intención de darle las gracias, pero él me mira en silencio, pensativo. Solo atino a bajar mi cabeza y a subirla en señal de agradecimiento. Él hace lo mismo.
Tomamos unos minutos para asegurarnos de que yo estuviera bien y luego proseguimos con el ascenso. El camino hacia las cascadas se hace por un camino de piedras, la mayoría de ellas sueltas, y donde casi no hay vegetación.
El resto del viaje fue silencioso, en parte por el cansancio, en parte por mi desmayo. Después de un rato, por fin llegamos a la cascada. Hacía mucho tiempo que no venía. Había olvidado lo hermosa que

era.

El agua caía con fuerza desde unos cuarenta metros de altura y formaba una paradisíaca piscina natural. El estanque estaba rodeado de algunos árboles, su contraste hacía ver la escena como una verdadera pintura viviente. Las paredes rojas de la montaña y el agua blanca cayendo se mezclaban con el verde de los escasos árboles que la rodeaban. La hermosura del lugar era coronada por las azules aguas que alfombraban la piscina natural. Por momentos, se levantaba un fuerte viento que parecía peinar hacia atrás las majestuosas aguas.

«Es hermosa», suspiré. Siempre me habían enseñado que el color de la cascada era por el carbonato de calcio, pero ahora que veía su color, lo único que podía imaginar era a un dios con el corazón roto de tristeza, llorando por la muerte de su hija.

—¿Y ahora? –pregunta Sarah.

—¿Ahora qué? –respondo.

Mi amiga respira y mira al cielo.

—Nos pediste que viniéramos a la cascada. Aquí estamos. ¿Qué hacemos ahora?

La miré, me sentí tentada a decirle alguna mentira piadosa para no evidenciar mi ignorancia, pero mi consciencia nuevamente me atacó.

—No lo sé, Sarah, no lo sé. De lo único que estoy segura es que debíamos venir a este lugar.

Ella me abraza.

—Tranquila –me dice–. Descansa un rato y piensa en qué quieres que hagamos. Por mi parte, me dieron unas ganas locas de ir a nadar –Sonríe mientras corre a las aguas turquesas.

—¡Pero tú no sabes nadar! –alcanzo a gritarle.

—¡Ese es el plan! –responde mientras se mete al agua con shorts y camiseta.

La razón del baño era evidente. Kobe se había lanzado al agua apenas llegamos a la cascada. «No creo que se atreva a hacerse la ahogada», pienso, pero Sarah es una verdadera caja de pandora.

Ahora están los dos metidos en el agua y me hacen señas para que me una, y aunque el calor que siento me tienta a darme un chapuzón, sé que esa no es la razón por la que estoy aquí. Charles, que odia bañarse en lugares públicos, acomoda las piedras debajo de uno de los pocos árboles y se acuesta a descansar. Con los audífonos en sus oídos es capaz de pasar ahí todo el día.

Por mi parte, meto mis pies al agua y me resguardo del sol bajo la sombra de un árbol. «¿Y ahora qué?», pienso. ¡El cristal! Me siento estúpida. Lo saco del bolsillo del pantalón y lo pongo delante de mi mochila que está en el piso. No quiero que mis amigos lo vean.

Lo pongo entre mis manos esperando tener alguna señal divina, pero nada pasa. Cierro los ojos y lo aprieto un poco, pero nada ocurre. Me siento decepcionada. Creo que estuve "jugando" con el cristal como diez minutos sin lograr nada, pero yo estaba ahí por una razón, y lo que sea que me estuviera llamando, encontraría la forma de hacérmelo saber.

Y no estaba equivocada. En una torpeza de mi parte se me cayó el cristal al agua, justo al lado de mis pies. Apenas el cristal tocó las aguas turquesas de la cascada, este dejó su color transparente para tornarse en un azul brillante, casi confundiéndose con las aguas en las que reposaba. El cristal no se hundió, se mantenía hermosamente a flote a pesar de que las aguas tenían apenas unos quince centímetros de profundidad. Inmediatamente después de que cambió de color, comenzó a girar en círculos. Al principio lo hizo lentamente, y gradualmente fue aumentando su velocidad hasta que de repente se detuvo. La parte circular del cristal apuntaba a mi derecha y la afilada miraba directamente al costado izquierdo de la montaña.

Me quedé observando el cristal un momento, suponía lo que tenía que hacer, pero no estaba segura.

—Ve en esa dirección –Escuché.

Mi corazón pareció saltar de mi pecho, reconocí esa voz inmediatamente. Era Morian.

Me puse de pie rápidamente y les grité a mis amigos que iría a caminar un rato. Algo dijeron Kobe y Charles que no entendí, luego alcancé a escuchar a Sarah decir: «Déjenla sola, de seguro va al baño.» Mi amiga sabía de mi pequeña vejiga, así que supuso lo más lógico.

Caminé por entre los árboles al costado de la cascada y me sorprendí al ver que había un pequeño sendero que rodeaba la montaña. Ese camino no se veía desde ningún lugar, pues los árboles lo cubrían por completo.

Seguí el sendero. Llevaba el cristal en la mano y este marcaba, claramente, el camino a seguir. Si el sendero doblaba un poco, así también lo hacía el cristal.

Miraba por todos lados, lo único que quería era ver a Morian. No tuve que caminar mucho cuando, de pronto, el cristal se giró en cuarenta y cinco grados y quedó apuntando directamente a la montaña. Me sentí sumamente extrañada, pues la pared de la montaña estaba compuesta, en su totalidad, de una roca roja que parecía imposible de penetrar.

«¿Y ahora qué hago?», pensé.

Me quedé mirando la pared de la montaña. Por un momento, me pareció que poco más arriba de mi cabeza, las quebraduras de la roca esbozaban el umbral de una puerta. ¡Imposible! Me acerqué con cuidado y empujé la muralla pensando que quizás era una puerta falsa. Nada, la pared era sólida como concreto.

—Cierra los ojos –Escuché detrás de mí.

Intenté voltear, pero inmediatamente la misma voz dijo: «No te des vuelta», ¡era Morian!

Le obedecí.

Cerré los ojos y permanecí en silencio. El cristal aún permanecía en mi mano.

—Visualiza la puerta –me dijo.

—Pero es que no hay ninguna puerta.

—Intenta. Imagina la puerta en tu mente.

Respiro hondo.

Me concentré y comencé a imaginar una puerta. No visualicé una puerta como las que tenemos en casa, la imaginé a partir de las quebraduras que vi en la piedra. No sé si lo que hice fue ver una puerta como tal, solo pude imaginar la forma de esta dibujada en la montaña.

—Ahora, entra por esa puerta.

—¡Es imposible! –Toqué la montaña y era de roca sólida.

—Avanza –me dice Morian con voz firme.

A mi mente viene inevitablemente la imagen de la primera vez que Harry Potter atravesó el andén 9 y ¾. Cuando vi la película estaba segura de que su cabeza se azotaría contra el pilar de concreto. Estoy exactamente igual de segura ahora, me romperé la cabeza si avanzo.

Siento cómo unas manos cubren mis ojos.

—Avanza –me insiste.

De pronto el suelo comienza a calentarse. Siento fuego tras de mí. Quiero abrir los ojos, pero las manos de Morian no me lo permiten. Me mantengo firme y de pie, estoy como a un metro de la pared. Sin embargo, el piso empieza a quemarme los pies, así que doy un paso hacia delante. Mi mente no piensa en nada, lo único que quiero es no quemarme. En un momento el calor ya no solo está en el piso, sino que también lo puedo sentir a la altura de mi espalda. ¡Estoy desesperada! Siento que mi piel comienza a quemarse y lanzo un grito desgarrador.

—Tranquila, tranquila –me susurra Morian, mientras quita sus manos de mis ojos.

Estoy muy agitada, el fuego desapareció, pero aún puedo sentir cierto calor en mis pies.

Abro los ojos. ¡Estoy dentro de la cueva!

El lugar me es familiar. ¡Por supuesto! ¡Es la misma cueva que vi cuando Charles me hipnotizó! La reconozco porque lo primero que veo es ese extraño objeto alargado, del tamaño de una persona, cubierto por una misteriosa tela.

Pero ¿cómo es posible? ¿Cómo llegué aquí nuevamente? ¿Y el fuego dónde está? ¿Y la cascada?

—Vaya, esas son muchas preguntas –me dice Morian ahora con un tono más amable–. Te daré las respuestas que necesitas.

Y prosigue:

—Estás del otro lado de la muralla que no querías atravesar. Esto no es un sueño, estás despierta y es la realidad. La cascada está detrás de esta cueva. Si te acercas al final de ella, podrás oír las aguas cayendo a su reposo.

—¿Y el incendio?

—¿Cuál incendio?

—¡El que había afuera de la cueva! Por poco me quema entera.

Morian sonríe.

—El fuego nunca existió. Solo necesitaba una forma

de hacerte avanzar y que atravesaras la muralla.

Nota mental para mi diario:
“La mentira está unida al hombre como un perro a su hueso. No importa si son de Parker, de otro planeta o de una película, un hombre siempre terminará mintiéndote. Algunos dirán que es por una buena causa y otros lo harán solo para hacerte daño, pero una mentira, es una mentira, y siempre terminará causando daño o desilusión”.
Morian se acerca, me mira dulcemente y toma mi mano.

—¿Estás desilusionada? –me pregunta.
«Sí, pero se me pasa rápido», pienso.
—Un poco –respondo.

¡Qué idiota soy! Se me olvida que puede leer mis pensamientos.
Le suelto la mano.

—Quiero que recuerdes una cosa: yo nunca te haré daño.

Nota mental número 2:
“Si bien todos los hombres son unos mentirosos, los de otro planeta son mucho más convincentes, por ende, más peligrosos. Hay que hacerse, aún más, la difícil”.

—No te creo –respondo–. Quién sabe en qué otras cosas me has mentido –respuesta sacada del manual de “mujeres víctimas por siempre”.
—¿Tienes el cristal?

—Sí –respondo.

—Voy a hacer algo que no tenía pensado, y lo haré porque esto solo funcionará si confías en mí. Así que te daré una muestra de confianza. Necesito que me creas.

Sucederán cosas muy importantes en el futuro y tienes que confiar en mí al cien por ciento de hoy en adelante.

—Está bien, lo haré –respondo un poco asustada.

—No lo harás si no hago esto antes.

Ahora estoy oficialmente asustada. ¿Qué hará?

—Yo cerraré los ojos y tú deberás dibujar sobre mi frente un círculo con una cruz en el centro –agregó.

—¿Qué? ¿Por qué haría eso? –pregunto confundida.

—Aún no termino. Mientras hagas eso debes decir:

"*Mentis clausa, aperta corde*".

Repetirás eso hasta que el cristal te obedezca.

—Está bien, pero no haré nada hasta que me expliques qué significa todo esto.

Morian toma mi mano nuevamente y me dice:

—Cuando hagas eso, ya no podré leer tus pensamientos.

Yo lo miro extrañada. No quiero pensar nada.

—Creo que es una buena idea –agrego.

La imagen que debo dibujar en su frente aparece muy clara en mi mente. Es la misma que estaba dibujada en la caja de madera cuando me entregó el cristal.

Morian cierra sus ojos y tomo el cristal con mi mano derecha, él aún me tiene tomada de la mano izquierda.
Comienzo a dibujar el símbolo en su frente y repito lo mejor que puedo:

—*"Mentis clausa, aperta corde".*

No pasa nada.

—Una vez más. ¡Debes creer! –me dice.
—*"Mentis clausa, aperta corde". "Mentis clausa, aperta corde".*

Repetí el proceso cerca de diez veces y nada. El cristal seguía transparente y, por lo que veía, Morian podía seguir leyendo mis pensamientos.

—Terra, no cuestiones. Solo cree –me dice por telepatía.

"Terra". ¿Por qué me llamó así? A mi mente viene todo lo que imaginé con la historia de Kobe y la diosa de todo lo viviente. De todo lo que pasa por mi mente elijo una de esas imágenes, la de la diosa caminando descalza en medio del valle. Me recuerda a la caminata que hice en mi "sueño" cuando fui hipnotizada.

Quito de mi mente las preguntas y no pienso más en lo irracional que pueda parecer todo esto. Me enfoco en la imagen que elegí. "Terra, Terra", repito en mi mente.

Levanto el cristal una vez más y comienzo a dibujar el círculo. «"Mentis clausa, aperta corde".» Nada pasa. Pero cada vez me siento más extraña y más segura. Una vez más –digo en voz alta.

Levanto el cristal y el milagro ocurre, pero extrañamente no me sorprende, siento que es como debería ser. El color transparente del cristal se vuelve azul y toma un poco de calor. Lo levanto para hacer el dibujo una última vez. Lentamente hago el círculo y, luego, la cruz en el medio.

Respiro profundamente.

— *"Mentis clausa, aperta corde"* –digo con fuerza.

El cristal suelta una extraña luz brillante, como una pequeña explosión. Morian salta un paso hacia atrás. Yo permanezco inmóvil.

—Está listo –digo con seguridad.

Morian me mira inquieto, hasta un poco asustado diría yo. Luego, suelto el cristal y lo dejo caer al piso. Siento como si junto a él hubiera dejado caer cien kilos. Me siento muy cansada.

—¿Estás bien? –pregunta Morian mientras se acerca.
—Sí. Solo un poco cansada.
—Lo hiciste muy bien.

Sonrío. Poco a poco vuelvo a la normalidad.

—¿Funcionó? –pregunto.

Me quiero asegurar de mi sentimiento de éxito.
Ahora sonríe él.

—Yo creo. No puedo ver nada de lo que piensas.
—¿Hagamos una prueba? –lo desafío emocionada.
—Está bien. ¿Qué quieres que hagamos?
Pienso rápido.
—OK. Pensaré en un número y tú debes decir qué número es.
—¿De verdad esa es la prueba? –yo asiento con la cabeza–. Está bien –agrega.

Pienso en un número. Del 1 al 10 es muy fácil, pensaré en uno difícil, el 541.

—¡Listo! ¿En qué número estoy pensando?

Él sonríe. Ni siquiera se esfuerza.

—101, responde.

Me quedo seria.
Morian al ver mi cara, también se pone serio.

—¿Qué pasó?, pregunta.
—¡Acertaste!
—¡Es imposible! Dije un número al azar –protesta casi desfigurado.
—Probemos otra vez –digo con tono serio.

Pienso en otro número, 632.

—Listo, di un número –le digo con una sonrisa malvada por dentro.

Ahora lo piensa, casi como queriendo equivocarse.

—El 45 –responde inseguro.

Reacciono con seriedad.

—¿Qué sucede? –pregunta.
—¡Volviste a acertar!
—No. Es imposible. No puedo ver nada en tu mente. ¡Algo raro está pasando!

Vaya, realmente estoy disfrutando esto, pero entiendo que no puedo seguir haciéndolo. Mi consciencia me ataca hasta casi hacerme doler la cabeza.

Lo tomo de las manos y le digo: «Morian, está bien. Funcionó. Solo era una broma. No acertaste a ningún número que pensé.»

Él me mira y sonríe de inmediato. No hubo ni el más mínimo rastro de enojo o ira. «Realmente te creí», me dice sin soltar mis manos. De pronto el ambiente cambia. Las risas se van y nuestros rostros vuelven a la seriedad. El silencio se viste de celestino. Yo me quedo mirando hipnotizada esos ojos azules. Estamos muy cerca el uno del otro y mi corazón late a cien kilómetros por hora. Me mira de forma muy tierna, luego posa su mirada hacia el suelo, suelta mi mano y se da la vuelta. Yo bajo la cabeza.

Silencio.

—¿Todo bien? –pregunto.

Morian pasa su mano derecha por su cara y regresa frente a mí. Ahora es él quien toma mi mano.

—Kathy, lo siento. Es solo que me recuerdas mucho a una persona que conocí hace tiempo.

«No puedo creerlo. Parece que la "Jugada de papi" cruzó las fronteras del planeta», pienso. Todo estaba tan, pero tan bien y lo echa a perder con ese comentario.

«Si le recuerdo a alguien que conoció es porque las mujeres de su planeta no son tan lindas como pensaba», me consuelo.

Prefiero guardar silencio, a ver si dice otra estupidez. Comienzo a mirar la cueva en la que estamos. No tengo dudas de que es la misma que vi cuando Charles me hipnotizó. Las paredes estaban bañadas como en plata y, aunque no veía ninguna fuente de luz, la cueva estaba totalmente iluminada.

En frente del extraño objeto cubierto había algo que no noté antes: un gran libro, como de un metro de largo, que estaba abierto de par en par sobre el aire. ¡Sí! Sobre el aire. Era como si reposara sobre un altar invisible.

Me acerqué para verlo mejor y pude ver que, efectivamente, no había nada debajo de él. Morian me observa en silencio, como queriendo que investigara por mí misma. El libro estaba escrito en un idioma desconocido, se notaba que era muy antiguo. También había algunos símbolos y dibujos que tampoco entendía.

Morian se puso detrás de mí y dijo: «Es el Libro del tiempo.»

VALENINOS

Es curioso. De pequeña solía pensar que mi vida era una especie de sueño. Me encantaba imaginar que tenía otra vida. Por supuesto, cuando era niña soñaba con ser princesa, una encerrada en la torre de un castillo, resguardada por dragones voladores. Obviamente, también existía un valiente caballero que venía a mi rescate. Pero crecí y la vida te enseña que las princesas solo existen en los cuentos y, que en la vida real, si te atacan los dragones, tienes que defenderte tú misma.

¡Y mírenme ahora! Hace dos días mi vida era normal. Corrijo, creo que calificaba perfectamente para aburrida. Y ahora tengo sueños extraños, levito en la cama, atravieso paredes y hablo con un ser de otro mundo que parece príncipe, pero que sigue siendo de otro mundo.

¿Qué estoy haciendo? ¿Dónde va a terminar todo esto?

—¡Kathy! –grita Morian–. ¿Escuchaste lo que te dije? –pregunta.

Yo lo miro con un poco de culpa y muevo la cabeza horizontalmente en señal de negación.

Él me mira y frunce el ceño. Se da cuenta que algo me pasa.

—Creo que comienzo a extrañar demasiado rápido el no poder leer tus pensamientos. ¿Qué ocurre?
—Nada.
—Kathy, recuerda. Hice todo esto para que pudieras confiar en mí.
—¡Sí! Lo sé –respondo totalmente desconcertada.

Es que todo esto parece que me está sobrepasando. Hace dos días mi única preocupación era aprobar matemáticas en la escuela y diseñar alguna estrategia para conseguir novio. Ahora estás tú y todas estas cosas que parecen sacadas de una película. Haré lo que me pidas, solo dame un minuto.
La presión es tanta que mi voz se quiebra, quiero llorar. Me da rabia conmigo misma, pues pensé que había derramado todas las lágrimas anoche con mamá, pero parece que aún quedan algunas.

—¿Te sientes triste? –pregunta.
—No. Sí. Uff, un poco.

Él me mira y aguarda un momento. Es como si luchara consigo mismo por intentar decir algo. Respira hondo. Finalmente parece estar determinado a contarme.

—¿Sabes por qué los humanos no han pasado a los siguientes niveles de la evolución? –me pregunta.

Lo miro de la misma forma que miro a mi profesor de matemáticas cuando me dice: «Kathy, venga adelante a resolver el problema, por favor.»

—No tengo ni la menor idea –respondo.
—Es por las emociones.
—¿Las emociones? ¿Qué tienen que ver las emociones con la evolución?
—Absolutamente todo. Las emociones afectan tu ser, desde el tipo de pensamientos que tienes, por ende tus actos futuros, hasta los órganos que determinan la salud de tu cuerpo. Una emoción negativa, como la rabia o la angustia, tiene el poder de disminuir toda la energía positiva que tienes. Si tu energía disminuye, también lo hace el poder que llevas dentro.
—¿El poder?
—Sí, el poder. Todas las creaciones de los dioses poseen una fuerza vital para hacer cosas grandiosas. Lo que pasa es que la mayoría no es consciente de eso y, por ende, no logra aprender a desarrollar ese poder.
—¡Enséñame!
—¿Qué? Paciencia, Kathy. Aún no ha llegado tu momento. Por ahora debemos concentrarnos en el libro. El libro es la respuesta a todo.

Ya se me había olvidado el libro volador.

—No haré nada con el libro hasta que no me enseñes... aunque sea una cosa.

Morian me mira y mueve la cabeza, luego sonríe.

—No puedo enseñarte nada. Aún no ha llegado el momento. Pero sí te puedo decir algo que a mí me funciona.
—¡Perfecto! Me conformo con eso.
—Dame el cristal un momento –me lo pide y se lo

entrego sin chistar.

Se pone frente a mí y, nuevamente, al igual que la primera vez que estuvimos en la cueva, lo pone sobre su mano. Luego, me pide que yo ponga mi mano sobre el cristal de manera que queda totalmente cubierto.

—¿Preparada?
—¡Siempre!

En un parpadeo aparecemos en una gran playa. Reconozco inmediatamente que no es de este planeta, pues es distinta a todas las que he visto. Sus aguas son de un hermoso color morado y están llenas de puntos brillantes que parpadean sin cesar. El mar parece estar lleno de pequeñas estrellas. La playa no tiene fin y la arena es blanca como la nieve. Parece una pintura. Todo es paradisiaco.
Me dieron ganas de caminar por la playa, y sin darme cuenta, al instante estaba sobre sus arenas, no físicamente, pues veía todo como una gran película frente a mis ojos, pero sí podía sentir el ambiente con toda normalidad. Era como ponerse lentes 3D para videojuegos.
Lo primero que me sorprende al estar en la arena es oír una hermosa música. Es suave, casi hipnotizante.

—¿Y esa música? –pregunto.
—Por eso este es mi lugar favorito en todo el universo.
—¿Te gusta la música?
—¡Sí! Es maravillosa. Pero ¿de dónde viene?

Silencio.

—Cierra tus ojos y agudiza tus sentidos –me dice.

Le hago caso.
Cierro los ojos y me concentro en el sonido. Intento con todas mis fuerzas transportarme en él.

—¿Viene del mar?
—Así es, Kathy. Viene del mar.
—Pero ¿cómo es posible? ¿Quién toca la música?
—Los valeninos.
—¿Valeninos?
—Sí. Son las luces que ves brillar en el agua. Cada uno de esos puntos es un organismo muy pequeño que vive en el mar. Cuando un macho quiere llamar la atención de una hembra aumenta su brillo considerablemente. Mientras más brilla, más fuerte es el macho. La hembra, si acepta el llamado, emite un hermoso sonido para demostrar que ha aceptado el cortejo. Ahora, como hay millones de valeninos en el agua, se puede ver una escena casi interminable de luces acompañada de una hermosa y celestial melodía.

Mantengo los ojos cerrados. Ahora que Morian me dijo qué son, entiendo que la música es una respuesta de amor, de entrega. Quizás por eso es tan hermosa y me llena tanto el alma.

—¿Recuerdas cuando hace un rato te hablaba de las emociones? –me pregunta Morian.
—Sí, por supuesto.
—Una de las primeras cosas que se nos enseña en

las Pléyades es a controlar nuestras emociones. Básicamente, se nos dice que las emociones son como puertas, algunas te llevan a cosas malas y otras a cosas buenas. La ira y el enojo, por ejemplo, siempre te harán sentir mal y, muchas veces, hacer cosas que no quieres. La alegría, por otro lado, es una luz que enciende el alma. En uno de mis entrenamientos me dijeron que el secreto era cerrar lo antes posible una puerta mala y abrir una buena. Se nos pidió pensar en lugares o personas que nos hicieran sentir bien, en paz.

—Y tú pensaste en esta playa, ¿verdad?

—Pero mira, ¿ahora quién es la que adivina los pensamientos?

Sonrío.

—Exacto –prosigue–. Para mí este lugar es mágico. Me llena de sentimientos buenos. Entonces cuando siento que abro una puerta mala, emociones que me hacen mal, inmediatamente la cierro y vengo corriendo a abrir esta. La puerta de esta playa me calma por dentro, me cambia.

Yo lo escucho. Su voz me hipnotiza tanto como la música del agua. «¿Dónde estará la trampa?», pienso. ¡Es que no puede ser tan perfecto! Muy de otro planeta será, pero no lo sé, es hombre.

—¿Te gustó la playa? –pregunta.

—Me encantó.

—Te voy a dar un regalo. Una "puerta buena" a la que puedas ir cuando te sientas mal.

Me pide que levante un poco mi mano y toque el cristal con un solo dedo, de esta manera el cristal queda casi todo descubierto sobre su mano. Luego mete la mano al agua y saca uno de esos puntos blancos, un valenino y, de una forma que no puedo entender, lo mete en el extremo redondo del cristal. Se le puede ver dentro de esa pequeña esfera que corona la joya. «Esta es una hembra», dice. Luego, mete su mano de nuevo y saca un punto mucho más brillante, a este lo deja recorrer el resto del cristal, desde la punta hasta el comienzo de la esfera donde está la hembra. Después de un rato se comienza a escuchar la música. Lo ha aceptado.

—Ahora, si quieres, tendremos la misma puerta donde acudir para llenarnos de paz.

—La misma puerta buena, ¿verdad?

—La misma puerta buena –repite–. ¿Podemos ahora hablar del Libro del tiempo?

—Hablemos de todo lo que quieras –respondo.

EL LIBRO DEL TIEMPO

Solo tuve que quitar mi mano por completo del cristal para que volviéramos a la cueva. Fue inevitable mirar el cristal de reojo para verificar que los valeninos estuvieran ahí. Se veían hermosos y, aunque me sentí mal porquc parccían cstar condenados a vivir separados, era un regalo de Morian, y no podía rechazarlo.

Morian se acercó, se dio cuenta de inmediato que me habían encantado los valeninos.

—Kathy, tengo que decirte algunas cosas muy importantes. Necesito que prestes mucha atención.

—¿Debería asustarme por lo que estás a punto de decir? –pregunto.

No hay respuesta inmediata, solo un preocupante silencio y una mirada reflexiva.

—Sí. Seguramente tendrás miedo. Pero tranquila, quizás tú seas la persona más protegida de todo tu universo.

Quiero preguntarle el porqué de su tremenda aseveración, pero entiendo que si pregunto cada cosa que me va diciendo, no podrá darme nunca su mensaje. Opto por callar. Él me mira un par de segundos, como buscando la mejor manera de comenzar.

—Ve directamente al punto –le digo con una sonrisa.

Él también sonríe, luego cambia ligeramente su rostro y toma aire.

—Tu familia, tus amigos y todas las personas de tu mundo están a punto de ser destruidos –dice mirándome directamente a los ojos.

Me quedo muda, luego exploto.

—¿Cómo me dices eso?
—¡Tú me dijiste que fuera directo al punto! –se defiende.
—¡Sí, pero no tanto! Se supone que manejas la sensibilidad a otro nivel. ¡Ahora estoy muerta de miedo! ¿Qué clase de mensajero eres?
—Del tipo que puede salvarte la vida.

Silencio otra vez.

—Lo siento. Es solo que me descolocaste. Continúa, pero con un poco más de sutileza, por favor –le pido con voz quebrantada.

Él me mira, ya no sonríe. Está muy serio.

—Kathy, tú formas parte de un grupo de personas muy especiales e importantes. Los llamamos "Los elegidos", y dentro de ese grupo, tienes un papel muy importante.

—¿Los elegidos? –no puedo evitar hacer preguntas.
—Sí, los elegidos. Fueron escogidos por los dioses para defender sus creaciones en este mundo.
—¿Elegidos? ¿Y los otros dónde están? ¡No quiero estar sola!
—Ese es tu papel principal, eres la reclutadora. Y una parte importante de tu tarea es encontrar a los otros elegidos.

No entiendo nada. «¿Será este otro de mis sueños», pienso.

Morian se percata de mi estado de shock ante tanta información y me dice: «Tranquila. Sé que estás confundida, pero déjame explicarte las cosas desde el principio.»

Nuevamente asiento con la cabeza. Estoy aterrada.

—La historia que les contó Yhato no es solo una leyenda, es real. Y hace dos días se cumplieron los siete mil años desde que la segunda hija del dios principal muriera. El eclipse de luna que viste no fue solo un hecho extraordinario en el firmamento, sino una scñal. Y el hombre que viste detrás del presidente italiano, efectivamente existe, y es un asesino despiadado completamente experimentado.
—Pero si al presidente italiano lo mató este asesino, ¿por qué dijeron que fue un ataque al corazón? –pregunto con más dudas que antes.

—Porque el arma que usa este asesino no es de este mundo. Este asesino es distinto a todos los que existen en tu planeta, él tiene la habilidad de mimetizarse con el ambiente, y aun puede tomar la forma de otras personas. Es por eso que parece invisible para todos ustedes.

—¿Y él mató también al presidente de Argentina?

—Sí, también lo mató él. Y solo está comenzando.

—Pero ¿por qué lo hace?

—Déjame explicarte –Morian percibe mi angustia.

—Los humanos no fueron los primeros en poblar la Tierra. Antes de ustedes existieron otras razas y vivieron por mucho tiempo aquí. Cuando el principal de los dioses creó a tu raza y decidió que habitarían este mundo, él pidió que las otras razas dejaran este planeta. La mayoría se fue sin problemas, pero algunos no se quisieron ir y se escondieron en las profundidades de la tierra, enojados por la injusticia, que pensaban, se hizo con ellos.

—Y el asesino que está matando a los presidentes es de esa raza, ¿verdad? –pregunto.

—Sí, pero no solo está matando a los presidentes. Esta raza también fue la responsable de asesinar a la hija del principal de los dioses hace siete mil años atrás. En su momento, fue la manera de vengarse de los dioses por preferir a la raza humana sobre el resto. Por lo que veo, ahora están optando por una forma distinta de continuar esa venganza.

Ahora soy yo quien respira hondo.

—Esto es una locura. ¿Y qué tengo que hacer? ¿Qué hago cuando encuentre a los elegidos?

—Bueno, primero tienes que aceptar el llamado. Los dioses no obligan a nadie a obedecerles. Luego, si lo aceptas, deberás comenzar la búsqueda de los otros elegidos. Eso es todo cuanto puedo decirte.

— “Todo cuanto puedo decirte”. ¿No sabes todo lo

que necesito? –Todo me daba vueltas en la cabeza.

—Sé más cosas, pero no te las puedo decir, las debes preguntar tú misma.

—¿Preguntar yo misma? ¿Y a quién más le voy a preguntar si no es a ti?

—Al Libro del tiempo, por eso estamos aquí.

¡El libro! Se me había olvidado el libro volador.

—Te explicaré cómo funciona el libro –me dice Morian.

Yo guardo silencio. Me siento ansiosa y a la vez con miedo, son demasiadas cosas en tan poco tiempo. El pensamiento de "no sé cómo me metí en esto" parece estar a espaldas de cualquier reflexión principal. No importa cuánto me esfuerce por escuchar lo que Morian ha estado explicándome con tanta paciencia, parece que la sombra de la incredulidad rodea toda mi cabeza como la neblina a los puentes en invierno.

—Vamos, ¡quiero aprender! –agrego con disimulada emoción.

—El libro es una creación de los dioses, por ende, es un ser vivo –comienza diciendo Morian mientras mira el libro casi con reverencia–. El espíritu del libro está presente en todas las creaciones de los dioses, de esa manera sabe todo lo que ocurre en los distintos universos y galaxias. El libro te puede escuchar, entender tus pensamientos e incluso saber cómo te sientes.

Nota mental:

“No volver a pensar en el Libro del tiempo como ‘libro volador’. Me imagino que no le agradó que me expresara así de él.

—El libro no puede hablar, pero sí puede responder a todas tus preguntas con lo que está escrito en sus páginas –continúa diciéndome Morian–. El libro tiene muchos propósitos, pero uno de los más importantes es ayudar a los elegidos a cumplir su propósito eterno.

—Entonces, tú me dices que si una persona le hace una pregunta, ¿el libro es capaz de responderle?

—No cualquier persona, solo los elegidos por los dioses. Yo, por ejemplo, si le hiciera una pregunta, no pasaría nada –responde Morian con un poco de desazón.

—¡Hagamos una prueba! –le digo con renovada emoción.

Sinceramente no creo que no le responda nada a él, después de todo es un mensajero de los dioses.

Morian me mira y luego asiente incómodo.

—Pregúntale algo –le pido.

—¿Qué quieres que le pregunte?

—¡No lo sé! Lo que sea. Estoy ansiosa por ver cómo funciona el libro.

Morian piensa un momento.

Se acerca un poco más al libro y se inclina ligeramente sobre sus páginas. La apariencia del libro no cambia en lo más mínimo.

—Libro del tiempo, ¿puedes decirme qué esperan los dioses de mí? –preguntó Morian casi con reverencia.

No pasa nada. Esperamos unos momentos más a mi solicitud, pero el resultado sigue siendo el mismo, nada ocurre. Le pedí a Morian que volviera a preguntar, él protestó un poco, pero luego accedió, todo para obtener la misma respuesta que la primera vez: nada.

—¿Lo quieres intentar? –me pregunta.

Me quedo mirándolo y titubeo por unos segundos. Algo en mí no quiere, pero entiende que estoy ahí para eso, así que me hago la valiente y me acerco al libro.

—¿Solo tengo que preguntarle algo?
—Lo que tú quieras –responde Morian.
—¿Qué es lo que quieren los dioses que haga? –pregunto con timidez.

Apenas termino de hacer la pregunta, el libro comienza a mover velozmente sus páginas hacia el principio. Luego, se detiene como por arte de magia.
Me quedo inmóvil, muda y casi sin respirar.

—¿Y ahora? No entiendo nada de lo que dicen las páginas de este libro –le pregunto a Morian mientras observo curiosa la página que el libro me mostraba.
—Usa tu cristal –responde Morian.
—¿El cristal?
—Así es. Solo tienes que pasarlo sobre las líneas escritas.

Saco el cristal del bolsillo de mi pantalón y comienzo a deslizarlo por sobre las extrañas líneas de escritura que están destacadas. Son símbolos muy extraños, muchos de ellos no tienen ningún sentido lógico para mí, otros tienen cierta similitud con la escritura egipcia que he visto en documentales. Me refiero a ese tipo de escritura con dibujos de aves o personas. Este libro tenía un poco de eso, pero la mayoría eran letras carentes de sentido. En fin, comienzo a pasar el cristal por cada una de las líneas de la página donde se detuvo el libro, pero nada ocurre. En realidad tampoco sé qué es lo que debería pasar.

Miro a Morian con cara de "¿y qué pasó aquí?", pero él me pide que lo repita nuevamente. Este muchacho no muestra el más mínimo nerviosismo. Por alguna razón, me sigo sintiendo muy escéptica a la situación y no me trago la idea de que sea una "elegida".

Nuevamente llevo el cristal al inicio de la página y comienzo a deslizarlo de arriba a abajo y de izquierda a derecha. Lo hago más lento que la primera vez para ver si es que obtengo algún resultado, pero no es así, nuevamente, nada ocurre.

No alcanzo ni siquiera a mirar a Morian cuando siento cómo me toma de ambos brazos y me gira hacia él.

—¡Kathy, esto no es un juego! Tienes que creer en lo que estás haciendo. Concéntrate e inténtalo hasta que el libro vea que tus intenciones son sinceras. No basta con que seas una de las elegidas, ¡debes creer!

Tomo el cristal una vez más. Observo a los valeninos en sus extremos y me detengo un minuto. Me encanta verlos. Comienzo a recordar todo lo que había ocurrido los últimos dos días y un sentimiento de completa paz y tranquilidad inunda mi espíritu. Pareciera como si alguien quisiera hacerme sentir segura. Mis miedos son reemplazados por un suave, pero firme aliento de valentía. «Debes creer», repito mentalmente la instrucción de Morian.

Comienzo a desplazar el cristal nuevamente sobre las líneas de escritura, lo hago lento, pero firme. Nada ocurre. No alcanzo ni siquiera a voltearme hacia Morian para buscar respuesta cuando escucho su voz sobre mi hombro: «Hasta que te crea», susurra.

Me detengo. Es como si un rayo de inteligencia hubiera caído sobre mi mente y me hubiese dado la respuesta. Si el libro tiene que creerme es porque el libro, como ya me lo había dicho Morian antes, está vivo de alguna forma. El libro me escuchó cuando le hice la pregunta y ahora solo quiere que realmente confíe en él. Después de todo, nadie le cuenta sus secretos a alguien en quien no confía. Así que decido hacer algo distinto esta vez.

Regreso el cristal al bolsillo trasero de mi pantalón y luego pongo suavemente mis manos sobre las páginas del libro. Mi mano derecha está extendida y toca ligeramente la hoja derecha, lo mismo hace mi mano izquierda con la otra página.

Cierro los ojos y digo mentalmente: «Libro del tiempo, sé que puedes escucharme. Con toda seguridad soy la elegida menos preparada que has conocido, pero quiero que sepas que creo en ti y en cada cosa que Morian me ha dicho. No ha sido fácil, estos dos últimos días han sido una locura y lamento si no he estado a la altura de lo que se esperaba de mí, pero quiero que sepas que creo en ti. Creo en lo que puedes hacer, creo que soy una elegida, creo en lo que Morian me ha dicho y creo que los dioses esperan algo de mí. Así que, por favor, ayúdame a saber lo que tengo que hacer, porque cuando lo sepa, te prometo que no me detendré hasta cumplir mi misión. Por favor, Libro del tiempo, dime qué tengo que hacer.»

Retiro mis manos de las páginas del libro y saco nuevamente el cristal del bolsillo de mi pantalón. Respiro hondo.

Comienzo a pasar el cristal por sobre las líneas de escritura y el milagro se produce. Tres líneas de la parte central de la hoja se iluminan ligeramente por sobre el resto, decido pasar el cristal por sobre esas líneas, esa debe ser mi respuesta. Las páginas continúan con sus extrañas letras y símbolos, pero la pared que está detrás del libro se ilumina por completo. De pronto, sobre la muralla, comienzan a aparecer letras en mi propio idioma. Poco a poco el mensaje se escribe hasta que se completa un párrafo de unas tres líneas.

"Debes buscar al resto de los elegidos. Ellos, al igual que tú, no saben quiénes son realmente. Tu principal trabajo será encontrarlos e invitarlos a cumplir su llamado".

Me siento bien porque finalmente pude comunicarme con el libro, pero no estoy muy satisfecha, pues su respuesta no fue tan clara como esperaba. Miro a Morian en busca de una respuesta adicional, pero él se encoge de hombros. No entiende lo que le quiero decir.

Es la primera vez que me arrepiento de que no pueda leer mis pensamientos.

—Morian, con todo respeto, esta respuesta del libro no me dice mucho.
—¿Te respondió? –me pregunta emocionado.

Yo lo miro incrédula ante su reacción. Frente a nosotros se acababa de iluminar una pared, ¡en la mitad de ella se escribió un mensaje! ¿Y me pregunta si tuve una respuesta?

—Kathy, recuerda que yo no puedo interactuar con el libro. Si el libro te respondió, solo tú puedes ver las respuestas –agrega Morian.
—¿Entonces no puedes ver la pared iluminada y la respuesta escrita? –pregunto.
—No. Sé que la pared frente a nosotros se ilumina y que tus preguntas son contestadas en tu propio idioma, pero no soy capaz de ver eso. Para mí la pared está completamente normal.

La respuesta de Morian me causa gran asombro, me hace sentir muy especial.

—Lo que pasa es que la respuesta del libro me genera aún más preguntas –comento con tono de frustración.
—Kathy, vinimos aquí para que obtengas respuestas. Puedes hacerle las preguntas que quieras.

Me siento aliviada. Por alguna razón pensé que el libro me daría solo una respuesta.

Me giro nuevamente hacia el libro. Vuelvo a respirar profundo.

—Libro del tiempo, ¿cómo se supone que encuentre a los otros elegidos? –pregunto.

Las tres líneas que se habían iluminado anteriormente, vuelven a su color normal y ahora resplandece la parte superior de la hoja derecha. La muralla continúa brillando, pero ya no hay nada escrito. Paso el cristal por la nueva sección iluminada y en la pared nuevamente aparece la respuesta:

"Cada elegido tiene derecho a usar el collar que ha sido preparado por los dioses para cada uno de ellos. Cada collar les entrega poderes especiales. El collar de la reclutadora le indicará cuándo un elegido esté cerca".

—¿Y cómo obtengo ese collar? ¿Y a qué poderes te refieres?

El libro ahora avanza dos páginas e ilumina la parte inferior de la página izquierda. Paso el cristal sobre ella.

"Si aceptas el llamado de los dioses, el collar te será entregado. Cada collar le enseñará a su portador sus poderes".

—¿Y cómo acepto el llamado de los dioses? –pregunto casi con desesperación.

Pero en el preciso momento que termino la pregunta, algo extraño ocurre: el libro se cierra de golpe.

Miro a Morian, aterrorizada.

—¿Qué hice mal? –le digo con angustia.

Morian me mira con ternura.

—Nada. Esa pregunta corresponde que la responda yo.

—Morian, ¿cómo acepto el llamado? –pregunto desesperada.

Morian camina por delante del libro y se para justo frente a la muralla que se iluminaba para darme las respuestas. «Ponte ahí», me pide y apunta un círculo de unos cuarenta centímetros de diámetro que está dibujado sutilmente en el piso. Hasta ahora no había notado en absoluto que estaba ahí.

Avanzo y me detengo donde Morian me indica. Estoy como a un metro de la muralla.

—¿Y ahora? –pregunto.

—Ahora solo tienes que, de la manera más respetuosa que puedas, decir: "Acepto".

—¿Acepto? ¿Eso es todo?

—Eso es todo.

—¿Nada de fuegos artificiales? –pregunto.

—Tranquila, luego vendrán.

Me relajo, cierro los ojos y respiro.

—Acepto –digo con voz firme.

Y Morian tenía razón, los fuegos artificiales llegaron de inmediato.

Abro los ojos y observo cómo la muralla nuevamente brilla, pero ahora lo hace de una forma mucho más clara, casi se vuelve transparente. La pared está diáfana, al punto de que puedo ver con toda claridad a través de ella. Me sorprende contemplar una serie de pedestales que parecen estar flotando ligeramente sobre el suelo. Cada pedestal tiene grabado en su frontis un símbolo y un nombre. De inmediato reconozco el que está en el centro, es el mismo símbolo que dibujé en la frente de Morian cuando bloqueamos su capacidad de leer mis pensamientos, el círculo con la cruz en su interior. Sobre cada pedestal reposa un medallón de distinto color.

Entendí claramente que cada símbolo estaba asociado a un collar y que cada collar era para cada uno de los elegidos. El collar con el símbolo que reconocí tenía un nombre puesto en el pedestal que lo sostenía: "Terra". Casi morí de la impresión. ¡Ahora todo cobraba lógica! Por eso escuchaba ese nombre, por eso en más de una ocasión Morian me llamó así. ¡Yo soy Terra!

El collar estaba prácticamente a mi alcance, reposando justo al otro lado de la pared. Prefiero no mirar a Morian, así que decido actuar por mí misma. Siento que debo tomarlo cruzando la muralla, después de todo, ya había atravesado paredes anteriormente. Levanto mi mano y la estiro hacia la muralla para retirar el collar. Y ¡bum!, caigo al piso.

Apenas toqué la muralla, una fuerte sacudida recorrió todo mi cuerpo, tal como si me hubiera dado la corriente.

Morian me mira casi con resignación.

—¿Recuerdas cuando te dije "con el mayor respeto posible"?
—Pero si dije "acepto" respetuosamente. Hasta la muralla brilló –reclamo.
—Que te sean mostrados los collares no significa que lo hayas hecho correctamente.
—Pero ¿y qué debo hacer? ¡No entiendo! –empiezo a refunfuñar.
—No solo debes reverenciarte ante este llamado, sino que debes comprometerte a su causa. La razón por la que aceptas todo esto debe ser honesta. No puedes hacerlo a medias. Inténtalo de nuevo y piensa en por qué quieres ser parte de esta misión. Debes tener una motivación sincera. Solamente así podrás sacar el collar.

Me pierdo en los ojos azules de Morian un instante. Se ve nervioso, parece que está más interesado que yo en que tome el collar.
Me pongo de pie, cierro los ojos y pienso en "mi motivo". No sé si estará bien o no, pero en verdad es muy sincero. Con mis ojos cerrados estiro mi mano hacia delante. No siento nada al principio, pero luego la punta de mis dedos logra sentir algo metálico. No lo creo, ¡es el collar!
Retiro suavemente mi mano hacia atrás. En mi mano sostengo el preciado objeto. Morian ni respira del nerviosismo. Cuando por fin consigo sacar mi mano por completo, la pared toma su color plata acostumbrado y pierde el fuerte brillo que le cubría.

Morian se ve orgulloso, pero solo un instante, luego su rostro se torna serio, pero solemne.

—De prisa, Terra, te están buscando –me dice con preocupación.
—Sí. Mis amigos deben estar desesperados.
—Las personas que te buscan están lejos de ser tus amigos –me dice.

ACUSACIÓN

Me apresuro a salir. Tomo el medallón junto con el cristal y los guardo en el pequeño bolso donde llevo mi botella de agua. Morian me lleva hasta la pared que debo volver a atravesar.

—Yo me quedo –me dice.
—¿Cómo que te quedas?
—Ya entregué mi mensaje.

Mi corazón se acelera. ¿Qué significa eso de "ya entregué mi mensaje"?

—¿Acaso no te voy a volver a ver? –pregunto casi con desesperación.
—No te preocupes por eso. Ahora tu misión es encontrar rápidamente a los elegidos.

No alcancé a decir nada cuando casi sin darme cuenta ya estaba fuera de la cueva. Morian, tal como me dijo, se quedó adentro.
No tuve tiempo para pensar en nada ya que apenas salí, escuché los gritos de mis amigos. Me apresuré en volver a la cascada.

—¿Dónde te habías metido? –gritó Sarah.
—Solo salí a recorrer el lugar.
—Ya hablaremos de eso. Necesitamos bajar a Supai

rápido. La policía te está buscando.

—¿Qué? ¿La policía me está buscando? –repetí incrédula.

Sarah me tomó del brazo y mientras corríamos me explicó que el padre de Kobe lo llamó por teléfono y le dijo que la policía estaba preguntando por Kathy Jones. No puedo creer que hace una semana, un día mío era lo más parecido a una película de los años cincuenta, y hoy, cada hora parece una escena de una película de acción.

Kobe nos guió por un atajo y prontamente estábamos en el pueblo. A lo lejos, pudimos divisar dos vehículos negros con las balizas encendidas. A medida que nos acercamos pude distinguir claramente a un policía, era el mismo que me había interrogado después de la muerte del presidente italiano.

—Kathy Jones –dice el policía mientras me acerco manteniendo la calma o más bien guardando silencio–. ¿Todo bien en la cascada? –pregunta con un tono irónico.

—De maravillas –respondo–. Me dijeron que ha estado preguntando por mí.

El policía me mira fijamente. Es un hombre alto, casi de un metro noventa, de unos cincuenta años, con un físico trabajado escondido debajo de su traje, y que siempre anda con sus lentes negros de sol.

—¡Kathy! –escucho a lo lejos.

Es mi padre. Sale corriendo del hotel. Seguramente estaba hablando con su amigo Yuman. Me abraza fuertemente. «Todo estará bien», me susurra.

—Bien. ¿Ahora podemos irnos? –pregunta el detective.

—¿No puede preguntarle lo que quiere aquí? –contrapregunta papá.

—Me temo que no, señor Jones. Las oficinas de la policía tienen cámaras que graban los interrogatorios y me interesa mucho que la respuesta que nos dé su hija quede bien documentada.

Mi padre lo mira sin que se le mueva un solo músculo de la cara.

—Entonces, si quiere hacer un interrogatorio formal, deberá hacerlo frente a un abogado, porque no tiene cargos contra mi hija, ¿verdad? –pregunta papá con coraje.

—¡Esperen un momento! ¿De qué me estoy perdiendo aquí? Papá, dijiste cargos. ¿Qué fue lo que hice? –pregunté.

El detective mira a papá con desdén.

—Muy bien, señor Jones, al fin y al cabo no es un interrogatorio completo. Solo quiero hacerle una pregunta.

Papá nos lleva a todos al hotel. Ahí el viejo Yuman nos facilita la sala de espera. Todos nos sentamos. Mis nervios están a punto de explotar.

El policía se acerca a mí y se sienta justo en frente. Yo estoy nerviosa, pero papá sostiene mi mano, así que me siento protegida.

—En realidad, Kathy, no es una pregunta, son dos –me dice el detective.
—Puede hacer las preguntas que quiera –respondo con aplomo.
—Excelente. Quiero repetir la pregunta que le hice la primera vez que la vi.
¿Tiene usted algo que ver con la muerte del presidente de Italia?

Yo lo miro extrañada. No logro entender por qué me pregunta eso.

—Le daré la misma respuesta que le di ayer. ¡No tengo nada que ver! ¿Cómo podría una chica de dieciséis años tener algo que ver con la muerte de un presidente?
—Eso es lo que trato de averiguar –me responde.
Me imagino que usted sabe que al otro día de ese lamentable hecho, ocurrió otro parecido. De una forma muy misteriosa murió el presidente de Argentina.
—Sí, lo supe. Salió en todos los noticieros.
—¿No le parece raro que dos hombres que estaban en un perfecto estado de salud, de pronto mueran de un paro cardíaco?

Miro a mi padre, no entiendo adónde va todo esto. Volteo nuevamente hacia el detective y sin pestañear le pregunto:

—Me parece muy extraño, pero ¿qué tiene que ver todo eso conmigo? –pregunto.

El detective se saca los lentes de sol y me mira con sus penetrantes ojos verde oscuro.

—Tiene mucho que ver, señorita Kathy Jones, pues justo antes de que el presidente italiano muriera, usted fue la única persona que gritó y apuntó en su dirección. Usted nos dijo que se asustó por el terremoto y que por eso gritó. Supongamos que eso es cierto, y solo una coincidencia la puso a usted en el lugar y en el momento incorrecto. Pero entonces, ¿podría usted explicarme por qué las últimas palabras del presidente de Argentina antes de morir fueron: "Kathy Jones"?

Un escalofrío recorre completamente mi cuerpo. Quedo absolutamente petrificada. Por un instante pienso que es una broma de mal gusto, pero la tensión que respiro me dice que todo es verdad.

—¡Eso es imposible! Mi hija ni siquiera conocía a ese hombre –reclama papá.

—¿Entonces quiere decir que soy un mentiroso, señor Jones?

—No. Por supuesto que no. Pero ¿de dónde sacó esa información?

—De ninguna parte. Fui la última persona que estuvo con el presidente argentino y escuché muy claramente lo que le acabo de decir.

—¡Es imposible! –grita papá.

—Eso es lo que yo pensé: ¿qué tiene que ver una

joven cantante con todo esto? Por eso quise venir a preguntarle en persona.

Siento como si la cabeza se me revolviera por completo. No sé si fue la exposición al potente sol, o que todo lo que dice el detective es más de lo que mi cuerpo puede soportar, pero todo lo que veo se vuelve blanco y siento que mi cuerpo pierde todas sus fuerzas. Me desplomo.

—¡Kathy! ¡Kathy!

Abro los ojos. Me encuentro recostada en una cama con Sarah desesperada gritándome. Charles y Kobe se alegran porque desperté.

—¿Qué pasó? –pregunto totalmente desorientada.
—Te desmayaste –agrega Charles–. ¡Otra vez! Ya van dos veces en un mismo día.
—Dale las gracias a Kobe que, rápidamente, saltó y te sostuvo para que no cayeras a tierra –complementa Sarah–. Nuevamente te salvó.

Kobe permanece en silencio. Lo miro y le agradezco con la cabeza. Él sonríe. «Van dos», me dice.
No tomó más de un minuto recordar todo lo que pasó antes de mi desmayo.

—¿Dónde está mi papá? ¿Qué pasó con el detective?
—Tu padre y Yuman siguen hablando con él afuera –responde Sarah.

Hago un esfuerzo y me siento en la cama. Por la ventana puedo ver cómo mi papá habla con el detective efusivamente. Abre los brazos y gesticula quién sabe qué cosas. Se ve muy alterado.

Decido reclinarme nuevamente. Aún me siento mareada. Después de un rato mi padre y Yuman entran a la sala.

—Tranquila, hija. Ya se fue ese idiota –me dice papá.

LATÍN

Papá manejó de regreso a casa, y me di cuenta de que la situación era grave porque condujo en silencio durante todo el viaje. No hubo chistes aburridos ni bromas pesadas, solo silencio. He aprendido de mi madre que cuando alguien no quiere hablar es mejor no forzarlo. Cierro los ojos y pienso en todo lo que viví en la cueva. Todo parece un sueño, de hecho, por momentos pienso que sonará la alarma de mi celular, me despertaré para ir a la escuela y me daré cuenta de que nada de esto existió, que solo fue una broma de mi subconsciente. Pero sé que no es así. Esto es real. Necesito asimilar y enfrentar mi destino.

¿Quiénes serán los elegidos que debo encontrar? ¿Serán personas que ya conozco? ¿Qué pasará con Morian? ¿Lo volveré a ver? ¿A qué poderes se refería el Libro del tiempo? Son tantas las preguntas que siento como si mi cabeza fuera a estallar. Una cosa que me enseñó mamá es que cuando tengo muchas cosas que hacer y me siento estresada, debo dejar de preocuparme y asustarme por la situación. Lo importante es enfocarme en mi respiración y relajarme. Luego de eso, puedo ocuparme y resolver de la mejor manera la primera de esas tareas que me agobian. Y ahora, lo primero que debo hacer es ver cómo funciona el collar. Apenas llegue a casa me encerraré en mi cuarto y me lo pondré para ver qué pasa.

Luego de haber pensado tanto durante el silencioso viaje de regreso a casa, el cansancio me consumió y desperté cuando papá me tocó el hombro diciéndome que ya habíamos llegado. Un poco somnolienta aún, observo a mi alrededor y veo que mis amigos no están, así que asumo que papá los pasó a dejar a sus casas. «¡El collar!», pienso e intento salir corriendo del auto.

—¡Kathy, detente!

Cierro la puerta del auto.

Papá está serio, no muchas veces lo he visto así. Supongo que ahora vendrá una de esas conversaciones que muy pocas veces hemos tenido. Para estos casos papá no es de hablar mucho, suele decir dos o tres cosas, pero las cosas que manifiesta llegan hasta el fondo del alma y uno suele recordarlas por días.

—Lo siento, papá. Es solo que estoy muy cansada y quiero ir a descansar.

Papá me mira y guarda silencio un momento.

—Hija, te preguntaré esto una sola vez...

Mi corazón está a mil por hora, de verdad tengo miedo de lo que me pueda preguntar.

—¿Hay algo que estés haciendo que yo deba saber?

No alcanzo a decir nada cuando papá continúa.

—Kathy, esto no es un juego. Por alguna razón ese detective tiene tu nombre y, si estás haciendo algo que

no corresponde, no descansará hasta atraparte.
—Papá...
—¡Silencio! Aún no he terminado.

Me callo en el acto. Me está dando mucho miedo, su cara estaba comenzando a ponerse roja de enojo, nunca lo había visto así. Es imposible contener la emoción y aunque no lloro, sé que mis ojos se llenan de lágrimas. Papá se detiene, lleva las manos a su cara, está muy afectado. Cuando se vuelve nuevamente hacia a mí, puedo ver que sus ojos también están conteniendo el llanto.

—Lo siento, no quise hablarte así. Es solo que... Hija, si algo te pasa, tu madre y yo moriríamos. Así que te lo pido, por favor, ¿hay algo que estás haciendo que yo debería saber?

El ver a mi padre así de desesperado rompió mi corazón, y estuve a punto de contarle todo, pero justo en el momento en que estaba abriendo mi boca, mamá salió de la casa y se dirigió corriendo a la camioneta.
Le di un beso y un abrazo a papá y le susurré: «Tranquilo, estoy segura de que todo es una confusión.» Él me abrazó también. Estaba a punto de abrir la puerta de la camioneta cuando papá sujetó mi mano. Mamá estaba afuera esperando.

—Kathy, si me estás mintiendo, yo mismo te iré a dejar donde el detective.

Ahí estaba la frase de la que hablaba. Dijo solo un par de cosas, pero sé que esas últimas palabras serán un cuchillo a mi tranquilidad por varios días.

Salgo de la camioneta en silencio. Mamá me espera con un fuerte abrazo.

—Te ves cansada. Te preparé un baño de tina para que te relajes.

Miro a mamá y con la voz quebrantada le digo: «¿Cómo puedes ser tan perfecta?» Ella sonríe, pero sus ojos también están llorosos. Sé que también está muy preocupada, pero lo disimula. Sabe que encontrará el momento exacto en el que podamos hablar.

Me lleva a su dormitorio, el baño de mis padres tiene una bañera grande que hasta yo me puedo sumergir por completo. Abro la puerta y me parece que estoy en un SPA. Hay espuma y un par de velas sobre el lavamanos. Todo huele a esencia de lavanda.

—Olvídate del mundo por un momento –me dice antes de cerrar la puerta.

No alcanzo siquiera a sacarme las zapatillas cuando llaman a la puerta. Era mamá.

—Cuando digo que te olvides del mundo, eso también incluye el mundo virtual. Entrégame tu celular –me dice con tono cariñoso y gracioso al mismo tiempo.

—¿En serio, mamá? ¿Ni siquiera lo puedo tener para escuchar música?

Ella sonríe.

—No has llegado a ese nivel de autocontrol todavía. Le entrego el celular apagado, por supuesto, y mi madre sale definitivamente del baño.

Entro a la bañera y el agua está un poco fría, de seguro mamá nos ha estado esperando desde hace un rato. Doy el agua caliente, echo mi cabeza hacia atrás y me recuesto plácidamente. ¡Necesitaba esto!

Trato de seguir el consejo de mamá, pero me resulta imposible. Mi cabeza no para de hacer preguntas y recordar lo vivido en estos últimos dos días. Miro hacia la izquierda de la bañera, ahí en el suelo reposa la mochila en donde dejé el collar y el cristal. Mi ansiedad es mucho más fuerte. Experimento una lucha interior por no sacarlos, aun cuando la verdad es que quiero relajarme y no pensar en nada, pero recuerdo lo que también dice mi madre, el autocontrol no es una de mis principales fortalezas.

Me levanto un poco de la bañera, saco el collar y el cristal. Supongo que no hay problema con que reciban un poco de agua.

El collar es realmente hermoso, muy simple, pero hermoso. Tiene una cadena fina, pero extremadamente firme. No tiene eslabones de ningún tipo, es una especie de hilo largo de un metal parecido a la plata. El medallón que sostiene tiene la forma de un pétalo de una flor y es de un suave color rojo traslúcido. Lo miro casi hipnotizada. El material es muy parecido al cuarzo. Decido ponérmelo, pero no tiene ni un solo broche, y como es del ancho de mi cuello, es imposible que pase por mi cabeza. «Lidiaré con ese problema después», pienso mientras cambio el collar por el cristal. Tomo el cristal y me estremezco entera al ver a los hermosos valeninos. Ahora que los veo de cerca, me siento mal. Parecen animales en un zoológico dispuestos a entretener a otros. La hembra espera en su extremo encerrada, y el macho recorre el ancho del cristal buscando la forma de llegar a su amada. «Si alguna vez vuelvo a ver a Morian, le pediré que libere a los valeninos», pienso.

De pronto se me ocurre una idea: si los atrapamos en una playa, ¿qué pasaría si meto el cristal al agua de la tina?

Sumerjo el cristal y algo maravilloso ocurre. El valenino macho comienza a dar un brillo muy fuerte, deja de recorrer el cristal de un lado al otro, y se va al extremo derecho, justo al lado de la hembra. Ella, por su parte, comienza a emitir un sonido suave, es como un silbido, pero muy armonioso. Los veo y se me parte el corazón. Estoy a punto de romper el cristal, pero me contengo. Se nota que están felices, el estar bajo el agua sin duda les recuerda su casa, así que los dejo sumergidos un rato mientras yo, inconscientemente, pienso en Morian. ¿Dónde estará ahora?

Me quedo escuchando la música de la valenina por unos treinta minutos. Estoy muy relajada, pero entiendo que ya no puedo perder más tiempo. ¡Debo aprender a encontrar a los elegidos!

Salgo de la tina, me pongo la bata y tomo el collar decidida a resolver el problema de su postura. Resultó que no era tan difícil como pensaba. Solo tuve que estirar la cadena para que mi cabeza lograra pasar por ella. Automáticamente se ajustó al tamaño de mi cuello. ¡Maravilloso!

Me miro en el espejo, aunque no deseo ver si se ve bien o no, quiero saber si, ahora que lo tengo, hace algo extraño, después de todo, se supone que el collar me avisará cuando esté en presencia de un elegido. Estaba por sentirme decepcionada al ver que nada ocurría, cuando me percato de que el collar tenía un pequeño grabado. Me esfuerzo por leer lo que dice, pero es imposible. No consigo ver qué dice. Decido sacármelo para poder revisarlo bien. La cadena nuevamente se estira y pasa por mi cabeza sin problemas. «Así podrían ser mis jeans», pienso. Reviso el collar y reparo en un hermoso detalle que no había visto, en el centro del medallón estaba escrito mi nombre: Terra.

Salgo del baño y me voy a mi cuarto decidida a cumplir con mi misión, aunque no tenga la menor idea de cómo comenzar a hacerlo. Sobre mi cama está mi celular. Lo reviso incluso antes de vestirme. ¡Veinte llamadas perdidas de Charles! Algo debe haber ocurrido. Lo llamo de inmediato.

—¿Qué pasa? ¡Tengo veinte llamadas perdidas tuyas!

—¡Necesito que hablemos ahora!

—¡No puedo! Acabamos de llegar de la cascada y no creo que mis padres estén de humor para dejarme salir nuevamente. ¡Dime qué ocurre!

—¿Te acuerdas que quedamos en que yo le enviaría a mi tío de la universidad el audio de las cosas que dijiste cuando te hipnoticé?

Hago un poco de memoria. Han pasado tantas cosas.

—Sí, sí. Tienes razón. Lo recuerdo.

—Cuando volvimos de la cascada tenía un correo de él que decía solo una palabra: "Llámame".

—¿Y qué pasó, Charles? ¡Al grano, por favor!

—Bueno, lo llamé y antes de decirme algo me preguntó con insistencia de dónde había sacado el audio.

—¡Supongo que no le dijiste la verdad!

—¡Estás loca! Le dije que era solo un audio que encontré en internet y que quería saber qué decía.

—¡Excelente! –respondí aliviada.

—No tanto, porque estoy seguro de que no me creyó.

—Pero ¿te dijo algo o no?

—Me dijo que el idioma es latín, pero uno muy antiguo, y que él no había podido entender nada, pero que sí le sorprendió mucho porque la persona que lo hablaba lo hacía con bastante fluidez.

«No puedo creerlo, ¿ahora hablo latín?», pienso.

—Mi tío me dijo que como él no había entendido nada, envío el audio a un amigo suyo en Roma, que es una eminencia en la materia.

—¡No puedo creerlo! ¿Y qué le dijo su amigo?

—Esto es lo que da miedo. Su amigo tampoco pudo entender todo, pero sí logró identificar una sola frase.

—¿Una frase? ¿Cuál?

— “Muerte a los emperadores”.

—¿Muerte a los emperadores?

—¡Sí! Pero ¿te das cuenta de lo que significa?

—No entiendo a qué te refieres.

—A que los romanos llamaban a sus máximos gobernantes emperadores.

—¿Y?

—¿Y cómo llamamos a nuestros gobernantes hoy?

El corazón se me detiene. Todo esto me parece algo insostenible.

—Presidentes –respondo.
—¡Exacto! Entonces una de las frases que dijiste fue: "Muerte a los presidentes" y, ¿debo recordarte qué es lo que ha pasado los últimos dos días?

No entiendo qué está ocurriendo. Pareciera que una serie de trágicas coincidencias quisieran inculparme de algo que nunca haría.

—¿Y qué te dijo tu tío?
—Como te digo, estoy seguro de que no me creyó. Lo último que me dijo fue que no me metiera en problemas y que seguramente volveríamos a hablar del tema.
—¡Estamos muertos!
—No del todo. Tenemos una salida.
—¿Una salida?
—Sí. ¿No has visto que en las películas no pueden culpar a alguien de asesinato si no encuentran el arma homicida?
—¿El arma homicida? ¿De qué estás hablando, Charles? ¡No hables de homicidio, por favor!
—Lo siento, lo siento. Lo que quiero decir es que mi tío y su amigo solo tienen un audio. No saben que eres tú la persona que habla.
—Al grano, por favor.
—Para este caso, el "arma homicida" es el celular de Sarah. Esa es la prueba que puede demostrar que tú dijiste esa frase, su celular tiene el video. Si destruimos el celular, no habrá forma de que sepan quién fue, solo seguirán teniendo un audio.
—¡Eres un genio!
—Te equivocas, ¡soy un megagenio!

—¿Un megagenio?

—¡Sí! Después de hablar contigo, iré a un computador público y subiré el audio a internet.

—¿A internet? ¿Te volviste loco?

—¡No te preocupes! Nadie sabe lo que dices. Además, pienso subirlo a una página rusa de conspiraciones. Así todos pensarán que es falso o que es una broma, pero tengo que hacerlo, recuerda que le dije a mi tío que saqué el audio de internet. Y si me sigue preguntando, solo tengo que mandarle la dirección de la página rusa.

—¡En verdad eres un megagenio!

—Te lo dije. Ahora solo tienes que encargarte de que Sarah destruya su celular.

—Eso déjamelo a mí.

SORPRESA

—¡Sarah!

—Hola. ¿Qué pasa? Te oyes alterada.

—Nerviosa más que alterada. Amiga, ¡necesito que nos veamos ya!

Está bien. ¿Dónde?

—Espérame en treinta minutos afuera de mi casa, lo más importante es que no se te olvide tu celular.

—¿Mi celular?

—Sí, tu celular.

—¿Qué tiene mi celular?

—¡Solo tráelo! Acá te cuento.

Parece que no importa qué tan mala sea la situación en la que te encuentras, siempre puede empeorar. Ahora debo idear un plan para salir con Sarah.

¡Lo tengo! Como mamá sabe que me propuse salir a trotar en las noches para dormir mejor, le diré que saldré a correr con Sarah. Suena estúpido, pues me acabo de bañar, pero es lo único que se me ocurre.

Le envío un Whatsapp a Sarah: "Ven con ropa deportiva, iremos a correr". No me responde, aunque sé que lo vio. Es solo que ella odia hacer ejercicios. Espero unos eternos veinte minutos y salgo a la sala de la casa con mi buzo puesto. Mis hermanos deben estar en sus cuartos jugando videojuegos y mis padres ven la televisión. Ambos me miran sin entender lo que ocurre. Yo pongo mi mejor cara de ingenuidad.

—Mamá, voy a correr con Sarah. Será solo un rato. Lo hago para dormir mejor.

Mamá no alcanzó a decir nada cuando mi papá interrumpe: «¿No te relajó el baño de tina?»
Yo espero la mirada recriminadora de mamá hacia mi padre, pero no llega, parece que esta vez está de acuerdo con él.

—¡Vamos! Siempre me dicen que haga ejercicios –insisto.

Después de mi súplica noto una extraña conversación de miradas. Nadie dijo nada, pero se entendió todo. Mamá miró a papá con cara de "¡por favor!". Papá volteó hacia otro lado y miró hacia el techo como diciendo "¡tú sabes lo que haces!" y luego yo miré a mamá con ojos de alegría expresando un "¡eres lo máximo!".
Mamá me abraza y dice cuánto me quiere. Luego me arregla el cabello y nota un detalle.

—¿Qué collar es este? –me dice en voz baja.

Yo me pongo muy nerviosa. Ella piensa que me lo regaló algún pretendiente y sonríe coqueta.

—Se te ve hermoso –me dice.
—¡Gracias! –le sigo el juego.

Sin embargo, cuando se acerca para ver más en detalle el medallón, su rostro cambia drásticamente.

—Hija, una pregunta –dice ahora con tono serio.
—¿Cuál?

Toda esta conversación transcurre en voz baja para no llamar la atención de papá.

—¿Por qué el collar dice Terra?
—¿Terra? –pregunto ingenuamente.
—Sí, eso dice.
—No te lo puedo decir ahora, mamá.
—Lo siento. ¿Era un secreto?
—No te preocupes, cosas del corazón –le digo mientras le doy un último abrazo y me alejo hacia la puerta, pero me da la sensación de que no cree lo que le digo. Aun así me deja ir.

Salgo de casa, Sarah aún no llega. Comienzo a estirar los músculos para disimular toda la situación. ¡No puedo creer que el collar diga Terra! Bueno, al fin y al cabo, es mi nombre. Creo que la próxima vez que hable con el Libro del tiempo deberé preguntarle el porqué de mi nombre.

"Llego en cinco minutos", me llega un mensaje de Sarah. Sigo ejercitando y puedo notar mi pésima condición física, pues ya comienzo a dar muestras de agotamiento. Mejor que papá ni vea que me canso con tan poco. Sería capaz de enviarme a entrenar con su equipo de basquetbol.

Después de un rato llega Sarah.

—¿Correr? ¿Es lo mejor que se te ocurrió? ¡Sabes que odio correr! –me reclama mi amiga.
—¡Lo siento! –Fue lo único que se vino a mi mente–.

Vamos, comencemos y paramos un poco más allá para contarte algo muy importante.

Comenzamos a correr y la verdad es que sentí tristeza y vergüenza de nosotras mismas. Yo soy delgada, pero mi estado físico apesta. Sarah, ni qué decir. Yo por lo menos me esfuerzo. Después de lo que pareció una maratón de tres cuadras, nos detenemos en una esquina.

—¡Por fin! ¿Me contarás qué ocurre? –me pregunta Sarah entre jadeos.

Me reiría, pero estoy tan agotada como ella. Respiro un poco antes de comenzar.

Le cuento todo lo que me dijo Charles cuando me llamó. Sarah tiene la misma cara que, me imagino, puse cuando Charles me contó lo que había pasado con el audio.

—No puedo creerlo –me dice.

—¡Pues créelo! Esto se está volviendo realmente serio.

—¿De verdad tengo que romper mi celular? ¡Es como un hijo para mí!

La miro y sonrío. Por eso es mi amiga. Para alguien con tendencia a la depresión como yo, tener a alguien tan positiva y graciosa a su lado es un verdadero privilegio.

—Lo siento. Sabes que no te lo pediría si no fuera necesario.

—Está bien, dame un minuto.

Sarah toma su celular y comienza a enviarme por Whatsapp muchas fotos.

—No las quiero perder –me dice.
—¡Espera un momento! ¿Me enviaste el contacto de Kobe?
—Después de que lo vi sobre ese caballo, es otra cosa que tampoco quiero perder.
—¡Eres increíble! –le recrimino.
—Tú eres igual, solo que lo disimulas.

Luego de un rato en el que casi le hace un funeral a su teléfono, mi amiga está lista.

—¿Cómo lo hacemos? –me pregunta.
—¿Cómo hacemos qué?
—El celular, ¿cómo lo rompemos?

Buena pregunta. Uno pasa toda su vida tratando de hacer exactamente lo contrario: no romperlo, pero aquí es donde, nuevamente, me sirve haber visto las series de misterio de mamá.

—Creo que lo mejor será deshacernos de él por partes.
—¿Por partes?
—Sí. Botemos el chip en un lado y luego el equipo en otro lugar.

Y así fue como procedimos con el asesinato de su teléfono. El chip lo rompimos y lo tiramos por entre las rendijas del alcantarillado. Luego, rompimos con una piedra el celular y lo echamos en el basurero de un restaurante.

Mientras caminábamos de regreso a casa le dije a Sarah:

—¿Sabes? Pensándolo bien, quizás no debimos haber roto tu celular.

—¿Por qué?

—Porque el chip contiene toda la memoria del equipo, así que creo que con haber roto el chip nos bastaba.

Sarah se detiene y me mira con odio.

Sonrío.

—Es broma, amiga, los expertos podrían sacar la información también del equipo –digo no tan convencida.

Su cara sigue seria, quiero seguir riéndome, pero un fuerte dolor en el pecho me clava como un cuchillo.

—Si es otra de tus bromas te voy a matar –me dice.

De pronto tengo que detenerme, casi no puedo respirar, me siento muy ahogada. Me quito la chaqueta de mi buzo para poder tener más aire y me siento un poco mejor.

—Kathy, ¿qué tienes? –pregunta Sarah asustada.

—Tranquila, ya comienzo a sentirme mejor.

—Me refiero a qué tienes en el pecho. Algo brilla.

Miro hacia mi torso y, efectivamente, veo como algo brilla bajo mi camiseta. ¡El medallón!

Me lo saco rápidamente y lo tomo en mis manos. No sé cómo no me di cuenta, pero además de brillar, estaba muy caliente. Seguramente no lo sentí por el calor del ejercicio. Pero no entiendo por qué está así, y sobre todo por qué me dio esa tremenda clavada en el pecho.

—¿Qué es eso?

—Nada, solo un mcdallón quc mc dicron.

—Pero ¿estás bien?

—Sí, no te...

¡Me detuve en el acto! ¡No puedo creerlo! El medallón había cambiado su color de rojo a violeta.

El Libro del tiempo me dijo que el collar me avisaría cuando estuviera cerca de los elegidos, pero nunca me dijo cómo me avisaría. ¿Y si esta es la forma? ¿Será que el brillo, cambio de color y aumento de temperatura son las formas en que el medallón me habla? Eso significaría que Sarah...

Doy un grito que llega hasta las estrellas.

—¿Qué te ocurre? ¿Estás loca? –me reclama.

—¡Cállate y abrázame! –le digo con los ojos llenos de lágrimas.

Ella también se emociona, quizá solo por verme feliz. Me abraza fuerte mientras lloro un poco en su hombro. Sarah no entiende nada. Somos dos jóvenes locas en un callejón oscuro.

Nos alejamos en silencio y nos detenemos bajo un farol.

—Creo que debemos conversar un poco más, amiga.
—¡Por favor! No entiendo nada.

Me pongo el collar nuevamente.

—¿Qué es ese medallón y qué es lo que dice? –pregunta Sarah mientras lo toma con cuidado en su mano derecha.
—Dice Terra, y eso es lo que voy a contarte ahora.
—¿Terra?
—Sí, déjame explicarte…
—Lo siento, Kathy, pero el medallón no dice Terra.
—¿Cómo que no dice Terra? Lo acabo de ver.
—Déjame ver bien –dice Sarah mientras acerca más el medallón a su rostro–. Dice Venus.
—¡Venus! –grito.

¡Ahora soy yo la que no entiende nada! De pronto, al igual que en la cueva, un rayo de inteligencia me aclara todo.

Si yo soy una escogida y mi nombre es Terra, el nombre de Sarah es Venus. No existe otra explicación. La alegría vuelve a mí.

Nos sentamos en la acera y comienzo a contarle todo desde el principio. Todas las cosas que no le había dicho, mis visiones y lo que había pasado en la cueva. Por supuesto, que también le hablé de Morian y obviamente mi amiga mostró un gran interés en conocerlo. En resumen, le dije todo lo que sabía. Sentí como si me sacara un gran peso de encima.

Sarah estaba feliz, pero no tanto como yo pensé que lo estaría. Creo que después de todo lo que le dije estaba un poco incrédula.

—¿Qué viene ahora? –me pregunta.
—No lo sé. Eres la primera elegida que encuentro.

Reímos.

—Creo que lo primero que debemos hacer es ir a la cueva de la cascada.
—¿Otra vez?
—Me temo que sí. El Libro del tiempo dijo que los dioses no obligan a nadie a aceptar el llamado. Además, después de que yo acepté fue cuando pude tener el medallón. Como te dije, vi más medallones ahí, así que imagino que uno es para ti.
—Estoy nerviosa –me dice mientras mira hacia el suelo y entrelaza sus dedos.
—Tranquila. Por lo que he visto, esto se aprende en el camino. Así que ahora es mejor que nos vayamos a casa, mis padres deben estar nerviosos. ¿Cómo nos comunicaremos ahora que no tienes celular?
—No te preocupes, tengo ahorros. Mañana compraré otro temprano y te envío un mensaje para que guardes el número.

Para que todo fuera creíble tuvimos que volver corriendo a casa. Pero corrimos felices, yo sobre todo. En un acto inconsciente miré las estrellas y agradecí a los dioses por poner a mi mejor amiga como una de las elegidas.

Llegué a casa y, como era de esperarse, mis padres estaban aún en la sala. Ellos dijeron que continuaban mirando televisión, pero yo sé que solo estaban esperando a que llegara. Entro a mi habitación y me apresuro en darme una ducha, en verdad estoy muy cansada y mañana planeo levantarme temprano para ver cómo me las arreglo para llevar a Sarah a la cueva de las cascadas.

Me paro frente al espejo, me sorprende que el medallón ya no brille ni emita calor, pero sí que conserve el nombre de Venus.

Después de una ducha rápida, me apresto a dormir. ¡Cómo necesito mis ocho horas de sueño! Apenas mi cabeza toca la almohada me duermo plácidamente.

No sé cuánto tiempo alcancé a dormir, imagino que poco más de una hora, cuando sonó el teléfono de casa. Eso ya es muy extraño, pues cada uno de nosotros tiene celular y el teléfono suena solo cuando llaman para vender algo, pero ¿a esta hora de la noche? Ninguna persona podía estar vendiendo. Algo ocurrió. Me quedo acostada, pero despierta, esperando equivocarme.

De pronto mi puerta se abre de golpe.

—¡Kathy, levántate y vístete! –me grita papá.

Me levanto de un salto de la cama. «¿Qué más puede ocurrir en un día como este?», pienso.

—¿Qué ocurre?

—Es Charles.

—¿Charles? ¿Mi amigo?

—Sí, tuvo un accidente y está en el hospital. Me

acaba de llamar el padre de Sarah, al parecer se le perdió su celular y no pudo avisarte.

Papá intenta salir rápido de mi habitación, pero estoy comenzando a tener presentimientos que no están muy lejos de la razón. Y tengo uno exactamente ahora.

—Papá.
—Dime –responde mientras intenta salir lo antes posible.
—No es todo lo que te dijo el papá de Sarah, ¿verdad?
—¿A qué te refieres? Kathy, solo apresúrate, por favor.
—Papá, solo dímelo.

Papá respira profundo.

—Tienes razón. El padre de Sarah me dijo que el accidente de tu amigo fue muy grave y temen que no pase de esta noche. Ahora vístete y vámonos –dijo papá con voz quebrada por la emoción.

CHARLES

Es como si en dos segundos hubiese sentido el peso del mundo entero sobre mis hombros. Tenía ganas de gritar, llorar y golpear paredes. Me inundaba un sentimiento de impotencia. En un minuto estábamos en la camioneta mis padres y yo. Mis hermanos aprovecharían la oportunidad para jugar videojuegos toda la noche.

Mi papá nuevamente convirtió el auto en el "halcón milenario" y voló hacia el hospital. En el auto nadie dijo nada. Mi madre, que se fue en el asiento de atrás para hacerme compañía, solo atinó a abrazarme mientras yo lloraba todo el tiempo. Me sentía devastada.

Llegamos al hospital. Sarah y su padre nos estaban esperando en la puerta. No hubo tiempo para llantos ni abrazos, literalmente nos tomaron del brazo y corrimos al segundo piso. Era el piso de cuidados intensivos. «A Charles lo atropellaron», alcanzó a decirme Sarah mientras subíamos por las escaleras.

Pudimos ver a Charles por la ventana de su habitación. Estaba lleno de tubos, vendas y una mascarilla de oxígeno.

—Lo siento, no pueden estar aquí –nos dijo una enfermera.

El padre de Sarah, como jefe de la policía, intentó que permaneciéramos en el lugar, pero fue imposible, teníamos que retirarnos.

Caminamos hacia el salón de espera y ahí estaban los padres de Charles. Ese fue el peor momento.

Su madre se echó sobre mi cuello y no paró de llorar. Yo la abracé con todas las fuerzas que pude. «Es mi único hijo», repetía sin parar. Su padre permanecía de pie conteniendo las lágrimas. Toda la escena era una tragedia.

Después de un abrazo que pareció durar una eternidad, la mamá de Charles me soltó y abrazó a mi madre. «¡Si solo pudiera hacer algo para consolarla!», pensé. Yo estaba destrozada, pero ella parecía estar muerta en vida. Pude ver que Charles no era solo su único hijo, era la luz de sus ojos y la sonrisa de sus labios.

Esperé un momento y me acerqué al padre de Charles. No lo conocía mucho, pero en estos momentos eso no importaba. El señor Anderson era un importante ingeniero en una empresa de tecnología de la ciudad. Al igual que su hijo, era muy inteligente y aunque casi no había hablado con él, se notaba que era una buena persona.

—Hola, soy amiga de Charles –dije incómoda.

—Sé quién eres, hija. Eres la mejor amiga de mi hijo. Siempre habla de ti.

—Espero que diga las cosas buenas –dije con una sonrisa que fue solo de labios.

—Siempre habla maravillas de ti.

Silencio un poco incómodo.

—Tengo entendido que usted pudo hablar con los médicos.

—Así es, y no fueron muy esperanzadores –me responde con una tristeza que me parte el alma.

—¿Me puede decir exactamente qué fue lo que le dijeron?

El padre de Charles me mira contrariado. Mi solicitud lo complica.

—No quiero ser inoportuna, solo necesito saber realmente cómo está Charles –le digo esperando que no se enoje por mi atrevimiento.

El padre de Charles me lleva hacia a un lado de la sala de espera.

—Kathy, esto ni siquiera lo sabe mi esposa. No quise alarmarla. No se lo puedes decir a nadie.

Yo asiento con la cabeza.

—Hace un rato vino el médico y me dijo que, producto del atropello, Charles recibió un fuerte golpe en la cabeza al caer. En estos momentos está en coma y tiene un ochenta por ciento de probabilidades de no pasar la noche.

Evito llevarme las manos a la cara. No puedo creer todo lo que escucho. «¡Si tan solo hace un rato hablamos por teléfono!», pienso consternada.

—Lo peor de todo –prosigue el padre de Charles–, es

que si llegara a ocurrir un milagro y mi hijo sobreviviera, quedaría con serias secuelas que le harían tener una existencia inhumana. Así que, Kathy, en estos momentos no sé qué es mejor, que deje de sufrir ahora o que tenga toda una vida de miseria.

No puedo decirle nada, no se me ocurre palabra alguna que pueda ser apropiada para un momento así. Me retiro y me siento en una de las frías sillas del salón. De inmediato Sarah se sienta a mi lado.

—¿Qué conversabas con el padre de Charles?

—Nada, amiga, solo intentaba consolarlo.

Esperamos en esta especie de tortura voluntaria. Cada vez que salía un médico de la sala pensábamos lo peor, o lo mejor, según lo que me explicó el padre de Charles.

No me imagino seguir adelante sin Charles. Lo he conocido desde que tenía seis años, cuando lo defendí de un brabucón de kínder que no quería dejarlo sentarse en nuestra mesa en la escuela. Yo no soy para nada una mujer fuerte, pero claramente tengo más personalidad que Charles. Él es como un niño: muy inteligente, muy aplicado, pero frágil e inocente. Nunca le conocí una novia. Su distracción favorita siempre fue pasar tiempo conmigo y con Sarah. Es el hombre que entrega soluciones para otros, pero que es torpe para arreglar su propia vida. Se jacta de haber tenido aventuras con muchas mujeres, pero Sarah y yo sabemos que eso no es cierto. Charles es un niño y frente a una mujer suele ser extremadamente tímido.

Pienso en todo lo que me tocará vivir de ahora en adelante y simplemente me opongo a vivirla sin mi

amigo. Siento rabia e impotencia.
El cansancio es poderoso, y no importa lo incómodas que sean las sillas del hospital, el cansancio me vence y cierro los ojos. Sarah está a mi lado, apoyo mi cabeza en su hombro. Un pasillo vacío y con olor a muerte es todo lo que recuerdo antes de cerrar mis parpados.

—Terra, Terra –escucho.

Abro los ojos y toda la pena y tristeza que tenía hasta antes de dormirme, desaparecen en un parpadeo. ¡Era Morian!
Él me mira y sonríe. La alegría se me nota a kilómetros, es imposible disimular.
Miro a mi alrededor, estoy en el hospital, pero está todo vacío. Ni mis padres, ni los padres de Charles están conmigo. Entiendo, esto es un sueño.

—Morian, por favor, dime, ¿hay algo que puedas hacer para ayudar a Charles?

Él me mira dulcemente.

—Lo siento, no puedo hacer nada por tu amigo –me responde.

Esa era la última mala noticia que podía recibir. Toda la alegría desaparece y se cambia por dolor y tristeza nuevamente. Siento ganas de llorar.

—Terra, no te desanimes. Que yo no pueda hacer nada por tu amigo no significa que tú no puedas hacerlo.

—¿Qué? No entiendo a qué te refieres.
—No tienes que entenderlo, tienes que sentirlo.
—¿A qué te refieres?

Mi última pregunta se va al espacio vacío. Algo muy extraño ocurre y Morian comienza a desaparecer delante de mi vista, es como si se desintegrara. «No tienes que entenderlo, tienes que sentirlo», me alcanza a repetir antes de desaparecer por completo.

¿A qué se refiere? Si solo hubiera una cosa que yo pudiera hacer para ayudar a mi amigo lo haría sin pensarlo, pero no sé qué hacer. Permanezco en mi sueño, sola en el hospital y con más preguntas que respuestas.

—¡Kathy, despierta! Ahí viene el médico –me dice Sarah mientras toca mi hombro.

Abro los ojos. Ahora estoy de vuelta en la realidad, una triste realidad en la que preferiría no estar. Todos están en el mismo lugar que recuerdo antes de dormir. El olor a muerte tan típico de los hospitales permanece intacto.

El doctor se acerca al padre de Charles. Por respeto, todo el resto nos quedamos atrás, con excepción de su mujer, por supuesto, ella se planta al lado de su esposo y escucha lo que el facultativo tiene que decirles. De pronto, se oye un grito desgarrador por parte de la madre de Charles. Un sentimiento de terrible angustia se clava en el corazón de todos los que estamos ahí. Tememos lo peor. El doctor mira con tristeza, pero entiende que no hay nada que pueda hacer. Me imagino que está acostumbrado a dar este tipo de malas noticias. Se retira y junto a él va la madre de Charles llorando a mares.

Ninguno de nosotros se mueve, nos mata la curiosidad, pero preferimos esperar a que el padre de Charles nos dé la noticia. Por fin se acerca, caminando lento y con un semblante de profunda angustia.

—El médico dijo que las probabilidades de que Charles sobreviva esta noche son escasas, muy escasas. Así que nos dijo que si queríamos despedirnos de él, lo hiciéramos ahora.

El tiempo pareció detenerse. Silencio y tinieblas llenaron el ambiente. La noche oscura también se volvió maldita.

La primera en entrar a despedirse de Charles fue su madre. Tuvo que ser sostenida por dos enfermeras, pues literalmente no podía dar un solo paso por sí sola. Después de un tiempo salió de la habitación, pero no vino hacia nosotros, una enfermera la acompañó al baño y allí permaneció, devastada.

Ahora era el turno del padre de Charles. En un acto más instintivo que racional, lo tomé del brazo y lo acompañé por el pasillo que pareció ser eterno. Lo dejé en la puerta de la sala mientras aproveché para mirar a Charles una última vez a través de la ventana.

El padre de Charles le tomó la mano, la besó y luego besó su frente. No sé qué le dijo, pero le habló muchas cosas mientras sostenía la mano derecha de su único hijo.

Yo miraba todo desde el otro lado de la ventana de la habitación, observando con mucho respeto y profundamente conmovida. La enfermera tomó unas cajas de remedios y salió. Después de un momento también lo hizo el padre de Charles.

Se detuvo en el umbral de la puerta y me miró hacia la ventana en donde yo estaba. No hubo necesidad de palabras, él sabía perfectamente lo que yo quería. Asintió con la cabeza y, aprovechando que la enfermera no estaba, entré a la sala para estar con Charles.

Al igual que su padre, le tomé la mano. Al lado de su cabeza estaba la pequeña pantalla que mostraba los signos vitales. Los de Charles se dibujaban débilmente. Quería morirme con él.

De pronto un pensamiento se clavó en mi mente. Más bien era un recuerdo, una de las respuestas del Libro del tiempo: *“Cada collar enseñará al portador sus poderes”.*

Pero no entiendo, ¿a qué se refiere con poderes? Luego, un nuevo recuerdo aun más reciente: *“No te preocupes de entender, sino de sentir”*. ¿Y qué se supone que sienta? Miro a Charles y con mi mano derecha toco el medallón del collar. «Enséñame», pienso. Al principio no ocurre nada, pero luego comienzo a hacer un gran esfuerzo mental para mostrarle al collar y a los dioses que pueden contar conmigo.

De pronto me veo a mí misma pasando el cristal sobre todo el cuerpo de Charles y mi amigo abriendo sus ojos.

«Es una visión», pienso. «Pero ¿cómo es posible que yo pueda sanarlo?», me cuestiono.

Sin embargo, estoy aprendiendo a ser obediente a este tipo de cosas. Morian me dijo que no tenía que preocuparme de entender las cosas, sino que debía seguir mis sentimientos. Y ahora, cuando toco el collar, me veo nítidamente sanando a mi amigo. Creo que es el momento para dejar de pensar y comenzar a actuar.

Me pongo de pie, saco el cristal de mi bolso y lo paso ligeramente por sobre todo el cuerpo de Charles. Primero su cabeza, luego sus brazos, su torso y sus piernas. Es como si estuviera dibujando en el aire. Tengo que concentrarme muchísimo para no dudar o cuestionar lo que estoy haciendo. Tengo que confiar –me repito.

Termino de pasar el cristal por sobre el cuerpo de mi amigo cuando un dolor me recorre por completo el cuerpo. Es un dolor muy físico y después de un instante parece concentrarse en mi cabeza. Posteriormente, de un momento a otro, comienza a dolerme muchísimo una de mis costillas del costado derecho. Los dolores son muy intensos, pero creo que no duran más allá de unos veinte segundos. Después de ese tiempo, desaparecen.

—Kathy, ¿qué sucedió? –me pregunta una voz suave.

¡No puedo creerlo! ¡Es Charles!

Lo miro y rompo en llanto. Le pregunto cómo se siente. Él mueve su cabeza en señal afirmativa. Mi corazón que parecía muerto ahora está más vivo que nunca. ¡Estoy feliz! Aunque de nuevo, al igual que cuando desperté de la hipnosis de Charles, siento mi cuerpo muy cansado. Tomo aire y respiro hondo.

—¿Puedes esperarme un momento? Tengo una sorpresa para ti –le digo a Charles muy emocionada y con el corazón lleno de felicidad.

Nuevamente asiente con su cabeza, se nota que está muy cansado para hablar.

Salgo corriendo de la sala en dirección al baño. Al pasar por el pasillo casi atropello a una enfermera que algo grita, pero no me importa, mi felicidad no tiene forma alguna de ser mermada.

—¿Señora Anderson? –pregunto con ansiedad, mientras golpeo la puerta.

—Un minuto –se escucha desde el interior del baño. Es la enfermera.

Pasa un minuto y nadie sale, lo único que escucho son llantos y sollozos. No aguanto más.

—Señora Anderson, ¡su hijo despertó! –grito.

¡La puerta se abrió de golpe!

—¿Qué estás diciendo, Kathy?

—Lo que escuchó. Charles despertó y la está esperando en la sala.

Creo que nunca, jamás, en toda mi vida, había sido tan feliz. Observé cómo la madre de Charles corrió por el pasillo y se arrojó a los brazos de su único hijo. El corazón de esa madre estaba muerto y ahora no solo volvía a la vida, sino que lo hacía con más fuerza. Comprendí que, si bien el cristal se había deslizado solo sobre el cuerpo de mi amigo, en verdad había sanado a dos personas.

Al cabo de un rato todo era un caos. Doctores y enfermeras intentaban imponer orden. Me pidieron que volviera a mi lugar en la sala de espera. Yo les conté a mis padres y a todos lo que estaban ahí que, en un verdadero milagro, Charles había despertado. No di detalle alguno de la sanación.

Sarah me abrazó y lloró de felicidad. Yo también estaba muy feliz, pero no lloré. Supongo que había acabado mi cuota diaria de lágrimas.

Era de madrugada. El olor a muerte seguía asediando por los pasillos, pero ahora buscaba otras direcciones. En fin, Charles se salvó de su partida eterna y yo conocí uno de mis poderes.

CÓMPLICE

No sé cómo explicar esto, pero siento que algo está cambiando en mi interior. Me equivoqué cuando dije que al sanar a Charles había sanado a dos personas. En realidad, fueron muchas más. El señor Anderson, que había perdido toda esperanza de un resultado positivo, mis padres y todos los que estaban en la sala fueron, de alguna forma, tocados por la sanación de Charles. Pero sin duda, la persona más afectada fui yo. No hubo un cambio físico que todos pudieran ver, solo siento como si algo, en lo más profundo de mi ser, hubiera nacido. Era como si en mí hubiera brotado una flor que se nutriera al ayudar y hacer sentir bien a los demás. Ha sido extraño, pero me gusta. Recuerdo las palabras que me dijo mamá un tiempo atrás cuando me explicó la felicidad. Creo que tiene razón. El sentimiento de ayudar y ver cómo otros se sienten mejor es uno de los mayores sentimientos que alguien pueda experimentar.

—¿Qué fue lo que ocurrió allí adentro? –me pregunta Sarah.

—No te puedo contar aquí. ¡Debemos ver la manera de volver a la cueva ya!

—Pero son las dos de la mañana –reclama.

—Obviamente ahora no, pero a primera hora debemos salir. ¿Se te ocurre alguna idea?

—Amiga, tú eres la mente creativa en este grupo.

Dime algo y yo lo haré, pero buscar soluciones no está entre mis talentos –me dice.

La miro y la abrazo.

—No importa, ya se nos ocurrirá algo –le digo a modo de consolación.

Después del milagro de Charles, todos decidimos quedarnos un poco más en el hospital, principalmente porque a mi amigo solo lo podía acompañar una persona y esa persona era su madre, y no queríamos dejar al señor Anderson solo. Por supuesto, él insistió en que volviéramos a nuestras casas, que él estaría bien, pero preferimos quedarnos un poco más para acompañarlo y, además, ver si había alguna novedad en cuanto a la salud de Charles.

De una forma que no logro entender, siempre que necesito algo, aparece mi madre. No sé si será un don especial de todas las madres o solo de la mía, pero me asombra su intuición. Lo maravilloso es que no tengo que pedirle nada. Parece que estuviera conectada conmigo y, apenas algo me preocupa, ella se hace presente para prestarme ayuda. Esta vez no fue la excepción.

—¿Puedes darme unos minutos con mi hija? –Sarah, que estaba sentada a mi lado, se puso de pie de inmediato y se fue con sus padres.

Al igual que con papá, sé que ahora viene una conversación madre e hija, pero con mamá es distinto. Sus palabras siempre me motivan y hacen bien.

Ella suspira y me mira. Yo hago exactamente lo mismo. Nos miramos y reímos. Ambas queremos tener esta conversación, pero ninguna quiere empezarla.

—¿Qué fue lo que pasó allí adentro, hija?
—¿A qué te refieres? –pregunto haciéndome la inocente.
—Kathy, tú y yo sabemos que algo pasa contigo y si no quieres decirme está bien, pero prométeme que tendrás cuidado.

Yo guardo silencio y bajo la mirada. Siento que no puedo contarle lo que está pasando, pero tampoco quiero mentirle. Ella me mira expectante. Me ama y confía en mí, pero tengo que decirle algo para tranquilizarla.

—¿Sabías que la fórmula de la Coca–Cola la tienen solo dos personas en el mundo? –pregunto.

Mamá me mira extrañada, claramente no era el comentario que esperaba.

—No, no lo sabía –me responde por cortesía.
—Así es. Además, esas personas no pueden juntarse nunca, no vaya a ser que les pase algo a ambos y se pierda el secreto.

Mamá me mira tratando de entender adónde voy con esto.

—¿Te imaginas lo que deben sentir esas dos personas? –pregunto, pero antes de que responda prefiero continuar–. Creo que en muchas ocasiones se deben sentir importantes y poderosos, pero en otras, ese secreto es una carga tremenda que los hace sentirse solos e incomprendidos.

Mamá sigue mirándome. Se percata de que estoy complicada.

—¿Aún sientes piedras sobre tu espalda? –me pregunta mientras toma mi mano.

—Sí. Siento que cada vez que se cae una llegan dos más. Es así como la mochila parece más pesada cada día.

—¿Hay algo que pueda hacer para aliviar el peso de esas piedras?

—Solo confiar, mamá. Tienes razón cuando dices que algo pasa. Te prometo que no estoy haciendo nada malo y que apenas pueda te contaré todo, pero por favor, no me preguntes más. Se me parte el corazón por no poder contártelo en este minuto. Imagínate que soy una de las personas que tiene el secreto de Coca–Cola, ¿me preguntarías la fórmula?

—No, hija, por supuesto que no. Es solo que con tu padre estamos muy preocupados. El detective está convencido de que tú tienes algo que ver con los asesinatos de los presidentes.

—Mamá, eso es imposible.

—Yo lo sé, tu padre lo sabe y tú lo sabes, pero cosas muy raras están pasando y, cuando eso pasa, la mejor forma de retomar la tranquilidad es encontrar rápidamente a un culpable.

—¿Un culpable?

—Sí, indicar a alguien como el responsable. El

problema es que muchas veces ese culpable no tiene la culpa. La presión por resolver el asunto es tal que la policía puede aferrarse a cualquier persona y ver cosas donde no las hay. Por eso me preocupa ese policía. Tiene grabado tu nombre en medio de su cabeza.

—No entiendo por qué hace eso.

—Yo tampoco, pero cuando habló con tu padre en la montaña, le dijo que él fue la última persona en estar con el presidente de Argentina y que, claramente, lo escuchó decir tu nombre. Además, el padre de Sarah habló con nosotros hace un rato y nos dijo que este detective lo llamó para hacerle preguntas con respecto a ti.

—¿Y qué hacia él con el presidente de Argentina?

—Eso no lo sé, pero ten cuidado, ese policía es un perro y tú te transformaste en su hueso.

«¿Qué es lo que le pasa a ese detective conmigo? ¿En verdad cree que yo puedo estar matando a los presidentes?», pienso.

—Mamá, necesito pedirte un favor.

—Lo que quieras.

—Necesito volver a la cascada por la mañana. Debo ir con Sarah.

Mamá me mira preocupada.

—Lo que quieras, pero menos volver a la cascada –agrega.

—¡Por favor, mamá! No te lo pediría si no lo necesitara.

Mi madre me mira, sé que quiere decirme muchas cosas y preguntarme aún muchas más, pero prefiere callar.

—¿Tienes alguna idea de cómo hacerlo? –me pregunta.
—Ninguna.
—Está bien. Déjame pensar en algo.

De una cosa estoy segura, cuando tenga hijos quiero ser como mamá. Creo que si soy la mitad de buena de lo que ella es, seré fantástica.
Los minutos pasan y después de un rato vuelve el doctor a la sala. Nos explica que nadie entiende qué es lo que pasó y que Charles ahora se encuentra completamente bien y, lo mejor de todo, es que no quedará con ninguna secuela. «¡Es un verdadero milagro!», dice. Sin embargo, deberá permanecer en el hospital porque una de sus costillas tiene una pequeña fractura y es mejor que haga reposo por una semana.

—¿La costilla de qué lado? –pregunto.

Todos me miran sorprendidos.

—Es una de las costillas del lado derecho –responde el médico.

Era una pregunta retórica. Ya sabía que era de su lado derecho, porque fue el mismo lado en el que tuve el dolor después que pasé el cristal por su cuerpo. «¡Qué extraño!», pienso.

Las noticias del médico traen júbilo a todo el grupo, estamos felices. El padre de Charles nos pide que, por favor, nos vayamos a descansar, que él estará bien y que ya hicimos mucho por su familia. Se le ve profundamente agradecido.

Bajamos por las escaleras con una sonrisa en nuestros rostros. Es de madrugada, pero nos sentimos frescos y llenos de energía.

Justo cuando estamos a punto de despedirnos en la entrada del hospital, mi mamá se dirige al padre de Sarah, el señor Steve Hamilton, jefe de la policía de Parker.

—Steve, las muchachas han tenido unos días muy estresantes, ¿le darías permiso a Sarah para que duerma en mi casa esta noche? Me gustaría llevarlas mañana temprano a un lugar donde se relajen.

Todos nos miramos unos a otros con asombro, pero mamá estaba de pie, muy natural y segura.

—¿Algo así como un "día de chicas"? –pregunta el padre de Sarah.

—Algo así –responde mamá con una sonrisa.

—¿Y qué pasará con la escuela? –pregunta papá.

Obviamente no estaba de acuerdo con el panorama femenino.

—Que levante la mano el que nunca faltó un día a la escuela para estar con sus amigos –dijo mamá sonriendo.

Papá levanto su mano de inmediato.

—¡Eres un mentiroso! ¿Cuántas veces me convenciste para que no fuéramos a clases y huyéramos al cine de Arizona?

—¡No es lo mismo! ¡Tú eras mi novia! Tú dijiste "para estar con sus amigos". Nunca falté a clases para estar con los muchachos.

Mi papá intenta validar su argumento, pero Sarah ya está en el auto. Punto para mamá.

Siendo las ocho de la mañana ya vamos en el auto de mamá saliendo hacia la cascada. No hemos dormido casi nada, pero todo valió la pena. Charles está bien y eso vale cualquier noche de insomnio.

Anoche, cuando llegamos a casa, Sarah durmió en mi habitación. Al despertar ella me comentó de un extraño sueño que tuvo. Parece que todos los elegidos tenemos alguna experiencia con los sueños. Ella me relató lo que había soñado:

“‘Venus, Venus’, me pareció escuchar. Yo no estaba completamente despierta, pero estaba segura que había oído algo. Me concentré y nuevamente oí el susurro. No entendía nada, necesitaba una guía para saber qué ocurría, pero las respuestas no vinieron rápido a mi mente. Después de un momento, apareciste tú, tras de ti, todos los medallones que me mencionaste. De nuevo hablaste de los elegidos y su misión. Luego desapareciste y yo me transporté a lo alto de una gran montaña. Tenía miedo a la altura, y quería evitar ese lugar, pero dejé de luchar cuando pude ver bajo de mí una gran batalla. Casi todos los países del mundo estaban en una guerra terrible. Vi sangre, muerte y mucho sufrimiento a nivel mundial. Yo sabía que tenía que hacer algo. Luego desperté”.

—En realidad es un sueño muy extraño –le contesté–

Desde una montaña viste una guerra. ¿Qué será eso?

—Bueno, en el sueño parecías saberlo todo, por eso te lo cuento –respondió Sarah con una sonrisa.

Me detuve un instante tratando de buscar algún significado a lo que me dijo, pero lo acontecido con Charles y lo que tendríamos que hacer al día siguiente, no dejaban más espacio en mi mente.

—Lo siento, Sarah, en estos momentos no se me ocurre nada. Una cosa sí te puedo decir de acuerdo a lo que he vivido: los mensajes de los dioses no son muy claros al principio, pero con el tiempo, si permaneces atenta, podrás entender todo muy claramente.

Mi amiga me agradeció y luego me abrazó. Pude sentir que todo esto la estaba sobrepasando emocionalmente. Ella, al igual que yo, tenía miedo e incertidumbre con respecto a lo que nos deparaba el futuro.

Decidí cambiar de tema, le conté todo lo que había pasado con Charles y cómo se había mejorado después de que yo pasara el cristal sobre su cuerpo.

—Entonces, ¿yo también tendré poderes? –me preguntó impactada.

—Yo creo que sí, pero primero debes tener tu medallón.

Hablamos en cuanto a quiénes nos gustaría que fueran los otros elegidos. Lamentablemente Charles no es uno, pues el medallón no cambió su color ni emitió su calor característico cuando estuve junto a él. Además, desde que vi a Sarah, el medallón ha tenido el nombre de Venus constantemente. Quizás debo encontrar a los elegidos uno por uno. No sé qué pasaría con el medallón si me encuentro con otro elegido ahora que estoy con Sarah.

—No imaginé que condujera tan rápido –le dice Sarah a mamá al ver que ya nos encontrábamos en la mitad del camino.

—Que no me veas hacer algo no significa que no pueda –responde mamá.

Todas reímos.

—¿Harías una carrera con papá? –le pregunto.

—¡Jamás! –me responde.

—¿Por miedo?

—¡Para nada! No podría estar escuchando excusas de por qué perdió los siguientes veinte años. Tú lo conoces.

Volvemos a reír. El plan de escape de mamá está funcionando a la perfección, pero esto es solo una parte, nosotras debemos hacer el resto.

Sabíamos que, si mamá llegaba a Supai, el padre de Kobe le avisaría inmediatamente a papá que estábamos en la cascada de nuevo, ¡y ahora con mi madre! Así que teníamos que llegar a la cascada por otra vía, pero nadie conoce mejor los caminos a la cascada que Kobe.

«¡Menos mal que Sarah me envío su contacto anoche!», pienso.

Como sé que en la tribu se levantan muy temprano, llamé por teléfono a Kobe antes de salir. No le di muchos detalles, pero le dije claramente que necesitábamos ir a la cascada sin que su padre supiera.

—Creo que la mejor opción sería llevarlas en helicóptero –me dijo.

—¿En helicóptero?

—Sí. Las podría ir a buscar a Hilltop, llevarlas a la cascada y traerlas rápidamente.

—¿Y Yuman te dejaría llevar el helicóptero?

—Tranquila, yo me preocupo de eso.

Le envío un mensaje a Kobe: "Vamos llegando". Al cabo de unos minutos responde: "Ya estoy aquí. No te preocupes".

No me había fijado en la foto de Whatsapp de Kobe. Sin que Sarah lo note, la amplío para verla mejor. Sonrío. Creo que mi amiga tiene algo de razón, soy igual que ella, pero disimulo mejor. Kobe aparecía sobre una de las rocas de la cascada a punto de lanzarse a sus aguas. Brazos en alto extendidos, un bronceado natural perfecto, músculos dibujados a mano y esbozando una sonrisa para quien le haya tomado la foto, lo hacían ver interesante. Bastante interesante para ser sincera.

Después de un rato en que mamá confundiera la carretera con una pista de carreras, llegamos a Hilltop. Kobe nos está esperando con su característico sombrero vaquero.

—¿Ese es Kobe? –pregunta mamá.

—Sí –respondo.

—Vaya, ¡está muy cambiado!

—Y esperamos que siga por ese camino –agrega Sarah.

Nos echamos a reír.

—Señoritas, yo las esperaré en el auto. Traje un buen libro y tengo aire acondicionado. Solo traten de no demorarse mucho.

—Trataremos de volver lo antes posible –aseguro mientras cierro la puerta del auto.

—¡Una cosa más!

—¿Qué cosa, mamá? Tenemos que irnos.

—¿Se irán sin decirme cuál de ustedes dos es la que está tras el corazón del joven Kobe?

—¡Mamá!

—¡Es su hija! –grita Sarah mientras corre hacia el helicóptero.

SUPERMAN

—¿Preparadas? –pregunta Kobe mientras toma los controles del helicóptero.
—¡Preparadas! –grita Sarah.

Yo me quedo callada. Es la primera vez que viajo en helicóptero y no negaré que estoy un poco nerviosa.

—Será un viaje muy breve –complementa Kobe–. ¿Dónde está Charles? Ustedes siempre andan juntos –pregunta Kobe.

Sarah y yo nos miramos. Ninguna quiere hablar, pero tenemos que hacerlo.

—Larga historia, Kobe. Charles tuvo un accidente anoche, pero ya está mejor. Está recuperándose en el hospital en estos momentos.
—¡Un accidente! –grita.
—Sí, pero tranquilo, ya está bien. Solo deberá estar una semana más en reposo.
—Espero que se recupere pronto –responde preocupado.

La aeronave es para cuatro personas. Pese a los reclamos de Sarah yo me siento de copiloto, así que voy al lado del Kobe. Apenas el helicóptero comienza a elevarse, siento un golpe en mi pecho. Al comienzo no le doy importancia, pero después de un momento la punzada se repite. Me quedo completamente paralizada cuando veo que en el reflejo del vidrio de la nave se ilumina mi pecho. ¡No puede ser! Algo dentro de mí quiere que ese pensamiento se haga realidad y otra parte no. «Sería un poco incómodo», pienso.

Con disimulo me saco el medallón por sobre mi cabeza. No quiero que Kobe note el brillo. Cuando por fin lo tengo entre mis manos puedo notar la sorpresa: el medallón cambió a color verde.

¡Tengo que decirle a Sarah, pero no sé cómo! Decido arriesgarme.

—¿Puedes arreglarme la cadena del medallón? –le pregunto a Sarah mientras me giro hacia atrás y se lo entrego.

Ella me mira extrañada.

—El medallón –le susurro.

Sigue sin entender. De pronto se da cuenta y su rostro cambia completamente. Es una mezcla de alegría y euforia.

—¿Kobe? –pregunta con excitación.

Yo asiento moviendo la cabeza. Ella tiene el medallón un instante y disimula arreglarlo. Cuando me lo devuelve, puedo notar cómo el nombre inscrito también cambió, ahora dice Marte.

¡No podía creerlo! En este helicóptero íbamos tres de los elegidos. ¡Me siento muy contenta! «Ahora podré matar dos pájaros de un tiro», pienso. Imagino que Kobe no tendrá problemas para creer todo lo que le diga, después de todo, pertenece al pueblo elegido por los dioses.

Efectivamente, como dijo Kobe, el viaje fue muy breve.

—Solo sigan ese sendero y estarán en unos diez minutos en las cataratas. Yo las esperaré aquí –nos dice Kobe.

Con Sarah nos miramos. Es un momento incómodo.

—¿Pasa algo? –pregunta Kobe.

—Necesitamos que tú también vengas.

—¿Que yo vaya? ¿Piensan secuestrarme o algo así?

Risas.

—Yo con gusto lo secuestraría –me susurra Sarah.

—Solo ven. Entenderás todo en un rato –le digo.

Como estamos contra el tiempo, prefiero no darle detalles a Kobe. «Que se entere en el camino», pienso.

Mientras descendemos por el camino a la cascada pienso en qué pasaría si alguno de los elegidos no aceptara. Estoy segura de que Sarah y Kobe aceptarán, pero ¿qué pasaría con el resto? Y lo que más me intriga es saber quiénes serán. Puedo descartar a todos los miembros de mi familia y todas las personas con las que estuvimos en el hospital, ya que el medallón no me dijo nada, salvo por mi amiga Sarah. ¿Serán todos jóvenes como nosotros? ¿Qué se supone que haremos cuando estemos todos juntos?

—¡Llegamos! ¿Quieren que les enseñe a nadar? –bromea Kobe.

Me sorprende un poco su comportamiento. No sabía que fuera tan distendido. «Quizá solo tuvo un buen día», pienso.

—No vinimos a nadar, por favor, síganme. Tenemos que rodear la cascada.

Rápidamente dejamos atrás las encantadoras aguas turquesas de la catarata. «Síganme, es por aquí», les digo señalando el pequeño sendero que se esconde tras los árboles costeros.

Yo guío la expedición. Tras de mí hay un silencio absoluto. Tanto Kobe como Sarah están expectantes mientras nos dirigimos hacia el misterioso destino. La verdad es que yo tampoco estoy segura de qué es lo que ocurrirá. ¿Estará Morian en la cueva? Ojalá que esté, no sé cómo hacer todo esto sola.

De pronto veo el lugar exacto donde atravesamos la pared con Morian. Un dolor de estómago se apodera de mí. Estoy muy nerviosa. ¡Solo espero que todo salga bien!

—¡Este es el lugar! –digo apuntando la pared que deberemos atravesar.

Sarah y Kobe me miran expectantes. Tienen la misma cara que yo puse ayer cuando Morian me dijo que atravesara la pared montañosa.

—¿Y ahora qué? –pregunta Kobe.

Entiendo que tengo que decirle algo de lo que pasa a Kobe, porque no solo pensará que estamos locas, sino que corremos el riesgo de que nos deje solas.

—Kobe, ¿recuerdas la historia que nos contaste de la hija de los dioses y cómo tu gente es un pueblo escogido?

—Sí, claro que lo recuerdo. Cuento esa historia varias veces al día.

—¿Y crees en ella?

—¡Por supuesto que creo en ella!

—Entonces si crees en ella, párate frente a la pared de la montaña y atraviésala.

Kobe mira a Sarah en busca de respuestas. Mi amiga me escuchó anoche atenta cuando le conté todos los detalles de mi aventura el día anterior, y sabe perfectamente que yo había atravesado la pared de la montaña, pero ahora la veo con la misma cara de incredulidad de Kobe.

—¿Estás loca, Kathy? Esas son cosas sagradas, no deberías jugar con ellas –me reclama Kobe.

—Todo lo contrario, no estoy jugando. Las estoy cumpliendo. ¿Confías en mí?

Kobe se pasa la mano derecha por la barbilla y mira hacia el cielo por un segundo.

—¿Qué clase de pregunta es esa?

—Por favor, responde. Confías en mí, ¿sí o no?

—No te conozco tanto, pero sí, creo que sí.

—Entonces ponte de pie frente a la montaña, cierra

los ojos y avanza hacia ella.

La tensión y el nerviosismo se pueden respirar. Sin embargo, Kobe muestra su valentía y se coloca justo donde le digo.

—Ahora estira tu mano hasta tocar la pared de la montaña.

Kobe estira su mano y toca con la punta de sus dedos la pared. «¿Así?», pregunta. «Perfecto, ahora avanza», le instruyo.

Kobe respira hondo, el corazón de los tres parece detenerse. Levanta su pie derecho y avanza un paso. ¡Nada ocurre! La pared permanece igual.

Reacciono rápido y, antes de que alcance a reclamarme algo, me pongo justo detrás de él, apoyo mi mano izquierda suavemente sobre su espalda y le susurro: «Tranquilo. Lo haremos una vez más.» Mi movimiento da resultado y Kobe se tranquiliza.

—El secreto es simple, tienes que creer. No pienses en la pared ni visualices la roca. En su lugar piensa en una tela, algo que sea muy fácil de atravesar. Ahora, quiero que nuevamente cierres los ojos y, cuando yo te lo diga, avances nuevamente hacia la montaña –le digo serenamente.

Kobe afirma con la cabeza, cierra de inmediato los ojos. Yo permanezco justo detrás de él, estoy casi pegada a él.

—Lo haremos a la cuenta de tres. Uno, dos... –Y ahí, en el último segundo, se me ocurre decir algo distinto en vez del número tres–. Marte, avanza.

Kobe me obedece, da el paso hacia delante y atraviesa la pared frente a la mirada atónita de Sarah.

—¡No puedo creerlo! ¡Atravesó una montaña! –grita mi amiga.

—Así es, y ahora es tu turno.

—¡No! ¡No podré hacerlo, Kathy! Lo siento –titubea.

—¡Sí puedes! ¡Eres una elegida! Y ya viste que se puede. Así que confía en lo que te digo. Ponte de pie aquí.

La decisión de pasar a Kobe en primer lugar no fue al azar. Sabía que Sarah tendría un miedo mayor y eso podría afectar a nuestro guía. Pero ahora llegó el momento de mi amiga y debe hacerlo.

Hago exactamente lo mismo que con Kobe. Me pongo detrás de ella, apoyo mi mano en su espalda y comienzo a decirle que lo único que debe hacer es creer en que puede hacerlo. «No puedes tener miedo y confiar al mismo tiempo», le digo. Mi pobre amiga está tiritando de nervios.

—¿Sabes qué es lo primero que pensé cuando Morian me pidió atravesar la pared? –le pregunto.

—¿En qué?

—¡En Harry Potter!

—¿En Harry Potter?

—¡Sí! ¿Recuerdas la escena en que con un carro atraviesa un pilar en la estación de trenes?

—Amiga, si fuera Harry Potter, con mi varita haría un hoyo en esta montaña ¡y no estaría sufriendo tanto!

Reímos. Nerviosas, pero reímos. Se cumple el objetivo de mi comentario. Ahora Sarah está más relajada.

Para mi sorpresa, una vez que conté hasta tres, ni siquiera tuve que decir “Venus”, mi amiga atravesó la pared sin problemas. «Bien, ahora es mi turno», pienso.

Me pongo frente a la pared, y aunque acabo de dar muchos consejos a mis amigos, yo igual estoy nerviosa. Decido poner en práctica el mismo ejercicio: contar hasta tres. Respiro hondo. «Uno, dos…»

—La idea es que otra persona diga el tres –escucho.

¡Di un grito que, me imagino, debe haber escuchado mi mamá en Hilltop!

—¡Morian, casi morí del susto!

—Lo siento, lo que menos querría sería que murieras –dice con una sonrisa.

Lo miro y también sonrío. «¡Es tan lindo!», pienso.

—Me alegra que estés aquí.

—Yo siempre estoy a tu lado.

—¡No siempre! Muchas veces he querido hacerte preguntas y no estás.

—Que tus ojos no vean mi cuerpo no significa que mi alma no esté junto a la tuya.

Me quedo en silencio. Eso sonó muy romántico, pero no creo que Morian se me esté insinuando. ¡Soy una simple terrestre!

—Entrarás conmigo a la cueva, ¿verdad?
—No –me dice escueto y serio.
—¿Cómo que no? ¡No puedo hacer esto sola!
—Hasta donde veo estás haciendo un trabajo fantástico. Encontraste a dos elegidos en un solo día.
—Pero ellos no cuentan, son mis amigos. ¡Por favor, ayúdame!
—¿Sabes qué he aprendido de ustedes los humanos?
—¿Qué cosa?
—Que las personas que tienen mayor potencial y mayor poder, son también las que menos confían en sí mismas. En cambio, muchas de las menos dotadas, se esfuerzan por mostrar que tienen una gran seguridad y confianza. Eso es muy extraño.
—¿Qué me quieres decir?
—Que eres una elegida con muchísimo poder. Ya viste lo que hiciste en el hospital, pero aun después de todas las cosas maravillosas que has visto y hecho, sigues teniendo miedo. ¡Debes aprender a confiar en ti!
—¿Sabes qué es lo que yo he aprendido de mi raza?
—¿Qué cosa?
—Que no puedes plantar un peral en enero y cosechar peras en febrero.
—No entiendo.
—Lo que te quiero decir, Morian, es que cada cosa tiene su tiempo. Si apuras la cosecha de un árbol, este dará un fruto amargo, pero si lo esperas y lo cuidas, entregará un fruto dulce y rico. Quizás las personas talentosas a las que te refieres no están listas... aún.

Me dices que tengo mucho potencial, pero que no confío en mí misma. Y quizás tengas razón, probablemente debiera ser más fuerte, pero ¿sabes qué? Hace una semana tenía la mitad de confianza que ahora. Hace una semana no hubiera podido animar a mis amigos a que hicieran lo que acaban de hacer. Hace una semana era escéptica sobre muchas cosas, pero hoy creo y acepto otras solo porque tú me las dices. Tiempo, Morian, cada cosa necesita su tiempo.

Morian me mira en silencio, medita su respuesta y yo misma me asombro de lo que le acabo de decir.

—¿Sabes qué cosa aprendí yo del tiempo? –me pregunta.

—¿Qué cosa?

—Que se puede detener.

Lo miro extrañada, pero él inmediatamente apunta con su dedo hacia el cielo. ¡No puedo creer lo que veo! Justo en el aire, arriba de mí, están suspendidas dos aves. Parece como si estuvieran congeladas. Comienzo a mirar alrededor y todo parece una fotografía. No muy lejos de mí, un pequeño lagarto permanece inmóvil tratando de buscar refugio bajo la sombra de una roca.

—¿Puedes oír las aguas de la cascada? –me pregunta.

Pongo atención. No se oye absolutamente nada.

—¿Sabes por qué no puedes oír las aguas caer? –pregunta con cierto tono de presunción.
—¡Porque detuviste el tiempo! –grito.

Él sonríe.

—¡Eres un presumido!
—¿Presumido? Solo lo hice para que tus amigos no se desesperaran allí dentro mientras hablo contigo.
—Puede ser, pero la razón principal es que quieres mostrar tus poderes.
—Dame tu mano.
—¿Qué? ¿Qué quieres hacer? –pregunto en forma de protesta.
—Te mostraré cómo presume un pleyadiano –me dice.

En verdad es muy arrogante cuando quiere serlo. Le doy mi mano con un poco de desconfianza.

—Ahora quiero que pestañees.
—¿Que pestañee? ¿De qué se trata esto?
—Ya te lo dije, ¿quieres que presuma? Presumiré.

Pestañeo y abro los ojos ¡No puedo creer dónde estamos! No sé cómo lo hizo, pero en ese simple pestañeo, pasamos de estar de pie frente a la montaña a estar en el aire frente a la cascada.

Desafiando todas las leyes de la física, me encuentro a unos treinta metros de tierra firme, justo a la mitad de la cascada. La escena es maravillosa. Las aguas blancas y furiosas están congeladas frente a mis ojos, parecen un gran velo de novia cayendo a tierra. Morian me mira orgulloso.

Abre su boca para decir algo, pero yo rápidamente lo interrumpo y le hago una pregunta.

—¿Conoces la película Superman?

—¿Superman? –pregunta.

—Sí. Es una película muy famosa que tenemos en nuestro planeta.

—Los pleyadianos no vemos películas –dice sonriendo.

—Una pena. Es una muy buena historia.

—¿De qué se trata? ¿Y por qué me preguntas eso ahora? –pregunta intrigado.

—No lo sé, solo me acordé de ella. Insisto, ¡deberías verla!

—Solo cuéntame de qué se trata.

—Bueno, la historia cuenta que muy lejos de aquí, un planeta llamado Kriptón está a punto de ser destruido. Sin embargo, unos padres muy inteligentes, justo antes de que todo acabe, logran enviar en una nave a su bebé rumbo a un planeta distante.

—¿Tu planeta?

—¡Exacto!

—¿En verdad no has visto la película? –ironizo.

—Por favor, continúa.

—Bueno. Resulta que el pequeño niño extraterrestre llega a la Tierra y es encontrado por un matrimonio de campesinos, quienes finalmente lo adoptan. Sus padres terrenales rápidamente se dan cuenta de que el pequeño niño tiene habilidades muy especiales. Puede volar, tiene una fuerza extraordinaria, puede ver a través de las paredes, leer los pensamientos de las personas y hacer un sinfín de otras cosas maravillosas, incluso puede retroceder el tiempo.

—¿Y qué tiene que ver eso conmigo? –pregunta serio.

—Tranquilo, ya verás –le digo con una sonrisa–. El asunto es que este niño crece y cuando se hace conocido todos le llaman "Superman". Se transforma en un héroe y hasta llega a usar un traje con una larga capa roja.

—No entiendo por qué me comparas con todo eso –me dice.

—El asunto es que este hombre, lleno de poderes extraordinarios, tiene una difícil batalla cuando a nuestro planeta llegan otros tres habitantes que también lograron escapar de Kriptón. ¿Y adivina qué ocurre?

—No lo sé.

—Ocurre que los otros tres habitantes también tenían los mismos poderes que Superman. También podían volar y también tenían una gran fuerza. ¿No te parece increíble?

—¿Que también tuvieran poderes?

—No. ¡Lo que se puede aprender de la película!

Morian está completamente contrariado, lo noto incómodo y parece que lo único que quiere es que termine con mi historia.

—¿Qué aprendiste? –me pregunta.

—Aprendí que este niño, lleno de poderes que los humanos adoraban, en realidad no era tan especial como todos pensaban, pues solo tenía la suerte de estar en un mundo donde las condiciones del planeta le favorecían, pero en Kriptón, que era donde realmente pertenecía, era alguien igual a los demás. ¿Me preguntas por qué me acordé de la película? Y la razón es simple. Al verte presumir con tus poderes, me pregunto: ¿qué tan especial será Morian en su propio planeta? ¿También será un ser extraordinario, o todos podrán hacer las cosas que él hace? ¿Podrá presumir en Pléyades como presume en la Tierra?

Silencio.

No tuve que pestañar para regresar, apenas terminé de hablar aparecimos nuevamente al lado de la montaña.

—Debes continuar con tus amigos. Debo irme –me dice.

Y este es el momento exacto en que me doy cuenta de que ¡soy una idiota! ¿Por qué me pareceré tanto a papá? ¡Charles tenía razón cuando me dijo que soy yo quien alejo a los hombres!

La cara de Morian me lo dice todo, está triste. ¿Y si ahora no me viene a ver nunca más? ¡Soy una estúpida! Esta vez él había venido distinto, más cercano, hasta pensé que podría estar pretendiéndome y, como siempre, lo eché todo a perder.

—Morian, no te vayas. Lo siento mucho. Intenté hacer una broma y claramente no resultó.

—¿Esa era una broma?

—Sí. Con el humor distintivo heredado de mi padre.

—Está bien, no te preocupes. Es muy difícil que los pleyadianos podamos sentir rencor.

—Tu cara me dice lo contrario –refuto.

—¿Quieres que te demuestre que no estoy enojado? –me dice mientras da un paso hacia delante y queda justo frente a mí.

Pienso un segundo. Morian volvió rápidamente a su comportamiento anterior. No parece haberle importado lo que dije.

—¿Quieres que te demuestre que no estoy enojado?
—Está bien.
—Cierra los ojos.
—¿Qué harás? –pregunto nerviosa.
—Confía. Solo cierra los ojos.

El tema con "cerrar los ojos" frente al sexo opuesto es algo que me complica un poco. La culpa la tiene Peter, mi "novio" de Kínder.

Un día de invierno estábamos jugando en el patio de la escuela cuando, de pronto, se detuvo de la nada y se puso justo frente a mí, muy parecido a lo que hizo Morian ahora, y me pidió exactamente lo mismo, que "cerrara los ojos". Como niña inocente lo hice, y cuán grande fue mi sorpresa al sentir sus labios fríos sobre los míos. Fue solo un instante, un segundo creo yo. Luego de eso salió corriendo y se fue a jugar con sus amigos.

Ahora, once años más tarde, la situación se repite. Decidí cerrar los ojos y confiar en Morian. Esperé un segundo, dos segundos y hasta tres. Nada ocurrió. Abrí los ojos y estaba completamente sola. Se había ido.

«Por lo menos Peter me besó antes de largarse», pienso.

Cometí un error, lo admito, pero está claro que los pleyadianos y los hombres terrestres no son tan distintos. ¿Quién los entiende? ¡Me pide que cierre los ojos para demostrarme que no está enojado y lo único que hace es desaparecer! ¡No entiendo nada!

En fin, junto con su desaparición todo vuelve a la normalidad. Las aves continúan su vuelo y el pequeño lagarto encuentra la deseada sombra bajo la roca. Yo debo ingresar a la cueva.

Atravieso la pared sin problemas, me estoy acostumbrando a esto. Adentro, una emocionada Sarah y un pensativo Kobe me esperan. Todo está igual que ayer, el Libro del tiempo sostenido en el aire, el extraño lienzo que cubre algo que aún no sé qué es y las paredes plateadas que parecen cobijar todo el ambiente.

Me dirijo al Libro del tiempo, desde anoche que tengo una pregunta que no puedo sacar de mi mente. Mis amigos se ubican a mi alrededor, expectantes.

—Libro del tiempo, ¿por qué los dioses crearon a los elegidos?

Ante la mirada atónita de Sarah y Kobe, el libro mueve hacia atrás sus páginas velozmente. Se detiene. Unas líneas en el centro de la página izquierda resaltan su brillo. Rápidamente saco el cristal de mi bolso y lo deslizo por sobre los extraños símbolos de escritura. Como era de esperar, la pared que está frente a nosotros se ilumina y aparece la respuesta:

"Cada dios creó un mundo y por cada mundo hubo un elegido. El principal de los dioses fue el primer creador, luego los otros siete le siguieron. Los elegidos deben cuidar la voluntad de los dioses y proteger a las

creaciones de los desobedientes".

Mis amigos me miraron con extrañeza. «El libro no siempre es muy claro», les digo a modo de disculpa. En verdad me gustaría que "el llamado" viniera con un manual de instrucciones.

Opto por no hacer más preguntas al libro, por ahora. Mi madre está afuera y debemos volver rápido. Nos concentraremos en la obtención de los collares para mis amigos.

Decido que nuevamente le pediré a Kobe que pase en primer lugar, después de todo, dio buen resultado con la muralla. Le indico que debe pararse justo en el pequeño círculo que está frente a la pared.

—¿Qué hago ahora? –pregunta.

—Ahora, Kobe, solo tienes que aceptar el llamado.

—¿Y cómo se supone que haga eso?

—Tienes que decir: "Acepto".

—¿Solo eso?

—Pero no es tan simple como crees. Decir la palabra es la parte fácil, lo difícil es tener que hacerlo con todo tu ser, queriendo de verdad aceptar el llamado de los dioses. No debes tener motivos egoístas o superficiales, si no, por más que repitas la palabra, no se te entregará el collar.

—Entiendo y me parece bien que así sea.

Me retiro como a unos tres pasos del círculo y observo lo que ocurre. La pared, ligeramente plateada, se planta frente a él como una nueva montaña, pero Kobe se ve tranquilo, un poco confiado incluso.

Kobe se agacha y hace una pequeña reverencia, luego se pone en pie firme con hombros rectos: «Acepto», dice fuerte, pero sin gritar. Para mi asombro, la muralla inmediatamente se vuelve brillante y transparente. Desde donde estoy puedo ver claramente los pilares que contienen los collares, pero no puedo ver los nombres inscritos, así que con mucho cuidado me acerco un poco más a la pared.

Uno de los últimos pedestales sale de su lugar y se desplaza suavemente sobre el piso hasta quedar justo frente a Kobe. El pedestal está, literalmente, levitando a unos cinco centímetros del suelo. Bajo él no hay ningún tipo de ruedas ni accesorios en donde repose. Es sorprendente ver cómo la gravedad no afecta al podio. Se desplaza sobre el aire hasta llegar donde Kobe.

Mi amigo levanta su mano y atraviesa la pared sin esfuerzo alguno para tomar el collar. Evidentemente, esto es muy natural para él, parece que hubiera hecho este tipo de cosas desde siempre. Me gusta la actitud de humildad y reverencia que tiene hacia todo esto, sin duda alguna, es una de las cosas que debo mejorar. El pedestal vuelve a su lugar de la misma forma mágica en que se presentó a Kobe, deslizándose sobre el aire. Kobe toma el medallón muy emocionado, este llevaba grabado su nuevo nombre: "Marte". Su medallón, al igual que el mío, tiene una sola cadena de un material muy parecido a la plata y su medalla es un hermoso círculo de color verde. En su interior tiene grabada una pequeña figura en forma de "S" que parece una serpiente en miniatura.

Kobe vuelve a hacer una reverencia y se retira del círculo con el collar en su mano. Apenas sale del círculo, la pared vuelve a tomar su estructura maciza. Es el turno de Sarah.

Mi amiga está nerviosa, lo puedo ver en su rostro. Me acerco y paso mi mano sobre sus hombros mientras caminamos hacia el lugar designado para que acepte el llamado. Pasamos por el lado de Kobe, él ni siquiera nos ve. Está maravillado observando su collar.

—Solo tienes que creer en lo que estás haciendo, esa es la parte más importante. Debes pronunciar la palabra: "Acepto" –le digo a Sarah que está casi temblando.

Me alejo y me pongo en el mismo lugar donde esperé a Kobe aunque, obviamente, ahora estoy mucho más nerviosa por mi amiga, pero confío en que todo saldrá bien. Después de todo, es una elegida.

Sarah permanece en silencio. Luego de un minuto casi eterno dice con voz titubeante: «Acepto.» Pero como me temía, nada ocurre. Ella se voltea y me mira pidiendo respuestas. Yo hago un gesto con mis manos y le susurro: «Sigue adelante, hasta que lo hagas.»

Sarah vuelve a repetir el ejercicio una veintena de veces, todas sin éxito. Mientras la observo esforzarse una y otra vez, pienso que esto que le está ocurriendo se parece mucho a la vida en general. Hay veces en que sabemos las cosas que debemos hacer, también por qué y cómo queremos hacerlas, pero aun así no resultan fáciles de hacer. Lo peor de todo es que hay ciertas cosas, como Sarah con la "aceptación", que nadie puede hacerlas por nosotros. Son actos individuales en los que debemos ser valientes y perseverantes. Recuerdo cuando tenía ocho años y le mostré orgullosa a mamá un chocolate que había sacado de la tienda "Tía Wendy". Era un pequeño almacén que quedaba cerca de casa y al que siempre íbamos a comprar. Cuando mamá se dio cuenta de lo que había hecho, su primera mirada fue de desilusión, de pena. Luego, su rostro cambió a uno más serio:

"Vuelves inmediatamente y le entregas ese chocolate en sus mismas manos a tía Wendy", me ordenó. "No lo robé, solo estaba en el piso y lo recogí", alegué en mi defensa. "¡En sus mismas manos!", me repitió.

Volví a la tienda en lo que por seguro era lo más difícil que me había tocado hacer en mi corta vida. Para mi mala suerte, la tía Wendy había salido. Las palabras "en sus mismas manos" se repetían en mi mente. Comprendí que lo mejor que podía hacer era esperar a que llegara. Me senté afuera de la tienda y me puse a jugar con un gato. Esperé y esperé por mucho tiempo. Debe haber sido más de una hora. Cuando por fin la tía Wendy regresó, me apresuré a encontrarla y le devolví el chocolate. Le dije que lo había tomado sin querer y que ahora quería devolverlo. Ella me miró y sus ojos se llenaron de lágrimas. La tía Wendy era una anciana muy adorable que vivía sola. Su esposo había muerto en la guerra y sus dos hijos se habían mudado a California. Quizá su soledad hacía que tuviera un especial aprecio por los niños. "Espérame aquí", me dijo. Luego caminó hacia la repisa de uno de los muebles y volvió con el chocolate más grande que tenía en la tienda. Era tres veces más grande que el que yo había tomado. Te felicito por tu honestidad. "Sigue siempre así", me dijo, mientras acariciaba mis mejillas. Yo volví corriendo feliz a casa.

En una de esas conversaciones de viernes, unos años más tarde, le pregunté a mamá por qué ella no me había acompañado a devolver el chocolate. "Hay cosas en la vida que debes aprender a hacerlas sola. No siempre es fácil, pero tienes que hacer lo correcto". Luego, me confesó que por todo ese tiempo que esperé ella estuvo mirándome escondida detrás de un árbol. "Que no me hayas visto, no significa que te haya dejado sola en ese momento difícil para ti". Ahora que lo recuerdo, fue una frase muy parecida a la que Morian acababa de decirme.

Ahora, al ver a mi amiga intentarlo una y otra vez, me parecía ver a esa pequeña niña de ocho años caminar al negocio a hacer lo correcto. Con el miedo saliendo por los poros y rogando que alguien hiciera el trabajo por ella, esa niña aprendió que hay momentos en que uno debe ser valiente. Sarah tenía que aprenderlo ahora. De seguro, después de que haga esto, será una mujer mucho más fuerte.

Después de un rato, y sin percatarme de qué fue lo que hizo diferente, por fin la pared se vuelve traslúcida y el primer pedestal se desliza ligeramente sobre el suelo hasta llegar justo frente a ella. El podio se mueve de la misma forma que lo hizo el anterior con Kobe. Sarah saca el collar sin problemas. Como ya lo había anunciado mi medallón, el pedestal de Sarah decía "Venus". Su medallón era muy parecido al mío, también estaba conformado por una fina cadena que parecía de plata y una medalla de un reluciente color morado, conformada por dos medias lunas opuestas que formaban un círculo.

¡No podía creerlo! Ayer no sabía lo que tenía que hacer, y ahora ya tengo algunas respuestas. No son lo suficientemente claras como me gustaría, pero nos indican la dirección a seguir. Ayer estaba sola y hoy ya somos tres.

—¿Qué hacemos ahora? –me pregunta una emocionada Sarah.

—Ahora nos volvemos a casa –respondo.

—¿Vuelven a casa? –pregunta Kobe.

—Muchachos, yo no sé más de los collares que ustedes. El libro dijo que cada collar le mostrará a su elegido los poderes, así que creo que cada uno debe aprender de su respectivo medallón. Por ahora, lo que más me interesa es volver a casa con mamá, pues no quiero que ella tenga ningún problema por nosotros.

Todos asienten con la cabeza. Nos sentimos felices.

Salimos de la cueva y prácticamente corrimos hacia el helicóptero. Ya era cerca del mediodía. No puedo entender cómo fue que pasó tanto tiempo.

Mientras la nave se eleva del piso, pienso nuevamente en Morian y en lo dura que fui con él. Creo que quizá deba buscar la forma en que pueda leer mis pensamientos de nuevo, por lo menos, así podría ver que no tengo malas intenciones, aunque pensándolo bien, eso tiene que ver más con el corazón que con lo que pienso. Ojalá pueda verlo de nuevo.

El viaje de regreso pareció un suspiro. Me alegra ver que el automóvil de mamá está esperándonos. Con todas las cosas raras que han pasado estos últimos días, lo último que faltaba es que, por alguna razón, ella no estuviera y tuviéramos que volver a Parker por nuestros medios.

Nos despedimos de Kobe, él se puso de inmediato su medallón y nos pidió que nos cuidáramos mucho. Nos dijo que ahora éramos como hermanas para él. «No me interesa ser su hermana», me susurra Sarah que, después de todo el miedo, ya está más calmada.

Nos acercamos al auto y puedo ver que mi madre está dormida en uno de los asientos. Sobre sus piernas reposa uno de sus libros favoritos. «Mamá, ya llegamos», digo mientras toco suavemente la puerta del automóvil. Nada ocurre, sigue con los ojos cerrados. Golpeo un poco más fuerte, pero nuevamente nada ocurre. El miedo se apodera de mí por completo. Sarah parece tener el mismo sentimiento, pues sus ojos se llenan de lágrimas. «Esto no puede estar pasando», pienso con desesperación. «¡Mamá!», grito lo más fuerte que puedo. Ella dio un salto que casi golpeó su cabeza en el techo. No estaba muerta, solo dormía profundamente.

—¿Qué es lo que te ocurre? –dice enojada mamá, mientras abre rápidamente la puerta del auto.

Con Sarah la abrazamos fuerte, ella no entiende lo que pasa.

—Lo siento, mamá. Es solo que te hablábamos y no respondías, temimos que te hubiera pasado algo.

—No me pasó nada, solo me aburrí de tanto esperarlas y me quedé dormida.

—Profundamente dormida –agrego.

Nos subimos al auto y nos aprestamos a volver. Llegar a la hora de almuerzo sería un muy buen horario y no despertaría sospechas en papá.

Mamá comienza a manejar igual de rápido que cuando vinimos. Enciendo la radio. «Sería bueno escuchar algo de música», pienso. Sin embargo, para nuestra sorpresa, no hay música en ninguna estación, todo el mundo está hablando de lo mismo: ¡la muerte de dos presidentes más!

«Creo que a estas alturas ya podemos hablar de una conspiración. Nunca en la historia se había visto que cuatro presidentes murieran en menos de tres días. En el inicio del acto del G20 el presidente italiano murió de un repentino ataque al corazón. Al día siguiente, el presidente argentino murió de la misma forma en un hotel de Arizona. Y hoy, en una reunión bilateral y privada, murieron los presidentes de Japón y Canadá. Se teme que hayan sido envenenados, pues ambos murieron en la misma mesa del hotel, justo antes de que llegara el postre. Sin embargo, ninguna de las otras personas resultaron lastimadas. En estos momentos estamos a la espera de los resultados de los análisis químicos que se están haciendo a la comida que quedó en los platos de ambos presidentes», escuchamos en una de las emisoras de radio.

No importa el dial que eligiéramos, todos hablaban de lo mismo: "la muerte de los gobernantes", la llamaron los medios de comunicación. El resto de los presidentes se encontraban aterrorizados con lo que estaba pasando y muchos países temían que fuera un acto coordinado por nuestro gobierno. Los primeros vientos de guerra ya habían comenzado a soplar.

En el auto reinó el silencio, no podíamos entender qué estaba ocurriendo detrás de estos misteriosos ataques. Con Sarah tampoco entendíamos cómo podríamos detenerlos. De una cosa sí estábamos seguras, teníamos que hacer algo rápido.

Llegamos a casa sumergidas en la confusión. Por la carretera vimos a un par de vehículos militares en dirección a Phoenix. El miedo y la incertidumbre se podían respirar.

Por seguridad, Sarah se quedó a almorzar con nosotras. Papá estaba en la secundaria y mis hermanos, Tom y Sam, en la escuela. La jornada seguía siendo un día de chicas.

Mamá no nos preguntó nada con respecto a la cascada, apenas entró a la casa encendió el televisor para ver el noticiero. «Nosotras haremos el almuerzo», le dije. Ella no prestó mucha atención, estaba hipnotizada por toda la información que recibía.

—¿Vamos a cocinar? –me pregunta Sarah.

—Por supuesto –respondo.

—¿Y sabes cocinar?

—Claro. ¿Tú no sabes?

—Sí, pero solo tres recetas. Pizza, comida china y burritos. ¡Todos delivery!

«Ahora me cuadran esos kilos de más», pienso.

—Hagamos pastas con queso, eso es fácil y rápido –le digo.

En unos treinta minutos ya teníamos la comida lista. En ese tiempo mi mamá había hablado por teléfono con una gran cantidad de personas, mi padre, por supuesto, fue el primero de ellos. Sin importar con quien hablara, el tema siempre era el mismo: la muerte de los presidentes de Japón y Canadá.

¡No puedo creer que tuviéramos tan mala suerte! Se supone que esta cumbre grabaría en la historia del país el nombre de nuestro estado de una forma positiva, sin embargo, por siempre se recordará como una reunión maldita.

Nos sentamos a la mesa y comenzamos a comer. No soy una cocinera experta, pero este plato es mi especialidad. Mamá no se desconecta de su celular y mi amiga parece gratamente sorprendida con mis habilidades culinarias.

Aún no acabábamos de comer, cuando oímos las sirenas de unas tres patrullas llegar de forma exagerada a las afueras de nuestro hogar. Mi madre dejó de hablar por teléfono en el acto y yo quedé con el tenedor a mitad de su recorrido al ver el gran escándalo policial.

No hubo necesidad de que nadie golpeara la puerta, mi madre la abrió de inmediato.

—¡Qué es lo que ocurre! –gritó.

Del mismo auto negro, que nos estaba esperando ayer en la cascada, se bajó ese estúpido detective. «¿Qué quiere esta vez?», pensé mientras acompañaba a mi madre.

—Kathy Jones, tienes derecho a guardar silencio. Todo lo que digas puede ser usado en tu contra…

¡No podía creerlo! Este imbécil me estaba diciendo mis derechos mientras dos de sus gorilas me tomaban por los brazos y ponían esposas en mis muñecas.

De nada sirvieron los gritos de mamá o las amenazas de Sarah con decirle a su padre. En menos de tres minutos estaba en el asiento trasero del automóvil saliendo rumbo a un destino incierto.

El detective se subió en el asiento del copiloto. «Al cuartel», ordenó.

—¿Se puede saber por qué estoy detenida? –pregunto enfurecida.

—Le daré más detalles cuando lleguemos. Mientras tanto, me gustaría hacerle una pregunta: ¿quiere que le hable en inglés o en latín?

Me quedé muda. ¿Cómo era posible que él supiera del latín? ¿Acaso sabía del video?

—Como imaginé, creo que prefiere el latín. Lamentablemente, yo no hablo idiomas antiguos, pero tengo un profesor amigo que me puede ayudar –dijo con una sonrisa llena de sarcasmo.

Preferí no contestar, mi cabeza da vueltas a mil kilómetros por hora.

¡Tengo miedo, mucho miedo! La incertidumbre de qué es lo que pasará se calma un poco cuando puedo ver por la ventana del automóvil policial el auto de mamá. Sarah me hace un saludo desde el asiento del copiloto. "Tranquila" me dice con un cartel improvisado en la hoja de un cuaderno.

Después de un rato llegamos a la prefectura. El

conductor dice: «Tendrás solo cinco minutos antes de que la policía local llegue.» El detective sonríe y contesta mirándome directamente a los ojos: «Solo necesitaré tres.» No puedo ver sus ojos, ya que casi siempre anda con esos lentes negros que lo hacen ver más siniestro. Puedo sentir en todo mi cuerpo que es una mala persona.

Me bajan del auto y antes de que mamá siquiera pueda estacionar, me hacen pasar rápidamente a una sala de interrogatorio. Es distinta a la de la vez anterior, esta es mucho más pequeña. Aquí no hay cámaras ni micrófonos, solo una silla en medio de un cuarto de unos cuatro metros cuadrados. Tampoco hay ventanas. Parece una mini cárcel.

—Ya escuchaste, tenemos poco tiempo –me dice con una sonrisa burlona mientras se gira y pone seguro a la puerta–. Verás, Kathy, yo soy un hombre extremadamente paciente, pero creo que la paciencia se me está acabando contigo...

—¡Pero yo no he hecho nada! –interrumpo.

—Tranquila, tranquila. Déjame terminar. Cuando yo termine de hablar podrás decirme todas las cosas que quieras. Como te decía, estás haciendo que me canse de todo esto y eso es difícil, porque como te dije, ¡soy un hombre paciente en extremo! –me grita mientras asesta un fuerte golpe a la muralla–. No estoy diciendo que seas culpable de la muerte de los presidentes –continúa mientras retoma su tono tranquilo e irónico–, pero tú y yo estamos seguros de que algo sabes y no me lo has dicho. No es casualidad que gritaras cuando murió el presidente italiano y no es casualidad que el presidente argentino dijera tu nombre antes de morir.

Y por si fuera poco, ahora te da por hablar en latín, mencionando claramente la muerte de los presidentes. Así es que, Kathy Jones, tú sabes algo ¡y quiero que me lo digas ahora!

Estoy muy nerviosa, pero intento contenerme. Con una fuerza interior que desconozco le digo: «No diré nada sin la presencia de un abogado.»
El detective se acerca a mí, saca sus lentes y nuevamente puedo ver sus ojos verde oscuro.

—¿Crees que esto es un juego, niñita? –me pregunta–¿Piensas que esto es parecido a una de esas series que ves por televisión? Te diré lo que va a ocurrir: en el momento que pueda encontrar la más mínima prueba en tu contra, te voy a encerrar ¡hasta que te mueras! ¡Te acusaré de terrorista! ¿Y sabes lo que le hacen a las niñitas como tú en la cárcel?

Yo lo miro en silencio, no contesto nada.

—Ah, ¿eso no aparece en las series que ves en televisión? Pues yo tengo algo de experiencia y te diré qué es lo que hacen. Cuando vuelvas a casa hoy –porque estás aquí solo porque quería tener unos minutos a solas contigo–, quiero que busques en internet el nombre de "Brenda Wilson" –Por lo menos, ese decía que era su nombre–. Esta muchacha tenía los mismos dieciséis años que tú cuando la capturamos. Años antes que eso pasara, producto de los videos que había visto en internet, se llenó de un profundo odio contra la gente de su propio país. De alguna manera, se contactó con alguien del Estado

Islámico y dijo que estaba dispuesta a hacer lo que ellos le pidieran. Los terroristas pensaron que era una broma y le dijeron que se consiguiera el arma más grande que pudiera, que fuera a su secundaria y matara a todos los jóvenes que pudiera, pero eso no era todo, le pidieron que debía empezar por sus amigos. Contrario a lo que los terroristas pensaban, Brenda les hizo caso. Robó dinero a sus padres y compró un AR-15. ¿Sabes lo que es un AR-15?

Yo muevo la cabeza en señal de negación.

—Un AR-15 es un fusil que usan los soldados norteamericanos en la guerra. ¡Brenda compró un AR-15! ¿Puedes creerlo? ¡Ni siquiera sabemos cómo lo hizo para comprarlo! De seguro le pagó a algún estúpido para que lo hiciera por ella. El asunto es que después de planificar muy bien su ataque, ella escondió el arma en el armario del gimnasio. El jueves 13 de abril, mientras sus compañeros estaban practicando basquetbol en la cancha, ella fue a su armario, armó el rifle y salió decidida a matar. Inmediatamente, todos comenzaron a gritar y a correr, pero ella les ordenó que formaran una fila al final del gimnasio. Imagínate, Kathy, treinta de sus compañeros, personas con las que había compartido día tras día por años, ahora serían asesinados. La primera de la lista era Linda Hamilton, su mejor y única amiga. Linda, obviamente no entendía qué estaba pasando y se echó a llorar cuando Brenda la apuntó con el rifle a menos de dos metros de distancia. Los jóvenes dijeron que Brenda no se veía nerviosa en ningún momento, al contrario, parecía estar disfrutando de la situación. Brenda apuntó a la cabeza de su amiga Linda y apretó el gatillo. No me preguntes el porqué, en lo personal creo en los milagros, pero el rifle se trabó y la bala no salió. Alcanzó a percutar otra vez sin éxito, cuando un valiente joven saltó sobre ella y golpeándola en la cabeza le quitó el arma.

Admito que su historia estaba asustándome mucho, no tenía nada que ver conmigo, pero el objetivo de darme miedo estaba cumplido a cabalidad. Lo triste es que faltaba la peor parte.

—Brenda Wilson fue considerada un peligro para la sociedad y fue condenada a veinticinco años de cárcel. No alcanzó ni siquiera a llegar a su edad adulta cuando se suicidó. Se dice que fue abusada más de un centenar de veces por las otras reclusas y que la golpeaban todos los días. Una vez escuché que hasta tomaban turnos para golpearla, ya sabes, una reclusa le pegaba el lunes, otra el martes y así hasta que la semana empezaba de nuevo. Finalmente, Brenda encontró cómo acabar con su sufrimiento. Con el trozo de un clavo que encontró en el patio cortó las venas de sus brazos y murió desangrada en las duchas de la cárcel juvenil.

Imagínate, le hicieron eso a ella ¡que no alcanzó a matar a nadie! ¿Qué crees que le harían a alguien que está involucrado en la muerte de presidentes? ¡Y el presidente italiano! ¿Has oído hablar de las mafias italianas, Kathy?

—Ya le dije, no tengo nada ver con esto –hablo con voz temblorosa.

—¿Y cómo explicas las coincidencias? ¿Qué fue lo

que viste en la muerte del presidente italiano? ¿Por qué el presidente argentino dijo tu nombre justo antes de morir? ¿Por qué tengo un audio tuyo en latín hablando de la muerte de los presidentes?

No aguanto más la presión y me echo a llorar.

—¡Dime, Kathy! –me grita–. ¡Es tu última oportunidad! Hoy podrás volver a casa, pero si no me dices nada, la próxima vez que te atrape te llevaré ante un juez y ¿sabes lo que ocurrirá, Kathy Jones? No descansaré hasta enviarte a la misma cárcel donde murió Brenda Jones. Así, cada vez que vayas a comer te preguntarás si te pasará lo mismo; cuando vayas a dormir, te preguntarás si alguien te atacará al cerrar los ojos; por último, cada vez que tomes un baño te preguntarás si estás en la misma ducha donde esa terrorista murió.

La próxima vez que te atrape comenzará tu infierno.

Se detiene y respira. Yo no paro de llorar. Pero él prosigue su interrogatorio:

—No tiene que ser así, Kathy. Yo quiero ayudarte, no quiero que tengas que vivir las mismas cosas que Brenda Wilson. Dime todo lo que sabes ahora y te prometo que te ayudaré a que puedas continuar con tu vida. Dime lo que sabes y podrás ir a la universidad. Una joven linda como tú de seguro tendrá un novio capitán del equipo de fútbol, irá al baile de graduación, tendrá un trabajo, hijos y una linda familia. Y cuando pasen muchos años y vuelvas a visitar a tus ancianos padres, pasarás por fuera de esta estación y dirás:

"Hubo un tiempo en que estuve a punto de perder todo esto. Qué agradecida estoy de haber hablado aquel día con el detective".

Las amenazas del detective surten efecto en mí, me decido a hablar, pero justo cuando estoy decidida a decirle que vi un hombre grande apuñalar al presidente italiano, la puerta se abre de golpe, el primero en entrar es papá.

Apenas me vio sentada en esa pequeña silla, con las manos esposadas y que no podía parar de llorar, se abalanzó sobre el detective y lo empujó contra la pared. Estuvo a punto de golpearlo en la cara, pero felizmente el padre de Sarah llegó por detrás y lo detuvo. ¡Hubiera sido terrible que golpeara a ese detective!

Papá no paraba de gritar y decir: «¡Lo que hiciste fue ilegal! ¡Me las pagarás! ¡Es solo una niña!»

El detective salió de la sala rápidamente. El padre de Sarah me sacó las esposas y papá me dio un fuerte abrazo. «¿Estás bien?», no paraba de preguntarme.

Después de un rato la pequeña sala estaba llena, mi madre y Sarah también estaban conmigo. Todavía quedaban algunas lágrimas en mis ojos, pero esta vez eran de alegría por estar con mi familia.

Brenda Wilson, ese nombre quedó grabado con fuego en mi memoria.

ESCAPE

Después de que fui liberada nos dirigimos a casa. Papá quiso interponer una demanda en contra del detective, pero el padre de Sarah le recomendó que mejor no hiciera nada. Los ánimos estaban muy agitados entre la policía y quizás una demanda, más la versión que daría el detective, lo único que harían sería ponerme en medio del foco de la atención. En su lugar, el señor Hamilton le prometió a papá que mantendría alejado al federal.

Antes de volver a casa le pedí a papá que pasáramos por el hospital. Quería ver cómo estaba Charles. «Está bien, pero solo unos minutos», me dijo. «Debes descansar y desconectarte de todo por un rato», sentenció.

¡Qué gusto me dio volver a ver a Charles! Se veía bien de ánimo y nos contó que le darían de alta antes de lo esperado. Solo estaban esperando que su costilla derecha soldara bien.

—¡Cuando salgas tenemos muchas cosas que conversar! –le dije.

—Por supuesto. Yo tengo algunas preguntas.

—¿Preguntas?

—¡Sí! Nadie me ha dicho qué fue lo que me pasó. Lo único que recuerdo es que estaba volviendo a casa, después de haber subido el audio a internet, cuando un auto negro aparece de la nada y me atropella.

—¡Cuando salgas tenemos muchas cosas que conversar! –le dije.

—Por supuesto. Yo tengo algunas preguntas.

—¿Preguntas?

—¡Sí! Nadie me ha dicho qué fue lo que me pasó. Lo único que recuerdo es que estaba volviendo a casa, después de haber subido el audio a internet, cuando un auto negro aparece de la nada y me atropella.

—¿Auto negro dijiste?

—Sí, como los que usan los políticos en televisión. Negro y elegante.

Respiro hondo, esto me parece muy extraño.

—¿Y cómo sabes que te atropelló y no fue un accidente?

—¡Porque estaba toda su pista descubierta! El auto se cambió de pista y casi pasa por la acera con tal de atropellarme.

—Charles, están pasando cosas muy raras. Tenemos que hablar apenas salgas de aquí.

—Sí. Papá no me deja ni siquiera tener celular en el hospital, me dice que tengo que descansar. No he querido contarle a nadie, quiero que resolvamos esto juntos.

—¡Te prometo que lo haremos! Charles, el audio que subiste a la página, ¿lo escuchó alguien más?

—¿Alguien más?

—Sí. La policía, por ejemplo.

—No, a menos que mi tío o su amigo profesor les hayan dicho.

Ahí me acordé perfectamente cuando el detective dijo: *"Lamentablemente, yo no hablo idiomas antiguos, pero tengo un profesor amigo que me puede ayudar".*

—Charles, por favor, no le digas nada más a tu tío y, si hablas con él, solo dile que ese amigo suyo que tiene no es de fiar.

—Pero ¿por qué? Cuéntame qué pasó.

—Ahora no puedo, apenas salgas te diré todo.

Me despido de mi amigo mientras todos me esperan afuera. Sarah entra rápidamente y también lo saluda. Algo dicen, pero no entiendo nada desde afuera.

Nos vamos a casa y mientras avanzamos Sarah dice: «No sé ustedes, pero esta tensión me ha dado un hambre terrible y aprovechando que estamos cerca de la pizzería.» Todos reímos. «Es que ni siquiera terminamos de almorzar cuando llegó el detective ese», argumenta.

Siempre que alguien diga pizza, tendrá el voto de papá. Así que hacemos una nueva parada. «Super pepperoni con masa tradicional», le pide Sarah a papá. «Es mi favorita», me dice sonriendo.

Llegamos a casa con tres cuartos de la pizza, mi amiga es la culpable.

—¿Sabes cuántas calorías tiene un trozo de pizza? – le pregunto.

—¡No quiero saber!

—300 calorías. Aún no llegamos a casa y ya comiste 600 calorías.

—¡Te dije que no me dijeras!

—La próxima vez que vayamos a la cascada deberás irte corriendo desde aquí.

—¡Si me está esperando Kobe con ese sombrero vaquero, podría irme corriendo hasta Phoenix!
—Eres una loca.
—Más loca tú que me tienes por amiga.

Llegamos a casa y apenas entramos, mamá puso una regla: «Prohibido hablar de lo que pasó. Esta noche no se pueden usar palabras como policías, presidentes, asesinatos ni nada por el estilo.» Todos reímos, pero mamá tiene razón, necesitamos relajarnos un poco.

—¿Y si jugamos Monopoly? –pregunta papá.

Silencio.
Todos sabemos que él quiere jugar porque le gustar ser el banco y, aunque no lo hemos descubierto aún, tenemos serias sospechas con respecto al reparto del dinero. ¡Sabemos que hace algo! Es que no es normal que siempre tenga tanto dinero para comprar propiedades.
No alcanzamos a manifestarnos cuando el tablero ya está sobre la mesa. El dinero, de forma automática, está del lado de papá.
Comenzamos a jugar. La meta no es ganar el juego, sino descubrir cómo mi padre hace trampa. Mientras jugamos no puedo sacarme de la cabeza todo lo que ocurrió, pero hay un pensamiento que parece quedarse frente a mí, justo delante de mis ojos: el tipo de auto que me mencionó Charles. Por alguna razón, cuando Charles dijo "auto negro elegante, como el que usan los políticos" se me vino automáticamente a la mente el automóvil que usa el detective, precisamente el auto

que me llevó a la comisaría. Pero ¿por qué trataría de matar a Charles? ¿Qué hizo él?

Jugamos Monopoly, pero no puedo concentrarme. Rápidamente pierdo todo mi dinero y estoy en la quiebra.

—Lo siento, mejor me iré a dormir un rato –digo mientras me levanto de la mesa.

Justo antes de irme le doy una mirada cómplice a Sarah, ella entiende de inmediato y hace un gesto afirmativo.

Me recuesto sobre mi cama, saco el cristal y el medallón, los veo detenidamente, estudio su forma. «¿Cómo se supone que me enseñes los poderes que tengo?», le pregunto. Cuando sané a Charles no fue el medallón el que me avisó, fue Morian. Insisto, el llamado y el collar deberían venir con un manual de instrucciones.

Solo tuve que esperar un rato antes de que Sarah entrara a mi dormitorio. «Parece que tu padre es realmente bueno. Estuve mirándolo todo el rato y no vi ninguna trampa. Nos ganó fácilmente», me dice maravillada. «Créeme, Sarah, te aseguro que hace trampa», le respondo.

—Sarah, necesito pedirte algo.

—Lo que quieras

—Necesito que le pidas a tu padre que cuide muy bien a mi familia.

Mi amiga me mira extrañada.

—¿Por qué me dices eso?
—Porque he tomado una decisión.
—¿Una decisión? ¡No me asustes! Cuéntame, ¿qué vas a hacer?
—Me iré de casa unos días, hasta que las cosas se calmen.
—¿Qué? ¿Estás loca? ¡Eso solo respaldará la teoría de ese detective loco!
—¡Ese es el mal menor! Si tengo razón, mi familia está en peligro.
—¿En peligro? ¡Explícame de una vez por qué estás diciendo esas estupideces!

Miro fijamente a Sarah, quiero que entienda que mi decisión obedece más al instinto que a la razón, por ende no puedo fundamentar mucho mi respuesta.

—Charles me dijo que lo que pasó no fue un accidente, teme que haya sido intencional.
—¿Qué? ¡Eso no se lo ha dicho a papá!
—Ya lo sé, tiene miedo. Me dijo que la noche del accidente un auto negro y muy elegante, literalmente, cruzó la pista para atropellarlo. ¿Entiendes, Sarah? ¡A Charles lo quisieron matar!

Sarah se queda inmóvil, sin palabras.

—Kathy, estás equivocada. Si tienes razón en lo que piensas, tu familia no corre tanto peligro como tú y yo.

Mi amiga tiene razón. Después de todo, fue a Charles a quien atacaron, no a su padre.

—¿Y si tratan de terminar su trabajo? –pregunto sobresaltada.

—¿A qué te refieres?

—A que si intentarán matar a Charles ahora que está en el hospital.

Sarah piensa un instante.

—Tienes razón, debemos sacarlo del hospital e irnos los tres lejos de aquí por algún tiempo.

—¿Tienes algún lugar en mente? –pregunto.

—Ninguno cerca. Tengo una tía que vive en California, pero no sé si será buena idea.

—No lo sé, creo que igual deberíamos estar cerca, por lo menos, cerca de la cascada. Si encontramos a otro elegido, debe aceptar el llamado y tomar su collar.

—¡Ya lo sé!

—¿Dónde? –pregunto.

—No sé dónde, pero si necesitamos un lugar cerca de la cascada, quien mejor que Kobe para ayudarnos. Quizá conozca algún lugar secreto –contesta orgullosa mi amiga.

—¡Tienes razón!

Si es que los detectives, efectivamente, habían tratado de matar a Charles, no sería extraño que tuvieran intervenidos nuestros teléfonos. Sé que suena a mucha ciencia ficción, pero a estas alturas, no podemos arriesgar a nada. Preferimos ser exageradas, así que decidimos que no diríamos nada importante por teléfono.

Le envío un mensaje a Kobe y le digo si puede venir justo antes del anochecer. Lo más importante, debe venir en su camioneta.

—¿Te respondió? –me pregunta Sarah después de unos minutos.
—Sí.
—¿Y qué te dijo?
— "OK".

Ambas reímos, pues nos recordó una cita de Instagram que una vez leímos, decía algo como: "Cuando le envíes un mensaje a un hombre, no te preocupes por darle muchos detalles, hay un 99% de probabilidades que él responda con un OK".

El plan era sencillo, una vez que Kobe nos pasara a buscar, debíamos encontrar la forma de sacar a Charles del hospital y luego irnos a un lugar que Kobe conociera, por lo menos, por esta noche. Luego decidiríamos un lugar definitivo.

Echamos algo de ropa en unas mochilas que tengo y esperamos por nuestra aventura. La verdad, es que no estoy totalmente segura de que lo que hacemos sea lo correcto, pero, como dije antes, es una decisión más instintiva que racional.

Decidí escribir una pequeña nota a mamá:

"Sé que estarás enojada con lo que hago y perdona si no te puedo contar nada aún, solo te pido que confíes en mí. Me iré unos días junto a Sarah y Charles, creo que es lo mejor para todos. Por favor, cuídense mucho y no confíen en ese detective. No den aviso a la policía, será peor para nosotros. Buscaré la forma de ponerme en contacto contigo lo antes posible.

P.D.: Solo avísales a los padres de Charles y de Sarah.

Te ama,

Kathy".

«Pobre mamá. Estoy segura de que esto le romperá el corazón», pienso apesadumbrada.

Justo a las diez de la noche sentimos cómo, al más estilo de Romeo y Julieta, unas piedrecitas chocan en mi ventana. Es Kobe. Corrimos el vidrio y con mucho cuidado salimos Sarah y yo.

—¿Qué ocurre? –pregunta Kobe–. Ya se están acostumbrando a llamarme y contarme después lo que sucede.

—¡Lo siento, Kobe! Te explicaré camino al hospital.

—¿Camino al hospital? –pregunta extrañado.

—Ah, ¿se nos olvidó decirte que también raptaremos a Charles? –ironiza Sarah.

—No es un rapto cuando la persona va por su propia voluntad –agrego.

—Sí, pero él no sabe que saldrá del hospital esta noche –dice riendo.

—¡Un momento! Entiendo que esto sea muy gracioso para ustedes, pero ¿me pueden explicar qué está sucediendo? –reclama Kobe.

Mi nuevo amigo tiene razón. Le explico nuestro plan y lo que Charles me contó. Le digo por qué pienso que estamos en peligro y lo importante que es que salgamos de la ciudad unos días.

—¿Estás segura de lo que estamos haciendo? –me pregunta.

—No, pero siento que es lo que debemos hacer –respondo.

—Es suficiente para mí. Les ayudaré.

—Kobe, hay otra cosa...

—¿Qué sucede?

—Necesitamos escondernos en algún lugar esta noche, de preferencia cerca de la cascada. ¿Conoces algún sitio?

—¡Conozco el lugar perfecto! –dice con una sonrisa.

Kobe es como un "supermacho". Grande, fuerte y parece que derrocha protección por los poros. Si me tocara ir a la guerra, definitivamente, me gustaría que él estuviera a mi lado.

Manejamos rumbo al hospital, aún no sabemos cómo sacaremos a Charles de ahí, solo sabemos que tenemos que hacerlo.

Kobe detiene la camioneta en una calle oscura cercana al hospital y me pide que nos quedemos ahí. Él irá a ver cuánta gente hay en el recinto.

—¿Alguna idea de cómo sacaremos a Charles? –pregunto a Sarah que va en el asiento trasero, pero no hay respuesta.

Está profundamente dormida. «¿Cómo te pudiste dormir en diez minutos?», pienso.

Enciendo la luz interior de la camioneta cuando...

¡Sorpresa!

Sarah no solo está dormida, ¡sino que también está muy cambiada! Su cabello castaño oscuro ahora está de color rojo.

Creo que lo mejor es ser sutil. Me bajo de la camioneta y entro por la puerta de atrás. «Sarah», susurro. Sigue sin responder. Entonces le muevo ligeramente el brazo y ella por fin abre los ojos.

—¡Lo siento! ¿Ya llegamos? –pregunta.

—Sí. Ya llegamos. ¿Te sientes bien?

—¡Mejor que nunca! Esta pequeña siesta me ha sentado de maravilla, estaba muy cansada.

La miro detenidamente, quiero ver si hay algo más que ha cambiado, pero al parecer no hay nada más. ¡Esperen! A través de sus lentes puedo que sus ojos también cambiaron. Ya no son café claros, ahora son de un azul profundo.

—¿Qué pasa? ¿Por qué pusiste esa cara? –preguntó Sarah.

—Amiga, voy a mostrarte algo y no quiero que te asustes, ¿está bien?

—Kathy, no me asustes. Dime qué me vas a mostrar.

Saco mi celular y pongo la cámara en modo frontal. «Mira cómo te ves.» Ella toma el celular y, para mi asombro, no hay grito ni expresión de locura. Solo un «Guau, qué hermosa me veo.»

—¿Qué hermosa te ves? –pregunto asustada.

—¡Sí! ¿Acaso no te parezco hermosa? –me pregunta.

—Sarah, ¿no te parece raro que el color de tu cabello y el de tus ojos haya cambiado?

—Sí, pero no me molesta. ¡Me encanta este cambio!

De hecho, creo que ya no necesito estos –dijo sacando sus lentes y dejándolos en la puerta de la camioneta–. Mi vista está mejor que nunca –sentenció.

No entiendo qué ocurre con ella. Parece otra persona. No alcanzo a descubrir lo que le pasa cuando llega Kobe corriendo.

—¡Es imposible!

—¿Qué es imposible? –pregunto.

—Podemos entrar al hospital, pero entrar a la habitación de Charles es muy difícil. En la puerta de acceso hay un guardia que solo deja entrar a personal médico.

—¿Es apuesto? –pregunta Sarah.

Kobe me mira, yo tampoco entiendo nada.

—¿Quién es apuesto, Sarah? –pregunto.

—El guardia que cuida el piso de Charles. Da igual, déjenmelo a mí.

Sarah se baja de la camioneta y camina coquetamente hacia el hospital. Hace diez minutos emprendí esta aventura con mi mejor amiga, una joven de cabello castaño oscuro y ojos café claro, y ahora me deja hablando sola una chica de aspecto irreconocible, de cabello rojo y ojos azules, que por cierto ¡ya no usa lentes!

—¿Qué le pasó a su cabello? –me pregunta Kobe.

—No lo sé.

—Bueno, yo voto porque se lo deje así –me dice con una sonrisa.

Yo lo miro con cara de pocos amigos, para empeorar su respuesta dice: «¿Qué? ¡Se ve mucho mejor así!»

«Esperaremos máximo quince minutos, y si no vuelve, iremos por ella», le digo a Kobe, a quien parece no molestarle el cambio de Sarah. De hecho, al parecer no solo cambió su cabello y sus ojos, también su manera de caminar. Parece que ahora se estuviera desarmando por partes.

No llegan a transcurrir diez minutos cuando vemos venir a Sarah, o quienquiera que sea esa chica que se parece a mi amiga, y al guardia de seguridad empujando en silla de ruedas a mi amigo Charles. ¡No puedo creerlo!

Una vez que llegaron a la camioneta, Sarah abre la puerta trasera y le pide al guardia que tome en brazos a Charles y lo deje en el asiento, cosa que el guardia hace con la mejor de las sonrisas. Luego, Sarah se acerca y le da un marcado beso en la mejilla. «Muchas gracias, Nicolás. Fuiste de mucha ayuda. Ahora vuelve al hospital», le dice con voz sensual. El guardia se va de inmediato.

No entiendo qué ocurre aquí. ¿Qué le pasa a mi amiga? En fin, no podemos perder más tiempo, así que nos subimos a la camioneta y nos vamos antes de que alguien se dé cuenta.

—¿Qué sucede aquí? –pregunta Charles–. ¿Y qué le sucedió a Sarah?

—Con la primera pregunta te puedo ayudar, con la segunda nadie tiene respuesta aún –contesto.

Le digo a Charles por qué lo sacamos del hospital y por qué creemos que estamos en peligro. Charles, más que todos, está de acuerdo con la teoría del intento de asesinato. «Ese detective es muy extraño», dice.

Después de un viaje rápido llegamos a Hilltop, pero Kobe lo pasó de largo.

—¿A dónde vamos? –pregunto.

—Al cañón de carbonato. Conozco un lugar perfecto ahí.

El cañón de carbonato está a unos dos kilómetros de la cascada y es un lugar muy visitado también por los turistas. «Los lugareños no solemos ir mucho allí, preferimos la cascada», dice Kobe.

Después de manejar unos minutos más, Kobe detiene su camioneta.

—Deberemos dormir en el vehículo esta noche.

—¿Qué? ¿En el vehículo? –protesta Charles.

—Lo siento, amigo, es muy peligroso ir a mi escondite en la oscuridad de la noche. Deberemos esperar hasta mañana –responde Kobe.

Todos sabemos que el cañón es peligroso, así que las palabras de Kobe no parecen una locura. Nos acomodamos de la mejor forma posible y aprovechamos de conversar. Como Charles es de toda nuestra confianza le contamos todo lo ocurrido en la cueva, los collares y el libro. Estaba muy decepcionado. «No sé para qué me trajeron si no soy como ustedes», nos decía. En mi desesperación miraba continuamente mi medallón por si, al estar cerca de Charles, me indicaba un nombre, pero para mi decepción, nada ocurrió. Sin embargo, yo sentía que aunque no fuera un elegido, debía estar con nosotros.

Hablamos hasta bien entrada la noche, hablamos hasta que el sueño nos venció. Antes de dormir fue inevitable pensar en mi familia. «Buenas noches a todos», susurré mientras miraba el menguante de la luna. La misma luna que sabía estar iluminando mi hogar.

SECRETOS

Kobe nos despierta antes del amanecer. No dormí mucho, y ya comienza a extrañarme el no poder recordar mis sueños. Creo que de las pocas horas que duermo, lo hago tan cansada, que me resulta imposible recordar algún mensaje del subconsciente. Ya no hay más visiones ni pesadillas, solo cerrar los ojos y despertar al día siguiente.

El amanecer trae sorpresas de inmediato, el cabello y ojos de Sarah volvieron a ser los de siempre, de hecho, casi no recuerda lo que pasó la noche anterior. No alcanzamos a conversar mucho, Kobe nos apresura para que salgamos rápido de la camioneta si es que queremos tener éxito en nuestro escape.

Caminamos por el borde superior del cañón, unos doscientos metros hacia el norte, cuando Kobe comenzó a descender por un pequeño sendero casi imperceptible por cualquier persona que no lo conociera. Bajamos unos cien metros por el desfiladero teniendo a nuestra derecha la pared del cañón. De pronto Kobe se detiene y dice: «Aquí es.» Nosotros miramos hacia todos lados y pensamos que está loco. Estamos todos, en fila, bajando por un sendero angosto hacia el fondo del cañón. A la izquierda el vacío y a la derecha la pared, ¿y este chico dice que ya llegamos? Pero Kobe tenía un as bajo la manga.

Por ciertas partes de la pared había algunos arbustos pequeños. Donde nos habíamos detenido había uno de tamaño mediano. Kobe desplazó las ramas con su brazo y luego desapareció por entre ellas. Todos nos miramos. ¡No podíamos creerlo! ¿En serio había un escondite en este lugar? De pronto un grito de Kobe: «¿Acaso no van a entrar?», pregunta. Sarah ingresa primero y se escucha un grito. «¿Qué ocurre aquí?», me pregunto. Yo llevo del brazo a mi amigo Charles, ya que le cuesta caminar por el dolor de su costilla. Por fin, corremos las ramas del arbusto y puedo entender el grito de mi amiga, de hecho, a mí también me dan ganas de gritar.

El escondite de Kobe era una cueva, pero no una cueva cualquiera. Por dentro era una verdadera casa. Unas ocho camas pulcramente acondicionadas se ubicaban contra la pared izquierda. En el centro una gran mesa para unas diez personas y a la derecha una gran cocina. A su lado un refrigerador y junto a él una serie de cajas llenas de alimentos envasados.

—¿Qué es esto? –pregunto sorprendida.

—Es el refugio de mi familia.

—¿El refugio?

—¡Sí! Nuestro pueblo cree que cuando finalmente tengamos que enfrentar a los enemigos de los dioses, será una guerra muy grande y que mucho del mundo que hoy conocemos dejará de ser. Por eso, en nuestro pueblo nos preparamos y tenemos estos refugios.

—¿Todos en tu pueblo tienen refugios como estos? –pregunta Charles.

—¡Todos! Este cañón y la cascada están llenos de lugares como estos.

—Pero este lugar es increíble. ¡Hasta tienes un refrigerador!

¿Cómo lo haces para tener electricidad?

—Afuera de la cueva tenemos escondido un panel solar –responde con una sonrisa–. ¿Ustedes creen que porque somos indios somos idiotas? –pregunta.

Todos reímos. Ahora entiendo a qué se refería cuando dijo que tenía un lugar perfecto para escondernos. «¿Podemos estar acá todo el tiempo que queramos», nos dice.

—Pero tu padre conoce este lugar. ¿No nos delatará si la policía le llega a interrogar por nosotros? –pregunto.

—Aunque quiera hacerlo, no lo hará. Tenemos un compromiso de no revelar este lugar a nadie que no sea de la tribu.

—¿Entonces por qué lo hiciste con nosotros? –pregunta Sarah.

—Porque solo existe un compromiso mayor que con mi pueblo: el compromiso con los dioses. Y lo que estamos haciendo ahora es lo que los dioses quieren.

Todos guardamos silencio. El ver el alto compromiso de Kobe con lo que estábamos haciendo nos hizo sentir a todos un poco más responsables.

—¿Y ahora qué se supone que hagamos? –pregunta Charles.

Las miradas de todos se fijan en mí. Me siento mal, no sé qué hacer.

—Por ahora, creo que lo mejor es que preparemos el desayuno –dice Kobe, mientras se acerca a la cocina.
—¡Buena idea! Preparemos el desayuno –agrego.

No puedo creerlo, estamos perdidos en una cueva en medio del cañón desayunando huevos con tocino. Me imagino que en Parker ya debe haber comenzado el desastre. A esta hora nuestros padres ya se deberían haber percatado de nuestra ausencia y deben estar buscándonos por todos lados. Acordamos que debemos permanecer en la cueva a como dé lugar, ya que lo más probable es que nuestras familias, e incluso el detective, nos vayan a buscar a las cataratas. Solo Kobe sale rápidamente para esconder su camioneta en otro lugar secreto y regresa velozmente. Decidimos apagar nuestros celulares, no queremos que la policía los rastree.

El panorama no es muy divertido. Cada uno elige una cama y se tiende sobre ella. No hay televisión, solo una pequeña radio en la que sintonizamos el canal de noticias. Casi podemos esperar el anuncio de la muerte de otro presidente. Van tres días desde el fatídico comienzo del G20 y desde entonces se desató una horrible y mortal cuenta regresiva. El primer día Italia, el segundo día Argentina y ayer fueron Japón y Canadá. ¿Quién será hoy? Parece ser la gran interrogante. Pero no es solo una pregunta que nos hacemos nosotros, ¡el mundo entero se la hace! Por la radio informan que el resto de los presidentes están completamente aislados, que revisan su comida, sus bebidas y que les han realizado exámenes de salud completos. Cada país toma el máximo de resguardos. Creo que todos pensaban que hasta la segunda muerte, ambos por supuestos ataques cardiacos, podía haber cierta coincidencia. Pero con la muerte de los dos presidentes de ayer, nadie tuvo dudas de que algo raro estaba pasando. La gran incógnita que se escucha en la radio es si solo será un ataque a los presidentes que asistieron al G20 o si todos los gobernantes del mundo estarían en peligro.

Los rusos y chinos acusan a los norteamericanos de no haber estado lo suficientemente preparados para enfrentar el ataque terrorista. De hecho, un par de grupos radicales han visto lo que está ocurriendo como una oportunidad para hacerse un nombre y se han adjudicado las muertes. Es más, han lanzado mensajes diciendo que las muertes continuarán hasta que Estados Unidos no retire sus tropas del Medio Oriente.

Por su parte, mi país reclama que si Rusia y China le hubieran ayudado activamente a atacar los nidos terroristas, no tendríamos estos problemas.

Felizmente la radio local aún no habla de jóvenes desaparecidos. A estas alturas comienzan los cuestionamientos internos. ¿Habré tomado la decisión correcta? ¿Por qué sentí tan claramente que debíamos huir?

Observo a mis amigos, todos me han seguido sin cuestionamiento alguno. Espero no fallarles. Cada uno está sobre su cama, me imagino que con sus propios cuestionamientos internos, al igual que yo.

Solo tuvo que pasar un rato para que llegaran las respuestas a mis preguntas y de paso, se alegrara mi corazón.

—Hola, soy Morian. Los dioses me enviaron para ayudarles en su misión.

No sé cómo lo hizo, pero, sin que nadie se diera cuenta, Morian apareció justo frente a todos nosotros. Su ropa había cambiado, más bien el color de su ropa, ya que seguía llevando esta especie de buzo cuerpo completo, ligeramente ajustado a su cuerpo, pero hoy era de color rojo.

Los ojos de mis amigos se clavaron de inmediato en él. Las preguntas que tenían ahora se habían multiplicado por mil.

—Cuando me dijiste que era apuesto ¡nunca pensé que tanto! –me susurra Sarah.

Morian nos pidió a todos que nos levantáramos de nuestras camas y que nos sentáramos alrededor de la mesa. En un principio, Charles no quiso hacerlo alegando que él no era un elegido, pero Morian tuvo un gesto con él que nos encantó a todos. Se acercó a la cama de Charles, se inclinó hasta quedar justo frente a él y le dijo: «Charles, que no seas un elegido no significa que no seas importante. Yo tampoco soy un elegido y formo parte de esto. Los dioses quieren que estés aquí por una razón, así que, por favor, siéntase a la mesa junto a los demás.»

Charles sonrió. Su cara evidenció que las palabras de Morian le hicieron sentir muy bien.

Todos estaban muy sorprendidos con la presencia de Morian. A todos les había hablado de él, pero el verlo en persona era algo totalmente distinto. No existen palabras adecuadas para describirlo.

—Chicos, estoy aquí por dos cosas –dijo Morian–. Primero, para responder todas sus preguntas. Segundo, prepararlos para pelear.

Morian se veía serio, claramente no estaba jugando. Parecía que había cambiado su rol de mensajero pacífico al de un instructor militar.

—Tenemos poco tiempo, así que comenzaré a hablar. A medida que tengan preguntas, las iré contestando sin problemas. ¿Les parece? –todos contestamos afirmativamente. La cueva ahora parecía un regimiento.

Lo primero que quiero recordarles, y es muy importante que se graben esto en sus mentes, es que ustedes tres son personas elegidas por los dioses. Quizá se pregunten por qué son elegidos, quizá sientan que no están preparados, pero créanme, ustedes son mucho más especiales de lo que se imaginan. Así que siempre recuerden que no están solos y que son muy importantes para el universo entero.

Otra cosa importante que deben recordar es que existen muchas formas de comunicación en el universo. Las razas más antiguas hemos aprendido a comunicarnos por medio del pensamiento. No necesitamos hablar y escuchar para entendernos, ya que lo hacemos directamente entre nuestras mentes. Ustedes llaman a este proceso telepatía.

Los dioses también se comunican de esta forma y, seguramente, así les hablarán a ustedes también. A medida que aprendan a familiarizarse con la telepatía, podrán entender los mensajes de los dioses más claramente. Por ahora, los mensajes los recibirán como suaves impresiones mentales.

—¿Es por eso que tuve la idea de que debíamos escapar? –interrumpo.

—Exacto. Nuestros enemigos cambiaron sus planes y era necesario reunirlos a todos para poder acelerar una respuesta.

—¿Acelerar una respuesta? –pregunta Kobe.

—Sí. Hasta ahora éramos como el ganado que huye de los lobos, pero después de hoy, seremos como el león que va de cacería.

Silencio sepulcral en la mesa. Las palabras de Morian se oían atemorizantes.

—¿Cómo fue esa impresión que tuviste? –me pregunta Sarah.

—Es difícil de explicar. Es como un pensamiento que está en tu cabeza y no lo puedes sacar totalmente. No es invasivo, por momentos se va, por momentos regresa. No es lógico, ni razonable, es más bien un sentimiento.

—Recuerden que ustedes son seres escogidos, su naturaleza es hacer las cosas que los dioses quieren, así que aprendan a confiar en sus instintos e impresiones –dice Morian y luego continúa–. Otra cosa que deben saber tiene que ver con sus collares o medallones, como quieran llamarlos. Cada uno les permite tener poderes especiales. Estos fueron preparados por los dioses de forma individual para cada uno de ustedes. Hoy estoy aquí para enseñarles cuáles son esos poderes.

¡La emoción se apoderó de nosotros al instante! Aplaudimos y gritamos de forma natural. Quizás la mayor pregunta que había en nuestras mentes era con respecto a cuáles serían los poderes que se nos conferiría por ser portadores de los medallones.

—¿Alguna pregunta? –dice Morian.

—¿Por qué cada medallón tiene un nombre distinto? –pregunta Sarah.

¡Esa era otra cosa que queríamos saber! Intenté obtener la respuesta preguntándole al Libro del tiempo, pero la contestación no fue muy clara.

Morian toma aire para respirar, se ve que es una respuesta larga.

—Cuando el principal de los dioses decidió crear esta parte del universo, le pidió a siete dioses menores que le ayudaran. Cada uno de estos dioses creó un mundo y le entregó un nombre a su creación. Hace mucho tiempo, algunos mensajeros celestiales revelaron estos nombres a sus antepasados humanos y así los hombres tuvieron los nombres de cada planeta. Entonces un dios creó un mundo y le puso Mercurio, otro dios creó otro mundo y lo llamó Marte, y así con el resto de los planetas del sistema solar.

—¿Qué mundo creó el dios principal? –pregunta Kobe.

—El principal de los dioses creó este planeta y lo llamó Terra.

Silencio. Puedo sentir cómo todas las miradas se clavan en mí.

Morian continúa.

—Este planeta es muy especial, tiene muchos materiales y minerales que escasean en otras partes del universo. Es así como, en un inicio, muchas otras creaciones de los dioses habitaron Terra. Sin embargo, llegó el momento en que el dios principal ordenó a todas esas creaciones que dejaran este mundo, pues él lo llenaría con una creación nueva, una creación especial hecha a su semejanza.

La mayoría de las otras creaciones abandonaron el planeta, pero hubo algunos seres que se rebelaron contra los dioses, en especial contra el principal de ellos, pues sintieron que su decisión era injusta. En señal de rebelión enviaron un asesino que mató a la hija del dios principal y luego se escondieron en las profundidades de la tierra. El gran dios los maldijo por siete mil años, siete mil años en que no podrían salir a la superficie del planeta y vivirían un infierno bajo tierra. Ese plazo se terminó hace cuatro días atrás, el día en que la luna se vistió de rojo. Ese eclipse era la señal.

Todos nos miramos un poco asustados, por momentos, Morian parecía el abuelo que cuenta historias de terror a sus nietos alrededor de una fogata.

—Si el eclipse era la señal, ¿el fuerte temblor no significó nada? –pregunto mientras muevo nerviosa mis rodillas.

—No, fue solo una amarga coincidencia –me

responde.

Charles levanta la mano cual chico en una sala de clases.

—¿Puedo hacer una pregunta? –dice.
—Dos preguntas –susurra Sarah–, ya llevas una –complementa con una risa.
—Por supuesto, Charles. Pregunta lo que quieras –contesta Morian amablemente.
—Quiero asegurarme de entender todo adecuadamente –hace una pausa y respira hondo–. Antes de que los humanos habitáramos la tierra, habían otras razas que vivían aquí, ¿verdad?
—Así es –afirma Morian.
—Cuando el principal de los dioses pidió que esas razas dejaran la tierra, una de ellas se negó a irse e incluso mató a una de las hijas de los dioses, ¿verdad?
—Exacto.
—En reprimenda, el dios principal los castigó por siete mil años y ese plazo venció hace cuatro días con el eclipse.
—Sí, tal como lo dices.
—¿Qué significa, exactamente, que haya vencido el plazo? ¿Acaso esa raza saldrá de donde está escondida y acabará con nosotros? Digo, si fueron capaces de matar a una de las hijas de los dioses, imagino que son muy poderosos.

«Esas fueron más que dos preguntas», le susurro a mi amiga Sarah. Ella sonríe. «Es exactamente lo que estaba pensando», dice.
Morian se prepara para la respuesta, evidentemente

no es fácil.

—Esta raza ha vivido bajo tierra por siete mil años y no ha sido fácil para ellos. Ellos siempre vivieron sobre la superficie, incluso de otros mundos, pero después del castigo tuvieron que aprender a vivir en un mundo subterráneo. Después de un breve periodo de tiempo, muchos de ellos no soportaron el castigo y se fueron del planeta, pero muchos otros, los que guardaban más rencor, permanecieron aquí. En un comienzo, muchos de ellos no se adaptaron y murieron, pero los más fuertes continuaron y aprendieron a vivir en la oscuridad. Lo único que no cambió, al contrario, aumentó día con día, fue su sed de venganza contra los dioses y su odio hacia ustedes, los humanos.

Me preguntas si ellos pueden destruir a la raza humana. En estos momentos no, si así fuera, lo hubieran hecho hace tres días. Ellos saben que, si bien pueden ser más fuertes físicamente que los humanos, son muy pocos en comparación a ustedes. Es por eso que su plan es sumamente astuto: atacar en primer lugar a sus gobernantes. Pero debemos tener cuidado, que ellos sean pocos hoy, no quiere decir que lo sean mañana. Estamos seguros de que ahora que pueden volver a la superficie, su plan es expandirse por el planeta lo más rápido que puedan.

Cuando visitaron la cueva de las cascadas, todos menos Charles, pudieron conocer el Libro del tiempo. Yo no puedo leer sus páginas, pero antes de venir a hablar con ustedes, los dioses me pidieron que les diera este mensaje que, según ellos, está contenido en este libro sagrado.

"Los primeros en llegar no están contentos.

Escondidos bajo la superficie juntan rabia y rumian venganza. No están derrotados, solo esperan la justicia que creen por derecho les corresponde. La señal del cielo los despertará y saldrán de sus cuevas a retomar lo que sus ancestros les prometieron. Sangre, lágrimas y sufrimiento están en sus planes. Los elegidos tendrán una difícil batalla que solo la unidad les permitirá ganar".

Así que, muchachos, está escrito. La señal del cielo fue dada, el plazo fue cumplido y ellos ya salieron de sus cuevas –sentenció Morian.

—¿Por qué los dioses simplemente no le dan otros siete mil años más de castigo y problema resuelto? –pregunta Sarah.

—Porque los dioses actúan en justicia con todas sus creaciones. Esta raza fue castigada por lo que hicieron, pero no se les puede sancionar por un acto futuro. Es por eso que los dioses los prepararon a ustedes. Los elegidos son la respuesta a los futuros ataques a esta tierra.

—¿Entonces ellos podrían irse de este planeta y nada ocurriría? –pregunto.

—Exactamente, las creaciones de los dioses siempre tendrán la oportunidad de actuar por sí mismas. Si ellos eligieran la paz, ustedes no tendrían trabajo –dice con una sonrisa.

—¡Preferiría no tener trabajo! –reclama Sarah.

—Como verán, muchas cosas están ocurriendo en este momento y ustedes son parte importante de todo ello –concluye Morian.

—Dijiste que nos enseñarías acerca de los collares y los poderes –dice Kobe.

—Eso es exactamente lo que voy a hacer.

PODERES

—¿Por quién comienzo? –pregunta Morian.

Sarah me mira y yo miro a Kobe. El pobre de Charles nos mira a todos. Un aire de nerviosismo se respira en el ambiente. «Creo que corresponde que sea Kathy, después de todo, ella representa al dios principal, ¿no?», dice mi amiga. Todo el resto del grupo asiente con la cabeza. «Muy bien, comenzaremos por ella», dice Morian.

—Terra, eres quien más se ha familiarizado con todo esto, pero aún quedan muchísimas cosas que debes aprender. Lo que dice tu amiga es cierto, el ser la elegida del principal de los dioses te entrega una responsabilidad especial, y mientras antes aprendas a convivir con ello, mejor podrás usar tus poderes.

Terra, tú tienes la habilidad especial de poder ver las cosas que acontecerán. El futuro no es un misterio para ti. Has podido relacionarte un poco con ese poder a través de las visiones que has tenido en la noche, pero conforme comiences a creer en quién eres, ese poder brotará cada vez de forma más natural. Hoy lo haces de manera inconsciente. Lo hiciste cuando tu amigo te hipnotizó y pudiste ver la muerte de los presidentes, pero como no entendías qué era lo que estaba ocurriendo, lo hiciste en idioma antiguo y ni siquiera recordaste lo que viste. Esa visión es una pequeña muestra del poder que reside en ti. A medida que aprendas a utilizar este poder, llegará el momento en que no necesites de visiones ni otros idiomas, ya que lo usarás de forma consciente. Pero hay dos cosas importantes que debes entender antes.

Primero, el futuro no es un escenario fijo e inmutable. Recuerda que los dioses nos dan a todos la oportunidad de obrar por nosotros mismos, así que el futuro que veas puede ir cambiando de acuerdo a las decisiones o combinación de decisiones de sus demás creaciones. Así que por eso es importante que te enfoques en un futuro de muy corto plazo, donde las posibilidades de cambio son menores. Como te dije, a medida que aprendas, llegarás a utilizar este poder de forma natural y consciente. También habrá oportunidades en que los dioses te mostrarán cosas que ellos quieren que veas, como fue el caso de los presidentes.

La segunda cosa importante que debes aprender es que tu poder consume una gran cantidad de fuerza física, así que cada vez que lo uses, deberás descansar para no quedar tan vulnerable. Otra de tus habilidades especiales, y que también tuviste la oportunidad de conocer, es el poder de sanar. Al igual que el poder de ver las cosas que acontecerán, deberás confiar y aprender esta habilidad. Cuando sanaste a Charles utilizaste el cristal, pero llegará el momento en que no lo necesitarás y podrás sanar sin necesidad de herramientas externas a ti. Debes tener mucho cuidado, pues este poder es para ayudar a los demás, no puedes utilizarlo en ti misma.

—Entonces, ¿puedo sanar a los demás, pero no me puedo sanar a mí misma? –pregunto.

—Exactamente.

Admito que eso me dio un poco de tristeza.

—¿Por qué si tengo el poder de sanar, no pude curar las costillas de Charles?

—Supongo que dudaste en algún minuto –me contesta.

—No entiendo, ¿cómo que dudé?

—Recuerda exactamente lo que sentiste cuando sanaste a Charles –me pide.

Elevo mi mirada en diagonal al techo de la cueva buscando respuestas. Recuerdo que cuando comencé a pasar el cristal por el cuerpo de Charles, tenía un grato sentimiento, me sentía tranquila. De pronto algo pasó. Recuerdo que cuando estaba terminando, tuve dudas de que si realmente lo que estaba haciendo funcionaría. Pasó por mi mente lo extraordinario que sería que el cristal sanara. En resumen, y viéndolo en retrospectiva, Morian tenía razón: dudé por un momento.

—Efectivamente, por un momento dudé de lo que estaba haciendo –digo con voz suave, con culpa.

—¿Y en qué parte del cuerpo pasabas el cristal cuando dudaste? –me pregunta.

Opté por bajar la mirada, no me sentía bien viendo a Charles. «En sus costillas», respondí.

—No te sientas mal –me dijo–. Ustedes son jóvenes extraordinarios y solo tienen que aprender a utilizar sus poderes. Hay una cosa más con respecto a tu habilidad de sanar.

—¿Qué cosa? –pregunto.

—Cuando sanas a una persona, sentirás por un breve momento el dolor que le estás aliviando. El sentir el dolor de los demás te ayudará a querer usar tu poder con mayor vocación.

—Eso explica el fuerte dolor que tuve –replico asombrada.

«Pobre Charles, él estuvo soportando todo ese dolor por muchas horas cuando fue atropellado, es más, aún soporta el malestar de sus costillas. ¡Tengo que hacer algo!», pienso.

—¿Puedo terminar de sanarlo ahora? –pregunto con los ojos un poco llorosos.

—Por supuesto que puedes –me responde con cierto tono de orgullo, es como si él hubiera esperado esa reacción mía.

Estoy nerviosa y, sinceramente, no sé cómo hacerlo, pero sí sé que quiero y debo hacerlo. La mirada de todos ahora reposa sobre mí.

Le pido a Charles que se ponga de pie. Él se levanta e intenta pararse derecho, un pequeño quejido sale de su boca por el esfuerzo. Saco el cristal, siempre lo llevo conmigo, me inclino un poco para estar a la altura de sus costillas y me concentro. «Tengo que hacer esto», me digo a mí misma.

Comienzo a deslizar el cristal sobre las costillas derechas de Charles, no siento nada especial, pero sí mantengo mi mente con un solo pensamiento: «Puedes hacerlo.» De pronto mi amigo da un respiro profundo, como de alivio. Al mismo tiempo, yo siento una puntada en mis costillas, muy breve, como una estocada. Está listo, puedo sentir que acabé mi tarea.

Me levanto y guardo el cristal. Charles tiene una gran sonrisa y está muy emocionado. «¿Cómo te sientes?», pregunto. «¡De maravilla! Todo el dolor se ha ido», me responde.

El terminar la sanación de Charles, en este momento de tantas dudas y cosas que no entendíamos, fue maravilloso. Fue el acto preciso que nos hizo saber con certeza absoluta que todo lo que nos estaba diciendo Morian era cierto y que de verdad éramos personas elegidas. «Fue mejor que no lo haya sanado por completo en el hospital», pensé.

Aún no terminábamos de maravillarnos por lo ocurrido cuando Morian me pide que saque el cristal nuevamente. No entiendo el porqué, pero lo saco de mi pantalón de nuevo. De reojo puedo ver cómo los valeninos juegan dentro de su pequeño hogar.

—Kathy, quiero que retrocedas y te quedes lejos de todos nosotros», me pide Morian.

No entiendo nada, pero doy unos tres pasos hacia atrás y quedo justo frente a todo el grupo. «Ahora quiero que aprietes el cristal con todas tus fuerzas», me instruye. Confieso que al principio me da un poco de miedo, después de todo es un cristal y no quiero que se rompa, pero soy obediente, acato la instrucción y lo aprieto fuertemente. ¡Lo que ocurrió después hizo que casi nos diera un paro cardiaco a todos! A todos menos Morian, por supuesto.

Justo al apretar el cristal, este se convirtió en un enorme escudo de aproximadamente un metro y medio de altura y casi un metro de ancho. Me cubría casi por completo. Tenía una forma ovalada y todo su borde estaba cubierto por una especie de metal rojo. Me sorprendió que, siendo un elemento tan grande, no requiriera esfuerzo alguno de mi parte para sostenerlo. Era extremadamente liviano. De hecho, mi sensación era como si continuara sosteniendo el pequeño cristal.

La cara de todos mis amigos era de absoluto asombro. Evidentemente yo también estaba sorprendida, pero ellos, que estaban frente a mí, parecían un poco aterrorizados. Obviamente estaban viendo algo que yo no.

No alcancé a preguntarles nada, cuando súbitamente Morian toma uno de los platos que estaba en la mesa y lo arroja directamente a mi cabeza. De forma instintiva yo levanté un poco el escudo para protegerme. Lo siguiente que escuché fueron los gritos de asombro de mis amigos. El plato había desaparecido por completo dentro de mi arma protectora.

«¿Puedo intentarlo?», preguntó Charles mientras sostenía uno de sus zapatos en la mano. Morian sonrió y asintió con la cabeza. Charles lanzó fuertemente su zapato directamente al escudo. El zapato, al igual que el plato, desapareció al instante. Curiosamente los objetos no chocaban contra el escudo y tampoco se trasladaban, sino que eran absorbidos por este.

Todos estamos sorprendidos. Me siento como Thor con su martillo.

—El escudo que posee Terra está compuesto por materia negra y trabaja de una forma muy parecida a los agujeros negros. Es decir, todo lo que cae en él, se pierde –explica Morian.

—¡Oh, no! ¡Eran mis zapatos preferidos! –grita Charles.

Todos reímos.

«Los absorbe y se pierden para todo el mundo menos para la elegida», termina de decir Morian. Todos nos miramos, no entendemos a qué se refiere. Nos acaba de decir que el escudo funciona como un agujero negro y, aunque no soy una científica ni nada por el estilo, todos sabemos que nada sale de un agujero negro, ¡ni la luz!

—¿A qué te refieres, Morian? ¡Se supone que nada sale de un agujero negro! –le digo.

—Así es para todos nosotros, pero los dioses están por sobre las leyes de la física y prepararon una forma para que la elegida domine el escudo.

—¿Entonces puedo recuperar mi zapato? –pregunta emocionado Charles.

—Menos mal que no lanzaste tu celular –dice Sarah provocando la risa de todos.

—Que recuperes tu zapato depende de Terra –dice Morian.

—¿De mí?

—Así es. Déjame enseñarte.

Una vez más depende de tu mente y el nivel de confianza que tengas en lo que haces. Quiero que por tu lado del escudo metas la mano y te concentres en el objeto que quieres recuperar. Si lo haces con confianza, el objeto vendrá a ti –me alienta Morian.

Lo de atravesar el escudo no me sorprende mucho, después de todo, he atravesado muros de montañas en estos últimos días y, a decir verdad, atravesar un escudo que tiene un espesor de unos cinco centímetros no me resulta intimidante. Lo que sí me asusta es no saber qué hay del otro lado. Me recuerda la vez que fuimos a una piscina natural en un río cercano a mi casa y el agua estaba tan turbia que era imposible ver el fondo. Aunque era un día muy caluroso, no fui capaz de bañarme. Me causaba pánico el no saber qué había debajo del agua. Ahora la situación era parecida, debía meter mi mano en ese agujero negro y confiar en que el objeto que yo deseaba aparecería. ¿Y si no me concentraba lo suficiente y aparecía otra cosa? O peor aún, ¿si cuando atravesara el escudo algo tomara mi mano y me jalara hacia dentro?

Sé que estas no son las dudas que debería tener una valiente elegida, pero es que Morian aparece con una cosa nueva cada cinco minutos. Apenas me estaba acostumbrando al poder de sanar con el cristal, cuando ahora tengo un escudo compuesto del material más peligroso del universo.

—¡Vamos, Kathy! ¡Quiero mi zapato de vuelta! –grita Charles.

¡Habiendo tantos otros platos en la mesa, a mi amigo se le ocurre lanzar su zapato!

Por el frente, el escudo resultaba intimidante. Era completamente negro, pero se notaba que no era de un material sólido. De cerca, se podía notar claramente que su composición se movía lentamente. La parte posterior era un poco distinta, también se veía completamente negra, pero era como si estuviera tapada por una delgada capa de algo transparente. Se veía sólida y nada se movía en su interior.

Después de respirar un poco, entiendo que lo mejor que puedo hacer es enfrentar este momento. Después de todo, estoy con mis amigos, además, ¿qué podría salir mal? Prefiero equivocarme ahora que después.

Cierro los ojos y me concentro en el zapato. ¡No puedo creer lo que estoy haciendo!

—¿De qué color era tu zapato? –pregunto–. ¡Es que imagínate si saco otro de un color distinto! –le advierto a mi amigo.

Todos se ríen menos Charles, creo que a estas alturas se siente un poco tonto por haber lanzado su preciado zapato. «Es de color café», responde tímidamente.

Me esfuerzo por mantener mis ojos cerrados y me concentro en los zapatos de Charles. Intento poner una imagen de ellos en mi mente. Dirijo mi mano hacia el escudo. Todos guardan silencio. Logro estirar fácilmente mi brazo hacia delante, así que supongo que ya atravesé el escudo. No logro sentir nada diferente, es como si estuviera moviendo mi brazo en el aire. Es tan natural la sensación que decido abrir los ojos para cerciorarme. ¡Efectivamente estaba dentro del escudo! Mi brazo, hasta la altura del codo, había desaparecido completamente dentro de esta materia de color negro. Vuelvo a cerrar los ojos y aumento mi concentración, pero no sirvió de mucho. Di un grito que se debe haber escuchado hasta Phoenix. Saqué el brazo de inmediato y caí al piso.

—¿Qué te ocurrió? –preguntaron todos a la vez.
—¡Algo me mordió el dedo! –grité.

Mis amigos corrieron a revisarme, pero, para mi sorpresa, no tenía nada, ni siquiera una raspadura.

—¡No entiendo! Les prometo que algo me mordió el dedo. No fue una gran mordida, pero sí me asustó mucho. Es como cuando te muerde un gato –dije ante el asombro de todos. De todos menos Morian, él me miraba en silencio.
—Debes intentarlo de nuevo –me dice Morian.
—Lo siento, Charles. Presiento que hoy tendrás que acostumbrarte a andar con un solo zapato. ¡No hay forma de que vuelva a meter mi mano ahí! Por lo menos hoy.

Charles me dijo que lo que menos le importaba era el zapato, que quería que yo estuviera bien. Pienso que ese fue el sentimiento de todos, de todos menos Morian, él quería que lo volviera a intentar.

—Morian, si quieres trato después, pero ahora me resulta imposible intentarlo de nuevo –le dije–. Estoy muy asustada.

Él se acerca y me extiende su mano para levantarme del piso.

—Cada persona tiene su tiempo, ¿verdad? –me susurra. Sonrío y asiento con la cabeza.

—Hay una cosa más que tengo que decirte con respecto al escudo –dice Morian–. El metal rojo que recubre el escudo se llama Antita y tiene la capacidad de contener la materia negra que lo compone. Si ese metal dejara de recubrir al escudo, sería el fin de todo lo que está a su alrededor. Debes protegerlo para que eso no ocurra.

De Thor y su martillo pasé a sentirme como Frodo prisionero de su anillo. «No puedo dejar que nada le ocurra», pienso.

—¿Quién es el siguiente? –pregunta Morian.

Decidimos que lo mejor sería ir en el mismo orden que encontré a los elegidos, así que ahora era el turno a Sarah.

—Venus –comienza diciendo Morian–, al igual que Terra, ya has tenido alguna idea de tus poderes. Uno de ellos querrá tener un control absoluto de tu persona. Me refiero al poder de hipnotizar a los demás.

Todos nos miramos. ¿A qué se refería con hipnotizar a los demás?
Morian prosiguió:

—Con tus encantos, puedes hacer que cualquier persona haga lo que tú quieras. Una mirada tuya es capaz de robar voluntades y serás un imán para todos los que te rodeen. Como te diste cuenta, este poder es un tanto peligroso para ti, pues desea estar siempre presente. A este poder no le gusta aparecer solo cuando lo necesites, sino que quiere dominarte por completo. Pero los dioses te han protegido, y hasta que no lo domines, han hecho que este poder se libere dentro de ti solo por las noches, para que durante el día puedas ser tú misma. Es por esta razón que anoche tu cabello se volvió rojo y tus ojos azules. Eso ocurrirá cada día con la puesta del sol.
—Entonces, ¿cada noche se pondrá sexi? –pregunta Charles con una sonrisa.
—¡Yo soy sexi las veinticuatro horas del día! –responde Sarah.
—La sensualidad es solo una de las muchas herramientas que usa Venus para someter la voluntad de otros y, como les dije, hasta que no pueda manejarla bien, solo podrá usarla desde la puesta del sol en adelante. Pero recuerda, Venus, es un poder peligroso y adictivo que hace que su portador disfrute sometiendo a los demás, ya sean amigos o enemigos.

Charles miró a Kobe de inmediato. No dijeron palabra alguna, pero sé que se comunicaron solo con la mirada. Algo así como "lenguaje de hombres". Pero creo interpretar que ellos ya habían sentido el efecto del nuevo poder de mi amiga. Eso me preocupa un poco.

—Si Sarah puede ejercer ese poder, aun entre sus amigos, ¿cómo nos protegeremos? –pregunto.

—Una muy buena pregunta. No se puede. Cuando Venus se haga presente, querrá tener el control de todo. Lo mejor es entregarle el control de lo que quiere o hacerle creer que lo tiene. Si ella estima que necesita forzar una situación o la voluntad de alguien para lograr lo que desea, no dudará en utilizar ese poder.

Creo que será difícil acostumbrarme a la nueva faceta de mi amiga. Solo espero que no nos cause problemas. Lo que me atemoriza un poco es que a Sarah parece gustarle su nuevo poder, pues no para de sonreír.

—Ahora bien, hay una manera de que Venus pierda para siempre ese poder, pero tiene un costo muy elevado –dice Morian. La sonrisa de Sarah desaparece inmediatamente de su cara.

—¿A qué te refieres? –pregunta asustada.

—Si regalas el medallón a la persona que realmente amas, perderás para siempre el poder de cautivar a los demás.

—¿Regalar el medallón? ¿Por qué haría algo así?

—Porque de eso se trata precisamente el amor: de entregarse y sacrificarse por la otra persona. Y lo que entregarás no será solo un medallón, sino que un regalo muy especial.

—¿Qué regalo?

Silencio.

Morian deja de hablar al instante, al parecer no está seguro de querer continuar. Por fin, después de un momento, respira y continúa.

—La inmortalidad, Venus. El regalo de tu amor es la inmortalidad.

Todos nos miramos atónitos. Ninguno parece entender muy bien a qué se refiere Morian.

—¿La inmortalidad? –pregunta Sarah incrédula.

—Así es. Es el premio por enamorar a quien puede enamorar a todo el mundo.

—¿Y cómo sabré de quién estoy realmente enamorada?

—Dime de qué color es tu medallón.

—Morado –responde Sarah.

—Si un día tu medallón se vuelve de color rojo, significará que estás enamorada.

—¿Qué? ¿A qué te refieres con que cambie de color? –exclama casi con desesperación mi amiga.

—A medida que comiences a entregar tu corazón a alguien, podrás ver cómo el rojo avanza en el medallón de tu collar. Cuando se complete, significará que estás completamente enamorada.

Sarah se queda callada un momento. «Creo que mi

poder es una maldición después de todo», dice Sarah con un respiro entrecortado.

—Te lo dije, Venus, el tuyo no es un poder sencillo, pero tranquila, no serás una mujer fácil de enamorar.

Morian mira a Sarah con ternura. No dice nada, pero entiende que es mejor cambiar el tema, así que sonríe y se acerca a la mesa, pasa su mano por encima de ella y al instante aparecen dos pequeñas cajas de madera, son exactamente iguales a la que me entregó cuando obtuve el cristal. «Es el momento de las armas», dice.

La caja que le corresponde a mi amiga lleva su nombre inscrito: "Venus", tal como en la mía se leía "Terra". Sarah recobra el ánimo y toma la caja rápidamente. La abre y al interior encuentra un cristal con forma de media luna. Al igual que su collar, el cristal es de color morado. Es muy hermoso, y a diferencia de su medallón que tiene dos medialunas que parecen mirarse entre sí, el cristal es un solo astro finamente confeccionado.

—Necesito que, al igual que Terra, tomes tu collar y te pongas a cierta distancia del grupo –le dice Morian.

Todos estamos muy nerviosos y expectantes. «Después de mi escudo de materia negra, ¿qué podría venir?», me pregunto.

Sarah se coloca exactamente en el mismo lugar donde yo me puse.

—¿Quieres que apriete el cristal? –pregunta.

—Exactamente –responde Morian.

Mi amiga aprieta el cristal y este automáticamente se transforma en un cinturón que tiene muchas “cosas” de colores que no alcanzo a distinguir bien.

—¿Qué es esto? –pregunta un poco asustada.
—Solo ponlo en tu cintura –le instruye Morian.

Sarah obedece y se ajusta el cinturón. Está hecho de una especie de cuero café oscuro que por todo su contorno tiene “cosas” parecidas a “lápices” que se sujetan a él, son muchos, debe tener unos veinte en total y están en tres grupos de colores: negro, verde y azul. En el frente, el cinturón tiene una especie de bolsillo con un pequeño cierre.

—¿Y ahora? –pregunta Sarah una vez que tiene el cinturón puesto.
—¿Ahora? Ahora solo tienes que seguir tu instinto –responde Morian.

Me da un poco de rabia cuando Morian da ese tipo de instrucciones. Si estamos tan apurados, ¿por qué no nos dice de una vez las cosas? Supongo que lo hace para que aprendamos. ¡Aun así no me gusta!
Sarah comienza a observar el cinturón detenidamente, luego abre el cierre y sus ojos parecen saltar. Saca desde el pequeño bolsillo una especie de tubo de color blanco. Está hermosamente tallado, debe medir unos quince centímetros y tiene un hueco en su interior. En un extremo está ligeramente aplastado, pero no del todo. La otra punta mantiene un orificio

del mismo diámetro del largo del tubo. Sarah nos mira en busca de respuestas, todos nos encogemos de hombros, claramente no somos de ayuda. Vuelve a mirar a Morian pidiendo una segunda oportunidad, pero él permanece inmutable.

Mi amiga vuelve a bajar la cabeza. Nadie entiende en qué consiste su arma. Sarah saca un "lápiz" de color negro. «¡Ese no!», grita Morian. Todos saltamos del susto.

—¿Qué? ¿Por qué no?

—Solo saca otro –ordena Morian.

Sarah saca un "lápiz" de color verde.

—¿Este sí? –pregunta irónicamente. Morian ni siquiera se molesta en responderle.

Sarah tiene el tubo en una mano y el lápiz en la otra, de pronto su cara cambia, parece que le encuentra sentido a su arma.

Levanta su cabeza, nos mira de frente, introduce el "lápiz" verde en el tubo y luego lleva la parte achatada a su boca. Morian sonríe disimuladamente. Sin pensarlo dos veces, Sarah sopla fuertemente a través del tubo en dirección a Kobe, acierta en medio de su pecho. ¡Todos quedamos sorprendidos! Mi amiga se ve orgullosa, Charles y yo estamos estupefactos por el ataque, después de todo, el "lápiz" pasó entre él y yo.

—Kobe, ¿estás bien? –pregunto.

Pero no hay respuesta. Kobe quedó congelado como

estatua. Su mirada aun permanece en dirección a Sarah.

—¿Qué ocurre? –grito desesperada–. Morian, ¡debemos ayudarlo!

Morian está quieto y muy tranquilo.

—Eso es un Atlatl –dice calmadamente–. Un arma poderosa que sirve para lanzar dardos.

«Dardos, no lápices», me repito para grabarlo en mi mente.

—¿Y qué le pasa a Kobe? –pregunto–. El pobre sigue sin moverse.

Morian parece no prestarme mucha atención y continúa su explicación.

—Venus, por ahora tienes tres tipos de dardos: los verdes son para dejar sin movimiento a tus enemigos, los azules pueden convertir en piedra a tus víctimas y, finalmente, los dardos de color negro matan al instante a cualquiera.

Ahora entendimos el grito de Morian cuando Sarah tomó un dardo negro.

—Pero ¿cuánto tiempo estará Kobe así? –vuelvo a preguntar.
—Normalmente un día entero.
—¿Qué? ¡No podemos dejarlo así un día entero! –

reclamo.

—Pero recuerden que ustedes son los gobernantes de sus armas. Solo basta con que Venus retire el dardo de su pecho y él volverá a la normalidad.

Sarah se acerca al grupo y con mucho cuidado retira el dardo del pecho de Kobe. Efectivamente, y como nos había dicho Morian, Kobe volvió a la normalidad al instante. «¿Qué ocurrió? ¿Por qué todos me miran?», pregunta. Todos reímos. Estaba por comenzar a explicarle a Kobe lo que había pasado cuando vemos con terror que Sarah había retrocedido dos pasos y tenía un dardo azul en su mano.

—Morian, ¿el azul funciona de la misma forma que el verde? Una vez que yo lo quite, ¿la persona vuelve a la normalidad? –pregunta Sarah con un dejo de maldad.

—Sí. El único que funciona distinto es el negro. Si matas a alguien, aunque tú misma retires el dardo, este no podrá volver a la vida.

—¡Sarah, ni lo pienses! –le grito.

—Lo lamento, amiga, tenemos que probar nuestras armas.

Acto seguido pone el dardo azul en el tubo y sopla. El disparo da en el estómago de Charles. Este alcanza a mirarme a los ojos y rápidamente su cuerpo comienza a volverse piedra. Me quedo horrorizada de espanto. En tan solo un segundo mi amigo se convierte en una roca gigante.

Sarah también está impactada, creo que ni ella estaba consciente de lo que estaba haciendo. Rápidamente corrió hacia nosotros y sacó el dardo de

Charles. Este inmediatamente cayó al piso. Felizmente, al igual que Kobe, no recordaba nada de lo ocurrido.

—Los dardos solo adquieren poder si los lanzas tú –le dice Morian a mi amiga–. Como te habrás dado cuenta, en el momento que sacas uno del cinturón, inmediatamente aparece otro del mismo color, así que no te preocupes por ellos. Además, si cualquier otra persona toma los dardos, estos se convertirán en polvo inmediatamente –agrega Morian.

Como Sarah quiere probar todo lo que se le dice, saca un dardo de color negro y me lo pasa en la mano. En efecto, el dardo se convirtió en polvo inmediatamente, en algo muy parecido a las cenizas.

—Para guardarlo, solo tienes que apretar nuevamente el Atlatl, las armas desaparecerán y el cristal volverá –dice Morian.

Hubo un momento de silencio. Sarah se veía feliz con sus armas y, aunque la escena con Charles la había consternado un poco, la superó rápidamente.

—Supongo que es mi turno –dijo Kobe–. Morian asintió con la cabeza.

—Marte, eres el segundo elegido en ser encontrado y aún no tienes experiencia con tus habilidades. Sin embargo, eres el que está más listo. Sin saberlo, tu pueblo te ha preparado para este momento desde el día en que naciste. Eres un protector por naturaleza. ¿De qué color es tu medallón?

—Verde –responde Kobe.

—Cada vez que haya un enemigo cerca, tu medallón se volverá de color azul y lo sentirás como hielo en el pecho. Además, tu medallón funciona como brújula y te dirá siempre hacia dónde te tienes que dirigir para cumplir la voluntad de los dioses. Tu contacto con la naturaleza ha desarrollado dos poderes muy importantes en ti. El primero es la fuerza. A medida que te concentres y creas en quien eres, tendrás una fuerza sobrehumana por cortos periodos de tiempo. El segundo poder que tienes es la habilidad de poder relacionarte y comunicarte con las aves y los animales. Tu naturaleza de protector hace que las bestias confíen en ti y quieran obedecerte.

Kobe permanece en reverente silencio.

—¿En verdad puedo hablar con los animales? –pregunta.

—Inténtalo y verás –responde Morian.

Todos estamos atónitos, tenemos la extraña sensación de que Morian dejó los mejores poderes para el final.

Kobe sale de la cueva, todos le seguimos y nos ubicamos en fila en el pequeño sendero.

Kobe mira a todos lados y de pronto ve, a lo lejos,

algo en el piso. Yo no alcanzo a ver de qué se trata. «¡Ven!», ordena con tono serio. Todos nos quedamos quietos y en silencio, al parecer el único que vio algo fue Kobe. Sin embargo, después de un momento, escuchamos un sonido que nos perturbó por completo, era el sonido de un cascabel.

¡No podía creerlo! A unos diez metros de nosotros se acercaba la serpiente más grande que había visto en mi vida. ¡Y era nada menos que una cascabel!

Kobe se acercó y la levantó con su brazo derecho. La serpiente mansamente se enrolló en su brazo.

—Este es el mejor poder que podría haber tenido. ¡Amo a los animales! –dice emocionado Kobe.

—Y los animales te aman a ti –susurra Morian–. ¿Preparado para ver tu arma?

—¡Más que preparado! –responde Kobe.

Al verlos conversar así, estoy segura de que ellos se llevarán muy bien.

Entramos a la cueva y Morian le pide a Kobe que tome la caja de madera que queda sobre la mesa. Kobe está muy tranquilo, la abre y saca un cristal de color verde que tiene una forma parecida a una "S". «Me imagino que ahora debo alejarme de ustedes», dice.

Kobe se pone en la misma posición donde antes habíamos estado Sarah y yo. No hay que darle más instrucciones, él sabe lo que debe hacer. Kobe aprieta el cristal y este se convierte en una gran espada. Solo la hoja mide como un metro, su empuñadura tiene unos veinte centímetros y está hecha de un material muy brillante que se asemeja al oro. Es una espada hermosa, sin embargo, lo que más cautiva es que su hoja no es como las típicas largas y rectas que uno suele ver en televisión. La espada de Kobe tiene una forma ondulada desde la base hasta la punta. Parece como si una solitaria y larga ola reposara sobre su mango.

—Esa espada puede romper cualquier cosa que exista y nada la puede destruir. Esa espada, sumada a tu fuerza sobrenatural causarán un gran daño a tus enemigos –dice Morian.

Kobe miraba la espada de la misma forma que un niño observa su primer balón de fútbol. Estaba alucinado.

—Marte, aún no te he dicho la principal característica de esa espada.

Todos centramos nuestra atención en Morian. ¿Cómo podía haber algo más si ya tenía una espada que era indestructible?

—La cspada que tienes en tus manos fue obsequiada por Uriel, uno de los arcángeles de los dioses. Los arcángeles son reconocidos por tener espadas de fuego, esta arma no es la excepción. Sin embargo, como tú no eres un arcángel, la espada no puede estar en llamas todo el tiempo, pero sí lo hará cuando estés muy enojado. Así que cuando estés enfadado en batalla, la espada que ahora sostienes, se convertirá en una espada flameante.

—¿Una espada flameante? –pregunta Kobe.

—Así es. Marte, la espada que tienes en tus manos

es una de las armas más poderosas del universo.

—¿Y puedo probarla?

—Solo si logras enojarte lo suficiente.

Kobe se concentra, cierra los ojos. No sé en qué cosas está pensando, pero su rostro comienza a ponerse cada vez más rojo. Finalmente, y después de un instante, Kobe lanza un grito de furia que nos caló el alma a todos. Sin embargo, y para la tristeza de Kobe, nada ocurrió. El fuego guerrero se mantuvo quieto dentro de la espada y los deseos de todo el grupo por ver el máximo potencial del arma, tuvieron que esperar.

Morian miró a todo el grupo, se veía satisfecho. Los elegidos ahora teníamos poderes y armas para combatir a nuestros enemigos.

—Mi misión con ustedes está por acabar, solo me quedan dos cosas más que decirles –dijo Morian profundamente afectado–. Hoy he venido con un objetivo muy claro: acelerar su preparación. Como les dije, tenemos poco tiempo, pero no les he dicho la razón de tanta premura. El asunto es el siguiente: la existencia de este grupo de elegidos fue conocida por el asesino enemigo, y eso hizo que él cambiara de estrategia, ya no matará más gobernantes de su mundo, sino que ahora buscará la manera de terminar con ustedes.

—¿Con nosotros? –gritó Sarah–. Un miedo terrible nos recorrió por completo.

—Así es, pero tranquilos, ahora se pueden defender y están preparados para hacer frente a este asesino. Además, como les dije al principio, llegó el momento en que este grupo se convierta en un león que sale de cacería. Ese momento... será esta noche.

Un silencio de terror llenó el ambiente. No sé si nos sentíamos preparados para hacer las cosas que Morian nos estaba pidiendo. Él, evidentemente, vio nuestra preocupación. Después de todo, éramos jóvenes de dieciséis años completamente ajenos a este tipo de experiencias.

—No tengan miedo. No hay forma alguna de que ese asesino pueda vencerlos si permanecen unidos. Confíen en ustedes, confíen en las armas y poderes que los dioses les han entregado. Llegará el momento, cuando ya hayan enfrentado batallas mucho más difíciles que esta, en que recordarán el enfrentamiento con este asesino y sentirán que fue un juego de niños. Llegará el día en que no tengan que matar a un asesino, sino a cientos. Así que confíen en su llamado. Los dioses no los dejarán solos. Si hoy yo tuviera que confiarle mi vida a alguien, sin duda se la confiaría a ustedes.

Las palabras de Morian cumplieron su propósito. Un maravilloso sentimiento de confianza y seguridad nos llenó por completo. En mi caso, la impresión fue tan grande que llenó mis ojos de lágrimas. Fue un momento mágico que me gustaría que permaneciera dentro de nosotros por siempre.

—Me queda solo última cosa por hacer –dijo Morian con tristeza. Luego caminó y se puso directamente frente a mí–. Dame tu cristal un momento –dijo.

Al estar justo frente a él puedo notar su pena. Recuerdo que hace un rato dijo que esta era una de las últimas cosas que tenía que hacer con nosotros y su misión se cumpliría. ¿Y si después de hoy no lo veo más? ¡Quiero hablarle! Pero todos están mirando y no considero que sea el momento adecuado, pero ¿y si no hay otro momento? ¿Y si esta es la última vez en que estaremos juntos? Decido hacer algo arriesgado, el problema es que las cosas arriesgadas suelen ser estúpidas y con un arrepentimiento a la vuelta de la esquina. Saco el cristal del bolsillo trasero de mi pantalón y cuando lo dejo en su mano deslizo mi dedo índice por toda su mano muy suavemente. Ninguno de mis amigos se da cuenta de mi caricia disimulada, solo Morian. Él me mira como pidiendo una explicación. ¡Ahora me gustaría que pudiera volver a leer mis pensamientos! Podría decirle tantas cosas y nadie más las sabría. No sé si fue una respuesta a mi insinuación, espero que no, pero lo primero que hace Morian al tomar el cristal es sacar a los valeninos. «Ya no es necesario esto», dice. Yo me contengo, pero inevitablemente caen algunas lágrimas de mis ojos. ¿Qué quiere decir con que ya no es necesario? Estoy segura de que esta es la última vez que lo veré y mi corazón parece romperse en mil pedazos.

Morian toma el cristal y lo apoya muy suavemente contra mi antebrazo derecho. Siento una pequeña sensación de calor, pero está lejos de ser dolorosa. Después de un par de segundos retira su mano y el cristal ya no está más, ahora está dibujado en mi brazo.

—Esto no es un tatuaje –me dice–, es solo un escondite. Tú puedes sacar el cristal cuando quieras o bien presionar tu brazo para activar el arma. Esto hará que no te preocupes de traer el cristal siempre contigo, o peor aún, que se te pierda.

¡En estos momentos lo que menos me importa es el cristal!

—¿Te volveré a ver? –pregunto casi con desesperación.

Él me mira por un momento, como buscando las palabras correctas.

—Cuídate mucho, Kathy Jones –me dice.

¿Por qué tiene que jugar al misterio en el peor momento?

Morian se dirige a Sarah y después de pedirle también el cristal, lo graba en su antebrazo derecho. Lo mismo hace con Kobe. Ahora todos los elegidos tenemos el cristal fundido en nuestros brazos, es literalmente parte de nosotros.

Morian se pone delante de todos. Nos inunda un profundo sentimiento de tristeza. «Confíen en quiénes son y confíen en los dioses», nos dice a tono de despedida.

—Una última pregunta –dice Charles.

—Por supuesto.

—Esa raza que no quiso obedecer a los dioses, ¿cómo se llama?

Hubo silencio en el grupo, era algo básico que nadie se había preguntado. Morian nos mira y contesta:

—Ustedes los llaman "reptilianos".

MUERTE

Charles era el único que había escuchado algo de los famosos "reptilianos".

«Hace mucho vi un documental de ellos. Se dice que son una raza guerrera que habita esta tierra y que se esconde entre los humanos. Tienen forma de reptiles. Incluso dicen que muchas personas poderosas del mundo son de esta especie y que se mimetizan con los cuerpos terrestres. Hay muchos videos en internet que muestran a estos "humanos" evidenciando su verdadera naturaleza al cambiar sus pupilas por las de un reptil», nos cuenta.

Las palabras de Charles traen de inmediato a mi memoria al asesino de los presidentes. Tal como había dicho Morian, debe haber utilizado su camuflaje para que nadie lo viera. ¡Y sus ojos! Aún no puedo sacar de mi mente esos ojos demoníacos.

Mientras Charles daba su explicación de la misteriosa raza, Morian se fue. En un instante, quizás en un parpadeo, Morian ya no estaba. No lo vimos desaparecer ni salir del refugio, solo se ausentó de nosotros de un segundo para otro. Me imagino que usó el truco del tiempo.

—¿Y ahora qué hacemos, Kathy? –me pregunta Kobe.

«¿Por qué me está preguntando a mí?», pensé. A mi parecer, él está mejor preparado que yo. Por primera vez, en todos estos días, me sentí responsable de lo que estaba ocurriendo. No sé a ciencia cierta si soy la líder de este grupo, pero comienzo a entender que tengo una gran responsabilidad con ellos y con las cosas que los dioses nos han pedido. «¿Qué es lo que debo hacer?», me pregunto. Recuerdo una clase alternativa de negocios que tuve el año pasado donde el profesor dijo una frase que en ese momento no entendí mucho, pero ahora, casi un año después, mi mente la rescata del olvido y la pone frente a mí: «El secreto de un buen líder es escuchar, preparar, motivar y recompensar a su equipo de forma sincera y constante.»

—Creo que lo primero que debemos hacer es sentarnos alrededor de la mesa y conversar. Morian nos dijo muchas cosas y no podemos enfrentar al asesino con dudas. En las horas que nos quedan, debemos ayudarnos unos a otros para estar preparados y fuertes.

Todos hicieron caso de inmediato. Me sentí muy orgullosa de lo que había hecho, aunque entendía que era solo el principio.

Nos sentamos y hablamos mucho. Todos estábamos maravillados con los poderes y armas que teníamos. Hubo momentos de alegría, risas y otros de profunda emoción. En un acto casi inconsciente, los elegidos nos preocupamos de hacer sentir bien a Charles y recordarle que un cristal no define quién está fuera o dentro de este grupo. Él era uno de nosotros y todos estábamos muy contentos de que estuviera aquí.

Después de conversar, reírnos, llorar y animarnos, decidimos que sería bueno que practicáramos con nuestras armas. Después de todo, ninguno sabía a qué nos enfrentaríamos en la noche.

Nos distribuimos en distintos lugares de la cueva para practicar con nuestras armas. Sarah con sus dardos, Kobe con su espada, aunque nunca pudo enojarse lo suficiente como para hacer aparecer la espada flameante, y yo con mi escudo de materia negra. Charles, como no quiso quedarse atrás, y ya había demostrado con su zapato que tenía una buena puntería, salió al sendero y recogió piedras que pudiera lanzar.

Cuando faltaban cerca de dos horas para la puesta del sol, Kobe nos recomendó que comiéramos algo liviano y descansáramos un rato. «Nunca es bueno ir a una batalla cansado», dijo. Y todos le encontramos muchísima razón.

Prendimos la pequeña radio para escuchar las noticias. Efectivamente, como había dicho Morian, no hablaron de nuevas muertes de presidentes. Por primera vez, en los últimos tres días, un gobernante no moría en alguna circunstancia extraña. Tampoco escuchamos noticias de nuestra ausencia. «Tienen que pasar 48 horas para que sea, legalmente, considerado como "desaparición"», dijo Sarah.

Nos recostamos en nuestras camas, pero para mí fue imposible siquiera cerrar los ojos. Me preocupaban mis padres y las familias de mis amigos, y cuando dejaba de pensar en ellos, me preocupaba de esta noche. ¿A qué nos enfrentaríamos? Yo nunca había peleado en mi vida y ahora debíamos matar a un asesino de otro

mundo. «Bueno, nada ha sido lógico esta semana», me repetía para animarme.
No pasó mucho rato antes de escuchar unos suaves ronquidos, era Sarah que dormía plácidamente. Me levanté de un salto y reuní a Kobe y a Charles.

—Muchachos, debemos recordar muy bien lo que nos dijo Morian con respecto a los poderes de Sarah. Cuando se convierta en Venus, ella querrá tener el poder de todo. Debemos ser condescendientes con ella en lo que podamos. Si la desafiamos, ella podrá usar su poder contra nosotros y eso no sería para nada bueno.

Charles miró a Kobe y dijo:

—No creo que tengamos problemas cuando Sarah se convierta en Venus, en lo personal, no me gustan las colorinas –comentó con una sonrisa irónica–. Kobe, ¿tú encuentras atractiva a Venus?

Kobe lo miró y rió mientras movía la cabeza.

—Mejor descansemos –dijo.

Mi presentimiento estaba acertado, ¡era obvio que a ambos les gustaba la nueva personalidad de Sarah!

—Muchachos, se los digo en serio, mucho cuidado. ¡No podemos cometer errores esta noche! –Les dije seriamente antes de volver a mi cama.

Ellos me miraron como un niño que es advertido por su madre.

Cerré los ojos y me obligué a descansar. Habíamos dormido mal, comido muy poco y debíamos estar listos para esta noche.

Al poco rato de cerrar los ojos, vi algunas cosas muy perturbadoras. Eran pequeñas escenas o solo imágenes, casi como fotografías. Vi a todo el grupo caminando por un túnel muy oscuro, vi unos grandes ojos verdes amarillentos con pupila negra vertical, una espada de fuego y a Charles tendido en el piso.

—¡No! –grité, mientras despertaba.

Charles y Kobe corrieron inmediatamente a mi cama para ver si estaba bien.

—¡Parece que volvieron las pesadillas! –dice Sarah mientras está tendida en el suelo haciendo abdominales–. Ciento cinco, ciento seis... –cuenta.

—¡Sarah! ¿Qué estás haciendo? –pregunto exaltada.

—¡Solo hago un poco de ejercicio! ¡No puedo creer que haya dejado esta grasa en mi cintura durante tanto tiempo! –dice sin detenerse.

Me siento tentada a recriminarla y decirle que es el momento menos oportuno para hacer ejercicios, pero me contengo.

—Excelente idea –le digo.

El sol se había puesto y Venus ya había aparecido. El cabello rojizo y los ojos azules tan característicos de su nueva personalidad ya derrochaban belleza por toda la cueva.

Charles me vuelve a preguntar cómo estoy y lo único que atino es a abrazarlo muy fuerte. «Prométeme que no harás nada estúpido esta noche», le digo. Él no entiende nada.

—¡Prométemelo! –le pido nuevamente.

—Te lo prometo –me dice–. Procuraré estar siempre detrás de tu escudo “come zapatos”.

—¡Tu zapato! –grito–. ¡No puedes ir así!

Completamente decidida aprieto la imagen del collar en mi brazo y aparece el escudo. Cierro mis ojos y lo atravieso desde su parte posterior. Después de solo un instante, algo toca mi mano. Lo tomo y lo sacó hacia atrás, era el zapato de Charles.

—¡Mi zapato! –gritó Charles–. Gracias, Kathy. Nunca dudé de tus capacidades –dice mientras esconde bajo la cama un cartón que había metido dentro de una bolsa para improvisar un calzado que le ayudara a pisar las piedras del cañón.

—Por favor, amigo, recuerda tu promesa esta noche –le susurro mientras me río y lo vuelvo a abrazar.

—Son las nueve de la tarde, ¿a qué hora salimos? –pregunta Kobe.

Decidimos esperar una hora más para que anocheciera completamente, no queremos ser vistos por el lugar, menos si asumimos que nuestras familias deben estar buscándonos.

En la hora que nos queda, nos preparamos mentalmente para la noche más difícil de nuestras vidas.

A las diez de la noche en punto salimos del refugio.

—¿Hacia dónde? –pregunta Charles.

—Kobe, ¿conoces un lugar donde existan túneles y estén completamente oscuros? –pregunto.

—¿Túneles? –pregunta Charles descontento–. Entre tanta cueva y túnel me convertiré en murciélago –agrega.

—Hay dos lugares que conozco –responde Kobe–. Unos están a unos veinte minutos hacia el Este y otros están como a una hora hacia el Oeste.

—¡Por favor, que sea el Este! –agrega Charles.

—¿Qué dice tu medallón? –le pregunto a Kobe.

Kobe saca su medallón y puede ver cómo en su interior hay una pequeña línea dibujada que apunta hacia el Oeste.

—¡Maldita ley de Murphy! –reclama Charles.

Antes de partir, Kobe regresa a la cueva y comienza desesperadamente a buscar algo. Después de un rato y, debajo de una caja grande, saca una cuerda muy larga. «Ahora estamos listos», dice Kobe mientras guarda la cuerda en su mochila.

Caminamos hacia el Oeste con mucho cuidado. Llevábamos unas pequeñas linternas, pero aun así era fácil pisar mal una piedra y tener un accidente, y eso era lo que menos queríamos ahora.

—¿Por qué vamos hacia los túneles? –me pregunta Kobe.

—Bueno, Morian nos repitió mucho que debíamos confiar en nosotros mismos y que, además, los dioses podían hablar a nuestras mentes. Así que solo seguí las impresiones que tenía en mi cabeza.
—Parece que funcionó, porque el medallón nos marca la misma dirección. Me preocupa no estar a la altura de lo que tengamos que hacer hoy –me dice.

Yo lo miro. Parece que puedo entender perfectamente lo que me quiere decir, pero teme hacerlo.

—Te preocupa no poder despertar la espada de fuego, ¿verdad?

Kobe me mira sorprendido, pero finalmente, con un poco de tristeza, asiente con la cabeza.

—¡Es que lo intenté toda la tarde y no pude! –agrega.
—Tranquilo, amigo. Te prometo que esta noche tendrás la ira suficiente para activar tu poderosa arma –le digo.
—Eso espero –me responde con una sonrisa en su rostro.

La caminata nos pareció eterna, seguramente por la ansiedad que teníamos, pero finalmente llegamos al lugar. Estábamos al borde del río.
Nos detuvimos al borde de un acantilado de unos cincuenta metros. La oscuridad de la noche era casi total y solo podíamos ver algo con nuestras pequeñas linternas. La pequeña luna menguante que nos había acompañado la noche anterior, estaba escondida detrás de unas espesas nubes. Al final del acantilado, podíamos oír claramente el correr de las aguas del río.

Este lugar estaba un poco más allá del Gran Cañón.

—Hace años que no vengo a este lugar –dice Kobe–. Casi nadie viene a estos túneles porque es muy difícil entrar a ellos –agrega.

Kobe saca de su mochila la cuerda que tanto había buscado antes de salir, pero para mi sorpresa, no era solo una soga, sino una escalera de cuerdas, como las que usan los militares. Luego de amarrarla fuertemente a un tronco que había cerca de la superficie, dejó caer la escalera por el acantilado. Admito que todo esto me daba un mal presentimiento, el ejercicio físico nunca había sido una de mis fortalezas y parece que ahora debía enfrentar una prueba de admisión al ejército.

—Debemos tener mucho cuidado al descender, ya que una caída nos llevaría directamente al río y, caer en este río de noche, no es una buena idea. A la mitad de este acantilado está la entrada a los túneles, no hay otro acceso, así que bajaré primero y alumbraré con la linterna para que vean dónde es. No es difícil, pero deben estar muy concentrados. Yo bajaba por una de estas mismas escaleras a los diez años, así que tranquilos –dice Kobe.

Las palabras de nuestro amigo no son para nada motivadoras. Son como las palabras que da un instructor de paracaidismo a un principiante: «Tranquilo, todo estará bien.» Lo dice alguien que ya ha dado quinientos saltos a una persona que ha visto "Destino final" cien veces y sabe que siempre algo malo puede pasar.

Kobe baja con mucho cuidado por la escalera, lo notamos por la lentitud con que vemos desaparecer la luz de su linterna. «Listo, que baje el siguiente», nos dice después de un rato. El resto del grupo y yo nos miramos. Antes de que podamos decir algo, Sarah se adelanta y empieza a bajar. «Venus es bastante atrevida», pienso.

Sarah bajó sin problemas, casi más rápido que Kobe. «¡El siguiente!», gritó nuevamente Kobe. Charles y yo acordamos que yo iría en último lugar. La verdad es que tenía un poco de miedo por Charles, pero mi prejuicio fue sumamente infundado, ya que mi amigo, al igual que Sarah, no tuvo problemas en descender. Era mi turno y mi corazón latía aceleradamente. Las alturas nunca me han gustado y menos si están en medio de la oscuridad.

Comienzo a bajar con muchísimo cuidado, primero un pie y luego el otro. Las cuerdas de la escalera se hunden fácilmente con cada uno de mis pasos. Después de unos escalones, siento que la experiencia no es tan terrible como pensaba, sin embargo, bastó con que pensara eso para que mi pie derecho resbalara y con él, todo mi cuerpo. «¡Ayuda!», grito con desesperación. Estoy aterrada. El mal paso que di hizo que, literalmente, me deslizara por la escalera hacia el acantilado. Por suerte, alcancé a tomar una de las cuerdas con mi mano derecha. Estoy colgando, solo mis brazos se sostienen de la escalera y mis piernas se balancean en el aire.

—¡Tranquila, voy por ti! –grita Kobe.

Sin embargo, su ayuda solo empeora mi escenario. Al subir él también a la escalera, hace que las cuerdas se muevan de un lado a otro y mis manos pierden todo sostén. Caigo directo al vacío. «Este es mi fin», pienso. Todo ocurre en cámara lenta, casi como si fuera irreal. Me sorprendió que, al igual que en las películas, pude ver un resumen de toda mi vida pasar frente a mis ojos. Recordé mi niñez, el nacimiento de mis hermanos, el beso con Peter, las conversaciones con mamá, el humor negro de papá. La última imagen que se quedó en mi mente fue el rostro de Morian. Es curioso, parece que cuando todo está a punto de acabar, las personas que realmente te han importado vienen a tu mente.

—¡Te tengo! –escucho mientras siento cómo una mano sostiene fuertemente mi muñeca izquierda. ¡Era Kobe!

No entiendo cómo lo hizo, pero Kobe me salvó. Él había comenzado a subir por la escalera cuando sintió mi caída. En algo que podemos llamar un milagro, ya que fue en medio de una total oscuridad, él sostuvo mi brazo mientras mi cuerpo caía libremente al río.

Me ayudó a subir la escalera, luego Charles y Sarah, literalmente me jalaron hacia la entrada del túnel.

—¿Estás bien? –preguntaron al unísono.

—Sí. Kobe me salvó –respondí aún agitada por el susto.

Kobe entró al túnel y revisó mis muñecas para asegurarse de que no tuvieran problemas. «Te dije que tuvieras cuidado», me dijo con una sonrisa.

Apenas ingresamos al túnel pude reconocerlo, era la misma imagen que había visto en mi sueño solo un par de horas antes.

Nos preparamos para seguir. El túnel estaba aún más oscuro que la noche. «Mejor sacamos nuestras armas antes de seguir avanzando», sugirió Kobe. La razón del pedido de Kobe llegó junto con una mezcla de miedo y nerviosismo que recorrió por completo nuestros cuerpos. Solo estar en medio de ese túnel era motivo suficiente para estar aterrados.

Apreté mi antebrazo y el escudo apareció automáticamente. Sarah sacó sus dardos y finalmente Kobe liberó su espada. En señal de acompañamiento, Charles sacó dos grandes piedras de su mochila. «Creo que yo debo ir primero», dije. Después de todo, si recibimos algún ataque mi escudo puede protegernos.

Avanzamos con nuestras linternas encendidas. Tan solo habíamos avanzado unos diez metros cuando un verdadero ejército de murciélagos voló en nuestra dirección. «¡Agáchense!», grité mientras levantaba el escudo por sobre nuestras cabezas. Los murciélagos volaban a toda velocidad, y como eran tantos, muchos chocaron entre ellos o con las paredes del túnel y murieron al instante. Sus cuerpos cayeron sobre nuestras espaldas como si fueran moscas. No creo que nos hayan atacado, solo se asustaron por nuestra presencia, aunque creo que los que se asustaron más fuimos nosotros. Mi escudo devoró a cientos de esas aves en los eternos dos minutos que duró la pesadilla.

Cuando dejamos de escuchar esos horribles chillidos, levantamos nuestra vista por sobre el escudo, por fin se habían ido.

Seguimos avanzando, yo siempre iba delante del grupo, protegiéndolos con mi escudo. Después de caminar unos minutos vimos que, cada cierta distancia, el túnel tenía antorchas de fuego en las paredes. Eso era muy bueno porque nos permitía ver con casi total claridad. Apagamos nuestras linternas y nos preparamos para luchar. El que las antorchas estuvieran prendidas solo podía significar una cosa, alguien más estaba ahí.

El túnel tenía más de tres metros de altura y un ancho de unos dos, así que podíamos caminar por él con relativa libertad. De pronto, el túnel llegó a una pequeña sala circular con un techo muy alto. En el centro de ella y sobre un pedestal de un metro, había una estatua de un gran ser parecido a un humano. Medía casi tres metros y los músculos de todo su cuerpo parecían muy tonificados. Lo extraño era que tenía una cara muy parecida a la de una lagartija y una cola gruesa de unos cincuenta centímetros de largo. ¡Era muy aterrador! La estatua apuntaba justo hacia el túnel de entrada y parecía dar una terrorífica bienvenida.

—Un reptiliano –susurra Charles.

—Si todos son así, más vale que funcione tu espada de fuego –le susurra Sarah a Kobe.

Si el propósito de la estatua era atemorizar a los visitantes, lo había cumplido a la perfección.

La sala era muy extraña. La estatua estaba rodeada de doce túneles pequeños, cada uno en dirección a las distintas horas del reloj. Todos están iluminados por antorchas y se ven exactamente iguales. «Es por este», dice Kobe al mirar su medallón, mientras señala el tercer túnel de la derecha.

Pasamos alrededor de la imponente estatua, parecíamos unos niños de primaria a su lado. Avanzamos con mucho cuidado. Todos caminábamos detrás de mi escudo en el más absoluto silencio. La luz de las antorchas hacía imposible otro ataque de murciélagos. Este túnel no es tan grande como el anterior, pero de todas formas podemos avanzar por él sin problemas. El túnel siguió en línea recta unos treinta metros y luego dio un giro a la izquierda.

—Cuidado, estamos cerca –susurró Kobe.

—¿Cómo lo sabes? –preguntó Sarah.

Kobe mostró su medallón. Estaba completamente azul y frío como un hielo. Un profundo sentimiento de nerviosismo recorrió mi estómago.

Avanzamos por diez minutos que parecieron horas, cuando por fin pudimos ver una luz en la distancia, parecía ser un gran salón. Tragamos saliva y continuamos. El escudo comenzó a moverse suavemente de arriba hacia abajo, era mi mano derecha que había empezado a tiritar. «Lo siento, no puedo evitarlo», dije.

Nadie comentó nada, a excepción de Kobe, que se veía bastante tranquilo e incluso un poco ansioso. El resto del grupo estaba igual de temeroso que yo.

Comenzamos a acercarnos al final del túnel y no podíamos creer lo que estábamos viendo.

Efectivamente, la luz que vimos venía de un salón muy grande. Debe haber tenido la altura de un edificio de unos cinco pisos. Todas las paredes que rodeaban el salón estaban llenas de una especie de tumbas en posición vertical. Lo peor de todo es que dentro de cada una de ellas había seres muy parecidos a la estatua que acabábamos de ver. Aunque estos se veían más pequeños, pero no tanto, debían de tener unos dos metros de altura cada uno. Definitivamente son reptilianos. La escena era aterradora, era como ver un coliseo lleno de ventanas altas, pero en lugar de ventanas, estaban estos seres formando una vitrina escalofriante. No sé si están vivos o muertos, pero se ve que están en perfectas condiciones, todos tienen músculos visiblemente trabajados. Sin embargo, lo peor no era eso. Al centro del salón, había un gran altar hecho de un mineral verde. Por momentos, el altar se volvía casi transparente, ya que en sus cimientos se veía una luz que subía y bajaba, era como una llama que ascendía y luego volvía a sus cenizas. Sobre dicho altar reposaba el cuerpo de otro macizo ser. Se veía del mismo tamaño que los demás, pero mucho más fuerte. Sin duda, este era diferente al resto, pues abajo, en cada esquina del altar, había un reptiliano con una lanza en su mano. Era una especie de guardia real.

Por lo que pudimos percatarnos, todos los túneles que vimos antes llegaban a este gran salón, pues al igual que la pequeña cámara anterior, este también tenía doce túneles, la diferencia era que al lado de cada túnel había una estatua muy parecida a la que vimos afuera. El haber elegido el tercer túnel de la derecha resultó providencial, pues si hubiéramos elegido el primero de la izquierda, por ejemplo, hubiéramos salido justo al frente de esta guardia y hubiésemos sido descubiertos en el acto. Ahora estábamos en diagonal al altar, y como ellos miraban hacia el frente, no podían vernos, pero nosotros sí podíamos contemplar todo el lugar.

—¿Y ahora qué hacemos? –pregunta Charles.

Kobe me mira y yo lo miro a él. ¡Cómo me gustaría que estuviera Morian ahora!

—¿Puedes ver al asesino? –me pregunta Kobe.
—No, pero imagino que debería ser el que está sobre el altar. La vez que lo vi se notaba un ser muy fuerte físicamente.
—Necesitamos estar seguros –me dice.

Kobe tiene razón. Si todo este pequeño ejército que parece dormir en las paredes despertara, no tendríamos posibilidades contra ellos. Así que puede que esta noche alcancemos a matar solo a uno, pero ese uno, debe ser el asesino de los presidentes.

Tomo el riesgo y me adelanto un poco en el túnel. «¿Estás loca?», escucho preguntar a un Charles desesperado. No le respondo. Es la única opción que tenemos. Muy suavemente entro al salón, los muchachos permanecen escondidos en el túnel a unos tres metros de mí. Con mucho cuidado, doy unos pasos hacia la izquierda, quiero poder ver más claramente la cara del ser que reposa sobre el altar. Lamentablemente, mi esfuerzo no tiene éxito. En la reunión del G20 solo pude distinguir sus ojos escondidos en la capucha negra. Ahora, este ser estaba durmiendo. «Si tan solo abriera los ojos», pienso.

Regreso al túnel y doy mi mala noticia. «No estoy segura de que sea él. Puede ser, pero no estoy segura.» Kobe se adelanta de inmediato con su espada...

—Sea el asesino o no, el que reposa en ese altar es el más importante, ¡Debemos matarlo! –dice decidido.

—¡Espera! No es tan simple –le digo–. La idea es que salgamos vivos de aquí. ¿Acaso no viste la guardia que lo custodia?

—¿Entonces qué hacemos? –me pregunta.

—No lo sé –digo con un suspiro mientras miro a Charles y a Sarah en búsqueda de respuestas, pero no las encuentro.

—Miren, el plan es simple... –Kobe no alcanza a terminar la frase cuando vemos algo que nos dejó completamente perplejos.

Del túnel que está justo al frente de la guardia, aparece el detective que me ha perseguido todos estos días. «Pero, ¿qué es lo que ocurre aquí?», pienso. El detective está solo y se ve muy tranquilo. Camina hacia el altar, pasa por en medio de la guardia y luego deja algo en la boca del asesino. No sé si es comida u otra cosa, lo cierto es que después de darle algo en su boca, el misterioso ser despierta. Nosotros solo podemos ver la espalda del detective y no podemos ver los detalles, pero al parecer, ahora está conversando con él.

—¡Tenemos que hacer algo ya! –dice Kobe–. Si el asesino se levanta y sale de los túneles habremos perdido nuestra oportunidad.

Kobe tiene razón. Después de todo, para esto hemos venido, así que no tiene sentido que lo sigamos postergando otro segundo.

—¡Ya sé qué debemos hacer! –dice Venus–. Tienen razón cuando dicen que atacar en primer lugar al reptiliano principal sería poco inteligente. Aún no sabemos siquiera si todos los que están en las paredes están vivos, muertos o durmiendo. Propongo lo siguiente: yo dispararé dardos negros a los reptilianos que están en las paredes, de esta forma, mataré a la mayor cantidad que pueda. Una vez que termine, Kobe saldrá y se esconderá detrás de una de esas estatuas grandes que están cerca del altar –dice apuntando una figura esculpida que está a unos tres metros a espaldas del altar–. Después de eso, Kathy me protegerá con su escudo, ya que necesitaré salir del túnel para matar a los restantes.

Venus termina de hablar, sonríe y hace un guiño con su ojo derecho a todo el grupo.

—¿Qué les parece mi plan? –pregunta coqueta.
—¡Yo encuentro que es un plan fantástico! –responde Charles.
—Seguro podría resultar –agrega Kobe.

Yo prefiero callar. El plan era bueno, arriesgado, pero bueno.
—¿Y la guardia, el reptiliano principal y el detective? –pregunto.

—De esos me encargo yo –dijo Kobe confiado.

Me encanta la confianza que demuestran Sarah y Kobe, pero es imposible no sentir miedo con este plan. Después de todo, el asesino debe estar aquí y él es alguien muy poderoso. Pero por otro lado, Kobe tiene razón, existe la posibilidad de que, cuando los reptilianos se den cuenta de nuestra presencia, el asesino escape. Creo que debemos hacer lo que Morian nos aconsejó, confiar en nosotros y seguir nuestros instintos.

—¿Y qué hago yo? –pregunta tímidamente Charles con una piedra en cada una de sus manos.

Yo lo miro con ternura. No tiene armas, pero es muy valiente.

—Amigo, creo por el momento lo mejor que puedes hacer es esconderte en este túnel. No podría perdonarme si algo te pasa. –Lo abrazo fuerte–. Recuerda lo que me prometiste, ¡no hagas nada estúpido!

—¡Tú estarás detrás de nosotras arrojando las piedras más grandes que puedas a esas lagartijas! –instruye Venus.

Charles, obviamente, revisa su mochila y saca las rocas más grandes que encuentra. Venus se acerca y le besa en la mejilla. «Eres todo un guerrero», le dice. Charles parece volar.

—¡Está bien! –les digo–. Llegó el momento de la acción.

Venus saca un dardo negro y lo pone dentro del Atlatl, lo lleva a su boca, se toma un momento para apuntar y luego sopla fuerte. Le da a uno de los reptilianos que estaba justo frente a nuestro túnel. Nada pasa, nuestro enemigo ni siquiera se mueve.

—¿Lo maté? –pregunta Venus.

Todos nos miramos y nos encogemos de hombros.

—Es mejor asegurarnos, Venus. ¡Sigue disparando y continuemos con el plan! –dice Kobe.

Mi amiga sigue el consejo y comienza a lanzar dardos a diestra y siniestra. El salón debe haber tenido unos setenta reptilianos en las "vitrinas". Venus había disparado a unos treinta de ellos cuando se escucha un fuerte chillido, como el que emiten los cerdos antes de morir. Dirijo la vista al origen del sonido y puedo ver cómo sobre una de las estatuas que está al lado del altar, está la misma ave siniestra que había visto el día en que murió el presidente de Italia. El ave miraba directamente hacia nosotros y no paraba de abrir su pico para lanzar ese horrible sonido.

Inmediatamente, los reptilianos que no habían sido alcanzados por los dardos de Venus despertaron y nos quedaron mirando. También el principal de ellos, que estaba sobre el altar, se levantó y dirigió su vista hacia nosotros. Era imposible no reconocer esos ojos, fueron los mismos que vi en la reunión de presidentes, y los mismos que vi hace un rato en mi sueño.

—¡Él es el asesino! –grito.

Por un par de segundos nadie hizo nada, ellos

permanecieron de pie mirándonos amenazantemente y nosotros quietos por la sorpresa. En un acto que no entiendo, el detective sale corriendo hacia el túnel de donde había venido. Luego, este asesino lanza un gran alarido y todos los reptilianos corren hacia nosotros. «¡Charles, corre!», alcanzo a gritar antes de que el infierno llegue.

Antes de que pudiera reaccionar, Kobe se pone delante de todo el grupo con su espada en alto. «¡Kathy, cubre a Sarah!», dice antes de que el primer reptiliano caiga herido de muerte por el ataque de su espada.

Los reptilianos, a excepción de los guardianes del asesino que tenían lanzas, no llevaban armas. Pero sí tenían unas fuertes garras en sus manos, y era con ellas que trataban de alcanzarnos desesperadamente.

Kobe se volvió una muralla. Por nuestra parte, Sarah comenzó a lanzar dardos a una velocidad sorprendente, y también pudo matar a varios. Sin embargo, eran tantos y estaban tan salvajemente enojados que nos comenzaron a hacer retroceder rápidamente. «¡Separémonos!», grita Kobe. Si nos encierran en el túnel estamos perdidos. Acto seguido, da un gran salto y apoyándose sobre los hombros de un reptiliano, corre hacia la pared que está detrás del altar. La mayoría de nuestros enemigos lo sigue, pero unos siete se quedan y vienen directamente hacia nosotras. Decido esperar un momento y, cuando están a unos dos metros de distancia, arrojo el escudo al piso. Inmediatamente tres reptilianos se pierden en la materia negra. Sarah alcanza a matar a uno más, pero quedan tres justo frente a nosotras.

Al verles de cerca puedo ver lo grandes y fuertes que

son. «Estamos perdidas», pienso. Los rostros de nuestros enemigos son amenazantes. Los tres abren sus bocas y dejan ver sus afilados dientes. Justo cuando pienso que estoy lista para la muerte, escucho un gran grito. A la distancia puedo ver cómo Kobe me mira y cierra su ojo derecho en señal de orgullo. Luego, él se abalanza sobre dos reptilianos que mata fácilmente. Yo no entiendo el porqué de su gesto hasta que puedo oír como detrás de mi cabeza se acerca un zumbido a gran velocidad.

En un instante, los mismos cientos de murciélagos que no habían muerto en su escape del túnel, ahora están sobre las cabezas de nuestros enemigos.

Ahora entiendo el guiño en el ojo de mi amigo, él había ordenado a estas aves el ataque.

No podía creer lo que veía en Kobe, ¡era como ver a otra persona! En verdad, estaba disfrutando muchísimo el acabar con nuestros enemigos. Lo mejor de todo, es que es buenísimo peleando.

Con los reptilianos detenidos por el ataque de murciélagos, fue fácil para Sarah acabar con ellos con sus poderosos dardos negros. Sin embargo, cuál no fue mi sorpresa, al ver que la detestable ave verde voló desde la estatua en que reposaba hacia nosotras, y empezó a atacar uno a uno a los murciélagos. En solo un instante pudo matar a muchos de ellos. El ave era el doble de grande que un murciélago, y con su pico y garras acababa fácilmente con nuestros defensores. Después de un rato, en que solo pudimos ser espectadoras de la masacre, el ave había acabado con casi todos los murciélagos, y los que no fueron muertos, huyeron rápidamente por el túnel. Venus en vano lanzó dardos negros a nuestro pequeño enemigo, el ave los esquivó todos con facilidad.

Una vez que hubo acabado su tarea, nos miró desde el aire. Era una mirada desafiante y oscura. No parecía la mirada de un ave, sino la de un asesino feroz. Luego de eso lanzó un gran chillido y, en el acto, seis de los reptilianos que estaban atacando a Kobe, se giraron y nos miraron. Otro chillido del ave hizo que corrieran como salvajes hacia nosotras. Increíblemente, esta ave les estaba ordenando lo que tenían que hacer.

Corrí para alcanzar mi escudo, pero nuestros enemigos corrieron tan rápido que no pude cumplir mi cometido. Estábamos solas Venus y yo.

Las bestias se dirigían hacia nosotros con desesperación. Podía verles venir con ira en sus ojos. Sin embargo, cuando estaban a tan solo unos metros de nosotras, se detuvieron en el acto. ¡Yo no entendía lo que pasaba! Todos los reptilianos tenían la vista fija en un punto justo arriba de mi cabeza. Me di vuelta de inmediato, ¡y cuál fue mi sorpresa al ver a Venus de pie al lado de una de las estatuas reptilianas! Ella estaba erguida y miraba a las bestias directamente a los ojos. Luego, abrió su boca y comenzó a cantar, ¡sí, a cantar! Yo soy su amiga desde hace años y si hay algo que Sarah no hace, es cantar. Pero es de noche, y tengo que aceptar que ella no es la misma mujer con la que he compartido casi toda mi vida. ¡Venus cantaba asombrosamente bien!

La canción no estaba compuesta por palabras, solo tarareaba una dulce melodía. Notas agudas alternadas por unas exquisitas notas graves tenían completamente cautivados a nuestros enemigos. De nada sirvieron los nuevos chillidos del ave verde tratando de despertarlos, los reptilianos estaban quietos como estatuas mirando y escuchando a Venus. De pronto, mi amiga llevó el Atlatl a su boca, y rápidamente lanzó un dardo negro al primer reptiliano de la fila. Este cayó de inmediato. ¡Fue sorprendente! La bestia que estaba al lado pareció no inmutarse, solo estaba concentrado mirando y escuchando a Venus. El ave siniestra lo intentó una vez más y lanzó un ensordecedor sonido agudo, pero no tuvo éxito. Esos reptilianos que escuchaban a Venus tenían su muerte asegurada.

Uno a uno cayeron nuestros enemigos. Al caer el tercero, el ave voló rauda de regreso al altar.

Cuando Venus hubo acabado con los reptilianos, baja de la estatua y me dice: «¿Cómo crees que me iría en The Voice?» Haciendo alusión al famoso programa busca talentos. Yo la miré pasar por mi lado y no pude decir una palabra. En verdad, parecía ser un poder del que uno pudiera enamorarse fácilmente.

—Debemos ayudar a Marte –me dice, mientras observaba el escenario.

Corrí hasta alcanzar mi escudo nuevamente, Kobe era bueno, pero debíamos ayudarlo. Los reptilianos eran tantos que lo estaban haciendo retroceder.

La batalla continuó y, para mi sorpresa, a cada instante caían más cuerpos reptilianos al piso. Al cabo de un rato, solo quedaba la guardia real. Pero, ¿dónde estaba el asesino? ¡Había desaparecido! Deduje que había huido junto al detective. El problema es que no podíamos seguirlo hasta que termináramos con la guardia.

Los tres escogidos nos reunimos en el centro del

salón y nos pusimos justo al frente de la guardia. Éramos nosotros tres contra ellos cuatro. Sarah sacó un dardo negro y lo lanzó justo al pecho del que estaba al extremo derecho, pero este golpeó el dardo con su lanza y el proyectil cayó al suelo. Era evidente que estos seres eran distintos a los que acabábamos de combatir. El ave estaba detrás de ellos y cada cierto tiempo lanzaba sus alaridos infernales. Kobe lanzó un grito que resonó en todo el lugar, pero nada ocurrió, su espada siguió sin llenarse de fuego.

De pronto, uno de ellos avanzó y se puso a unos tres metros frente a nosotros, luego nos miró y levantando su lanza en alto, la clavó en el piso. Kobe entendió de inmediato el mensaje, quería un duelo. Mi amigo se adelantó y se puso frente a él. Parecía escena de una película.

Kobe fue el primero en lanzar un ataque con su espada, pero el reptiliano lo esquivó con su lanza. Posterior a eso fueron ataques constantes de uno y de otro. ¡Me sentía impotente! Mi amigo estaba arriesgando su vida y lo único que podíamos hacer era mirar. Lo peor de todo, es que después de un rato la fuerza y habilidades del reptiliano comenzaron a prevalecer, y cada golpe que recibía Kobe le provocaba un gran daño.

El ave continuaba mirándonos y ahora parecía sonreír con sus ojos.

Finalmente, y después de un certero golpe en el brazo izquierdo por parte del reptiliano, Kobe cae con sus rodillas al piso. Está completamente rendido.

—Tenemos que hacer algo –escucho.

—¡Charles! ¿Qué haces aquí? ¡Te dije que te

escondieras en la cueva! –le grito.

Charles está justo detrás de Sarah, me mira y sonríe con maldad. Sus ojos café cambian por un segundo a esos ojos de pupila elíptica que he visto en mis sueños, luego saca una daga y antes de que mi amiga siquiera lo note, la hunde en su espalda.

—¡No! –grito mientras el cuerpo de mi amiga cae a tierra.

No es Charles, es el asesino.

Kobe está en el piso, visiblemente lastimado por su enemigo, pero pudo ver perfectamente lo que le había ocurrido a Sarah. El rostro de Kobe cambió en un segundo, el cansancio dio paso a la ira y levantándose rápidamente dio un gran grito.

Kobe gritó tan fuerte que los enemigos de la guardia real se echaron hacia atrás un paso. El ave, al ver lo que había ocurrido, alzó el vuelo y se perdió por uno de los túneles. El pájaro sabía que estaban perdidos. Kobe se había transformado en Marte y lucía furioso con la espada de fuego en su mano.

Marte se lanzó con furia hacia el enemigo que recientemente lo había derrotado, el que ahora solo pudo soportar dos golpes antes de caer al piso. Lo mismo hizo con los otros tres que ya no intentaron pelear de a uno, sino que se lanzaron todos al mismo tiempo para atacar a mi amigo, pero su esfuerzo fue inútil. La fuerza de Kobe era completamente aterradora.

Fue tal el cambio de Kobe que aun el asesino se vio contrariado. No hubo tiempo de huir, camuflarse o convertirse en otra persona. El cuerpo de Sarah acababa de caer a tierra cuando Kobe ya estaba justo frente al asesino. Marte era fuerte, rápido y completamente letal.

El asesino, en estos momentos, el único reptiliano vivo que quedaba, se apresuró a tomar una lanza de uno de sus guardias. Marte comenzó, la que pensamos, sería la última pelea. El asesino era sumamente hábil, e incluso logró herir con la punta de su lanza la pierna de Kobe, pero mi amigo era invencible esta noche. Su espada de fuego era como un rayo que atravesaba la noche en invierno. Nada lo podía detener.

Mientras ellos peleaban, rápidamente me acerqué a Sarah. Me temía lo peor. Felizmente estaba viva, pero su corazón estaba muy acelerado. «¡Le va a dar un ataque al corazón!», grité. La recuesto sobre el piso con la espalda hacia arriba. Aprieto fuertemente el escudo, y este desaparece, en su lugar vuelve mi cristal transparente. «Tengo que sanarla urgentemente», pienso. Paso el cristal muy suavemente por sobre la herida. Esta, como si se tratara de magia, se comienza a cerrar al instante. Sin embargo, un profundo dolor ataca mi espalda. Es como si estuvieran desgarrando mi propia carne. Soporto el dolor hasta que termino de pasar el cristal por toda la herida de mi amiga. Después de tan solo un momento, Sarah está completamente sanada de su ataque y yo me desvanezco hasta caer al piso.

Por otra parte, la batalla continuaba. Sarah se puso de pie y estuvo a punto de lanzar un dardo contra el asesino, pero lo desestimó. Kobe lo tenía prácticamente derrotado. En un instante, el asesino cayó de rodillas al piso.

El reptiliano está derrotado, sabe que lo único que le espera es la muerte. Sin embargo, antes de que Kobe acabe con él, me mira y habla a mi mente. «Mi muerte no es el final, es el principio», dice con una sonrisa diabólica. Yo me sorprendo de que también pueda practicar la telepatía. ¿Por qué me dice eso? Intento formular una pregunta mental, pero Kobe levanta su espada flameante y la clava en el centro del pecho del asesino antes de que yo pueda decir algo.

Por fin todo ha acabado. A nuestro alrededor hay cuerpos de reptilianos tirados por doquier, pero lo más importante es que no hay ninguno nuestro. Hemos vencido.

Kobe cae al piso, la herida de su pierna está sangrando mucho y se ve débil. Con mucho cuidado apoya su cuerpo contra la base de una de las estatuas. Sin embargo, cuando pensamos que todo había terminado, vemos cómo, justo detrás de la estatua donde Kobe estaba apoyado, aparece una pistola apuntándole directamente a la cabeza. Era el detective.

«No hay nada como un arma de verdad», dice justo antes de intentar percutar el gatillo, pero no alcanza a hacerlo. Una gran piedra sale de la nada y golpea fuertemente su mano, el detective deja caer su pistola al instante. ¡Ahora sí era Charles!

Marte se levanta lo más rápido que puede, recoge su espada y se apresta a acabar con el detective. Pero no es necesario, algo muy extraño ocurre, antes de que Marte siquiera levante su arma, el detective cae al suelo como muerto.

—¿Qué ocurrió? –pregunto.

—No lo sé, ni siquiera lo toqué –me responde Marte.

Con mucho cuidado me acerco al detective y este comienza a abrir sus ojos muy lentamente.

—¿Dónde estoy? –pregunta.

Yo miro a Marte y a Venus. «Debe ser una broma», pienso.

—¿Kathy Jones? –pregunta desorientado.
—Así es –respondo–. Quiero ver hasta dónde nos lleva con este juego.
—Kathy, yo nunca quise hacerte daño. Fue mentira que el presidente argentino dijo tu nombre antes de morir. No sé por qué lo hice. Era como si otra persona hubiera estado dentro de mí, solo tenía que obedecer a la voz que había en mi cabeza.

¿Sería posible que el detective solo haya sido una víctima del asesino?

—Por favor, llévenme a casa. ¡Solo quiero volver a ver a mi familia! –dice el detective casi a punto de llorar.
—Tú decides –me dice Kobe–, dejándose caer nuevamente a tierra.
—Primero debo sanarte –le digo.

Me pongo al lado de Kobe, comienzo a pasar el cristal sobre la pierna y esta sana de inmediato. El detective está al frente mío y mira completamente incrédulo lo que ve. Me siento en el piso por un momento. Estoy muy cansada y apenas puedo moverme.
El detective hace un gran esfuerzo y se pone de pie.

«¿Lo sanaste?», me pregunta incrédulo.

Lamentablemente, no alcanzo a contestar. El reptiliano asesino, que pensábamos estaba muerto, arrojó su daga directamente al pecho del detective y este cayó al piso.

Kobe da un salto y elevando en alto su espada le corta la cabeza al reptiliano de un solo golpe. Yo me apresuro a salvar al detective. Tomo el cristal y lo comienzo a pasar rápidamente por sobre su pecho, pero estoy tan débil que el cristal se cae de mi mano enseguida. Lamentablemente, no tengo tiempo para un segundo intento, la herida que le provocó la daga, al igual que a los presidentes, le provoca un fulminante ataque al corazón y muere antes de que pueda hacer algo.

No puedo creerlo, parece que por fin todo ha terminado. A nuestro alrededor hay decenas de cuerpos reptilianos muertos, incluyendo a su líder que yace en el piso sin su cabeza. La espada de fuego de Marte volvió a su color normal y así también el rostro de mi amigo.

—¿Qué sucedió? ¡Yo ni siquiera lo toqué y él cayó a tierra! –dice Kobe.

Todo es muy extraño, pero la respuesta viene claramente a mi mente.

—El detective obedecía las órdenes mentales que el asesino le daba, por eso cuando tú heriste al asesino, este se debilitó, y solo unos momentos después dejó de tener poder sobre el detective, y por eso cayó a tierra sin entender qué estaba ocurriendo. Es una verdadera lástima, él podría haber respondido muchas de nuestras preguntas. Imagino que por eso lo asesinó –le respondo.

Me acerco a Sarah y la abrazo fuerte, inmediatamente se nos une Kobe. Un momento. «¿Dónde está Charles?», pregunto. Miramos hacia todos lados y vimos con desesperación que Charles estaba en el piso, tirado como muerto no muy lejos de nosotros. Una vez más, eso fue exactamente lo que había visto en mi sueño.

Todos corrimos hacia donde se encontraba nuestro amigo. Me lanzo al piso y comienzo a revisar su cuerpo para ver en qué parte está herido. Pero para mi sorpresa no tenía nada, ni un rasguño.

—¡Vamos, amigo! ¡Vuelve! –grito. Poco a poco Charles comienza a abrir sus ojos–. ¿Estás bien?

—Sí, solo un poco mareado.

—Pero ¿qué te pasó? ¿Estás herido?

—¿Herido? ¡No! Recuerda que te prometí no hacer nada estúpido, así que apenas nos comenzaron a atacar corrí al interior del túnel. Después de mucho rato y cuando no escuché ruidos, salí. Fue justo en ese momento cuando vi al detective apuntando la cabeza de Kobe, así que le lancé una piedra y al parecer funcionó.

—¡Eres todo un héroe! –le dice Venus mientras lo abraza fuertemente y besa rápidamente sus labios con un beso corto.

—Pero ¿qué te pasó? ¿Por qué estás en el piso? –pregunto desesperada.

—Nada. Es solo que cuando Kobe le cortó la cabeza al asesino, el estómago se me revolvió y me sentí muy mareado.
—¿Te desmayaste? –pregunto.
—Creo que sí –dijo mientras bajaba la cabeza en señal vergüenza.

Todos nos reímos. Charles, consciente o inconscientemente, tenía esa capacidad de hacernos reír aun en las condiciones más difíciles.

—¿Qué hacemos con el cuerpo del detective? –pregunta Venus.

Nos miramos en silencio.
El asunto era que no podíamos llevarlo, pues seguramente nos acusarían por su muerte, pero dejarlo entre los cuerpos reptilianos tampoco era algo que nos hacía sentir muy cómodos. Además, me imagino el infierno para su esposa. ¿Y si tenía hijos? Ellos nunca sabrían el destino de su padre y vivirán por siempre esperando la llegada de alguien que nunca volverá. Creo que esa no era una opción, debíamos encontrar una forma de llevarlo con nosotros sin parecer culpables. Mucho menos podíamos decir la verdad, ya que pareceríamos locos.

—¿Y si lo arrojamos al río? –sugiere Charles.
—¿Al río? –pregunta Venus–. ¿Te volviste loco?
—¡No estoy loco! Soy el más cuerdo de todo el grupo.

Piénsenlo. El ataque con la daga no ha dejado huellas en su cuerpo, así que cuando lo encuentren, solo pensarán que fue un problema médico, al igual que con los presidentes.

—Tiene lógica –dice Kobe.

Después de considerarlo un rato, y con una profunda tristeza, decidimos que lo mejor sería arrojarlo al río. Por lo menos, así nos aseguraríamos de que fuera encontrado y de que tuviera una despedida, como corresponde, por parte de su familia.

Son las 03:17 de la madrugada y decidimos que es mejor esperar que amanezca para volver a casa.

Charles toma su mochila y se ubica al lado de Venus, luego comienza a sacar las piedras una a una y a lanzarlas lo más lejos posible.

—¿Qué estás haciendo? –pregunta Kobe.

Charles sonríe. «Si hace un rato por tirar una piedra me gané un beso de Venus, quiero ver qué es lo que pasa al lanzarlas todas.»

Kobe se ríe, se pone a su lado y le quita un par de rocas, también comienza a lanzarlas, claro que él lo hacía mucho más lejos.

—No, no, no. ¡Ni lo piensen! –les digo mientras tanto tomo del brazo a una coqueta Venus a la que, al parecer, no le había disgustado la idea de premiar a los guerreros.

Kobe toma el cuerpo del detective sobre su espalda y nos dirigimos a la entrada del túnel. Ahí esperamos la llegada de un nuevo día. Era una nueva jornada en todos los sentidos de la palabra. El mundo no lo sabía, pero el sol de la mañana traía aires de paz y tranquilidad. El asesino de los presidentes estaba muerto.

Cuando vimos que estaba amaneciendo, con mucho cuidado y respeto, pusimos el cuerpo del detective en la orilla del río. «Solo espero que lo encuentren pronto», pienso.

Antes de que salgamos del túnel, siento una mirada muy pesada sobre mí. Me detengo y miro en derredor, pero no puedo ver nada. Sin embargo, por cada paso que doy, más siento el peso de esa mirada. De pronto, lo entiendo todo, es el ave siniestra. No sé dónde está, pero de seguro me está observando, planeando su próximo movimiento.

Volvimos a nuestro refugio casi corriendo, ¡estábamos deseosos de volver a casa! No nos preocupaban los castigos ni los retos, solo queríamos abrazar a nuestras familias.

Cuando llegué a casa, ¡hasta mis hermanos corrieron a abrazarme! Yo los abracé y lloré también. Para ser sincera, los abracé y lloré con todos.

Nos habíamos puesto de acuerdo en dar la misma versión de los hechos. "Estábamos tan asustados por lo que estaba sucediendo, que decidimos huir por dos días para poder olvidarnos de todo lo que pasaba". No mentimos por completo, pues dijimos que habíamos estado en un refugio que Kobe tenía cerca del cañón.

Tal como lo había pensado, al regresar, no importaron tanto mis explicaciones como el hecho de estar de vuelta en casa.

Una semana después...

El mundo se tranquilizó un poco. Los presidentes dejaron de ser asesinados, pero los vientos de guerra no se detuvieron por completo. Los gobernantes de los grandes países no sabían qué es lo que había ocurrido y que las muertes se detuvieran no calmaba los ánimos. Ellos querían respuestas y si había culpables, querrían venganza.

Ayer encontraron el cuerpo del detective, hoy serán sus funerales en Phoenix. Efectivamente, Charles acertó, los médicos dijeron que la razón de su muerte fue un paro cardíaco. Y se presumió que, producto del ataque, había caído al río. Lo que nunca se pudo dilucidar fue lo que hacía cerca del cañón.

Les pedí a mis padres que me llevaran al funeral. Ellos no entendían mis deseos de asistir a la despedida dc alguien que incluso me había perseguido. No sabían toda la verdad con respecto al detective.

—Debemos aprender a perdonar –dije con respeto.

Llegamos a Phoenix justo a la hora del entierro. Me partió el alma ver a su esposa y a su pequeño hijo, de unos seis años, llorar tan desconsoladamente.

Había muchísima gente. Contrario a lo que yo pensaba, el detective parecía ser un hombre muy querido.

Estamos todos reunidos alrededor del féretro cuando siento un pequeño dolor en el pecho y observo cómo una luz emerge de mi blusa. Con mucha discreción reviso mi medallón. En él se puede leer “Neptuno”. ¡No puedo creerlo! Miro hacia todos lados para descubrir quién es, pero aparte de mis padres que me acompañan, no conozco a nadie más en este lugar.

El sacerdote comienza a decir unas palabras antes de que descienda el féretro. Yo estoy concentrada intentando descubrir quién es el otro elegido.

—¿Te puedo hacer una pregunta? –dice mamá.

—Por supuesto, lo que quieras. –le digo en voz baja.

—¿Morian todavía usa ese traje azul ajustado?

Mi corazón literalmente se detiene.

«¿Mamá me preguntó por Morian?», comienzo a respirar agitadamente.

De pronto, todo toma su lugar. Recuerdo cuando Morian se quedó callado y me dijo que yo le recordaba mucho a alguien. ¿Es posible que la persona a la que yo le recordara fuera mi propia madre?

—Mamá, tenemos que hablar –le digo mientras el corazón parece salirse por mi boca.

CONTINUARÁ…

PRÓXIMAMENTE: "EL DESPERTAR DE VENUS".

25031983R00189

Printed in Great Britain
by Amazon